서리맞은 단풍잎,
봄꽃보다 붉어라

**유병례 교수와 함께하는
시니어 한시 산책**

서리맞은 단풍잎,
봄꽃보다 붉어라

유병례 교수와 함께하는
시니어 한시 산책

─────

유병례 지음

뿌리와
이파리

차례

석양은 한없이 아름다운데,
어쩌나 황혼에 가까운 것을

夕陽無限好 只是近黃昏

해질녘 서산으로 뉘엿뉘엿 지며 황금빛 광휘를 발산하는 석양은 똑바로 쳐다볼 수 없지요. 석양과 그 찬란한 낙조로 빠알갛게 물든 서쪽 하늘을 바라보면, 아, 하고 저도 모르게 탄성이 흘러나오고, '夕陽無限好(석양무한호) 只是近黃昏(지시근황혼)'을 나지막이 읊조립니다.

"석양은 한없이 아름다운데, 어쩌나 황혼에 가까운 것을."

당나라 시인 이상은의 시 「낙유원에 올라登樂遊原」의 구절입니다. 세계와 자아의 황홀한 합일, 그 잠정暫定된 시간과 예고되는 결말, 도취와 각성, 탐미와 회한이 함축된 이 시구는 지상의 모든 존재와 그 역정을 압도하는 거대한 일모日暮를 우러러 노래한 천고의 절창으로 회자되고 있지요.

석양과 황혼이 광대하게 어우러지는 해질녘은 성찰과 미학의 시간입니다. 탄성과 탄식의 시간이기도 하고, 일탈과 감흥의 시간이기도 합니다. 낮과 밤이 산문의 시간이라면 해질녘은 시의 시간인 것입니다.

그런 해질녘에 아니 해질녘의 그런 정서로 고즈넉이 세계와 삶을 사색하는 사람들과 함께 시를 읽고 또 시를 이야기하고 싶었습니다. 시는 세계와 삶을 조율하는 해질녘의 운율입니다. 어쩔 수 없이 자본과 비즈니스에 속박된 우리는 어느덧 자신에게서도 소외된 채 석양과 황혼을 오랫동안 잊고 살아온 듯합니다. 낮과 밤만 있고, 관행의 지속만 있을 뿐 일탈이 없는 지금은 시시포스의 바위를 명패처럼 목에 걸고 사는 시대입니다.

삶의 향유가 그리운 지금 여기에, 저는 다시 중국 고전시를 소개합니다. 새삼스럽습니다만 시는 비범하고도 평범한 휴머니즘의 발현이기 때문이지요. 우리의 사단칠정四端七情을 고무하여, 고독한 자를 더욱 고독하게 만들고 사랑하는 자를 더욱 사랑하게 만듭니다. 고뇌하는 자를 더욱 고뇌하게 만들고 슬픈 자를 더욱 슬프게 만들어, 카타르시스를 이루게 하지요. 우리처럼 세계와 삶에 슬픔과 아픔, 동정과 연민을 지녔던 시인들의 분신인 시를 만나 그 감성과 이성을 종유從遊해보지 않으시렵니까? 그들과 시대를 초월하여 소통하고 공감하면서 우리의 가슴에 우리 시대의 해질녘 정서와 비전을 만들어보고 싶습니다.

이 책 『서리 맞은 단풍잎, 봄꽃보다 붉어라』는 KBS 제1라디오

〈행복한 시니어〉 코너에 1년 동안 방송된 원고를 정리, 보충한 것입니다. 새벽 방송이어서 꼭두새벽부터 누가 그렇게 열심히 들을까 생각했는데 뜻밖에 애청자가 적지 않다는 사실을 알게 되었습니다. 모두들 한시에 대한 아련한 향수를 안고 살아가고 있다는 것도 알게 되었고, 옛 시인들의 삶의 향기를 향유하는 분들이 적지 않다는 것도 알게 되었습니다. 방송을 시작할 때, 딱 일 년만 하겠다고 결심하였고, 그 결심을 드디어 실천하여 지난해 8월 31일자로 마지막 방송을 마쳤습니다. 이제 일 년 동안의 방송 내용을 다시 보완하여 세상에 내놓습니다. 좋은 책을 만들기 위해 늘 함께 고심했던 박윤선 편집 주간, 그리고 이 책을 쾌히 출판해 주신 정종주 사장님께 고마움을 전합니다.

2017년 2월 계헌鍥軒에서

유병례 씀

제1부

헛헛한 마음
어떻게 달랠까?

산기운은 황혼녘
아름다워라
山氣日夕佳

요즘은 화훼산업의 발달로 사시사철 계절과 관계없이 모든 꽃을 볼 수 있지요. 국화 역시 그중 하나인 것 같습니다. 온실에서 자라서인지 향기가 예전만 못합니다만, 그래도 가을꽃 하면 국화가 제일 먼저 떠오르지요. 서리를 맞아야 피었던 국화, 뭇 꽃들 모두 시들 때 홀로 고고하고 도도하게 피어 그 향기 더욱 그윽했지요. 그래서 예로부터 시인들은 국화를 인품이 고고한 은자나 절개가 굳은 지사에 비유했습니다.

국화에 은자의 형상을 불어넣은 시인으로는 동진東晉시대 도연명이 효시라 할 수 있지요. 도연명은 '五斗米折腰(오두미절요)', 즉 쥐꼬리만 한 월급 때문에 어찌 인간 같지 않은 상관에게 허리 굽신거리겠느냐며 '귀거래사歸去來辭'를 부르면서 은거한 시인이죠.

음주飲酒

사람들 사는 동네에 살아도

요란한 차 소리 들리지 않네.

그대에게 묻노니 어찌 그럴 수 있나요

마음이 멀리 있으면 사는 곳도 절로 외지기 마련이라오.

동쪽 울타리 아래서 국화를 따다가

한적하게 머리를 드니 남산이 들어온다.

산기운은 황혼녘 아름다워라

날아가는 새들도 함께 돌아오네.

이 가운데 참뜻 있으니

그 뜻 말하려다 이미 잊었노라.

結廬在人境, 而無車馬喧.
결 려 재 인 경   이 무 거 마 훤

問君何能爾? 心遠地自偏.
문 군 하 능 이   심 원 지 자 편

采菊東籬下, 悠然見南山.
채 국 동 리 하   유 연 견 남 산

山氣日夕佳, 飛鳥相與還.
산 기 일 석 가   비 조 상 여 환

此中有眞意, 欲辨已忘言.
차 중 유 진 의   욕 변 이 망 언

"采菊東籬下(채국동리하), 悠然見南山(유연견남산)" 구절로 유명한 도연명의 시 원래 제목은 「음주飲酒」, 즉 '술을 마시다'입니다. 연작시인데요. 20수로 이루어져 있습니다. 이 시는 그중 다섯 번째에 속합니다.

사람들 사는 동네는 소란하기 마련입니다. 차 소리며 말울음 소리 같은 생활소음으로 떠들썩하지요. 그런데 도연명은 그런 곳에서 살고 있어도 전혀 시끄럽지 않다고 하는군요. 어떻게 그럴 수가 있을까요? 도연명은 말합니다. 마음먹기에 달렸다고요. 그러니까 마음이 속세로부터 멀어졌기에 사는 곳도 절로 외진 곳에 있다고 하는군요. 마음이 중요한 것이지 어디에 사느냐가 중요한 것이 아니랍니다. 아무리 떠들썩한 도심에 살고 있어도 마음이 속세로부터 초연해 있기에 전혀 영향을 받지 않는다는 거지요. 그런 곳에서 도연명은 은자와 같은 삶을 누립니다. 유유자적한 삶, 그 한가롭고 담박한 생활을 동쪽 울타리에서 국화를 따는 행위, 그리고 한가롭게 남산을 바라보는 모습으로 형상화했군요. 세속과 명리에서 초연한 그의 일상을 동쪽 울타리에서 국화를 따다가 문득 언제나 제자리에서 의연한 남산을 바라보고, 짙어져 가는 석양에 도취되는 가운데 둥지로 돌아오는 새들을 새삼 발견하는 모습으로 표현했습니다.

그 뒤의 네 구절 역시 그렇습니다. 황혼 무렵 농도 짙어지는 남산의 기운과 황혼 무렵 새들이 둥지로 돌아오는 모습은 '귀거래歸去來'를 문득 자연의 이치에 어울리는 안식의 행위로 동일시하게 합니다. 화자는 이런 상황과 자신을 자각하며 은거의 삶에 어느덧 그윽이 자족하는 그를 부각하고 그 심정을 토로하려다가 그 심정에 안주하며 토로하려는 생각을 잊습니다. 즉 망아의 경지입니다.

도연명의 이 시는 중국 고전시가에 끼친 영향이 대단합니다. 훗날 동쪽 울타리에서 국화를 따는 행위는 은자의 전형적인 모습이자 생활이 되었으니까요. 우리나라 고려 시인 이색李穡도 이 시를 의식하고 쓴 작품이 있더군요. 함께 그 시를 볼까요?

> 사람이 어찌 목석처럼 감정 없으랴
>
> 보는 것마다 요즘 들어 마음을 건드린다.
>
> 우연히 동쪽 울타리 바라보다 부끄러워졌네
>
> 진짜 국화가 가짜 도연명을 보고 있으니.
>
> 人情那似物無情 觸境年來漸不平
> 인 정 나 사 물 무 정   촉 경 년 래 점 불 평
>
> 偶向東籬羞滿面 眞黃花對僞淵明.
> 우 향 동 리 수 만 면   진 황 화 대 위 연 명

고려 말 문신이며 학자인 이색이 지은 시입니다. 이색은 주지하다시피 호가 목은牧隱입니다. 포은圃隱 정몽주, 야은冶隱 길재와 함께 삼은三隱으로 불렸죠. 호에 '은거할-은隱'자가 모두 들어 있습니다.

이색은 위화도 회군으로 우왕이 강화로 유배되자 조민수曹敏修

와 함께 창왕昌王을 즉위시켜 이성계의 세력을 억제하려 하였지요. 그러나 이성계가 득세하자 장단長湍, 함창咸昌 등지에 유배되었습니다. 1395년(태조 4) 한산백韓山伯에 봉해지고 이성계로부터 관직에 나올 것을 종용받았으나 끝내 고사하고 이듬해 여강驪江으로 가던 도중에 죽었습니다.

이 시는 현실 정치에 신경 쓰며 상처받는 자신을 가짜 도연명이라 자조하면서 진정 은자의 삶을 지향하였던 도연명을 흠모하는 마음을 드러내었다고 할 수 있습니다. 호조차 '목은', 그러니까 은거의 삶을 지향하겠다고 그런 호를 지었으면서도 진정 현실 정치를 잊지 못하는 자신을 부끄러워하는 것입니다.

이 밖에 국화는 시인에 따라 서로 다른 상징 의미를 기탁하기도 했는데요. 농민봉기를 일으켰던 당나라 말 황소黃巢는 투사의 이미지를 투영시켜 "하늘을 찌르는 향기 장안으로 파고들어, 성 안 가득 황금 갑옷 입고 있으리라(沖天香陣透長安, 滿城盡帶黃金甲)"고 읊기도 했지요. 장안에 가득 핀 국화를 황금 갑옷으로 표현하다니…… 역시 황소다운 발상입니다.

또 송나라 여성 시인 이청조는 그리움의 이미지를 불어넣어 이렇게 읊기도 하였습니다. "동쪽 울타리에서 술잔을 드노라, 황혼이 진 후, 그윽한 향기 소매에 가득하네(東籬把酒黃昏後, 有暗香盈袖)." 여기서 '암향暗香'은 그윽한 향기라는 뜻인데요. 중국어로 '안샹ànxiāng'이라고 하죠. 그런데 이 발음은 '남 몰래 그리워하다'라는 암상暗想과 발음이 같습니다. 발음이 같기 때문에 그윽한 향기는 또 '남모르는 그리움'이라는 뜻으로 확장됩니다. 이것을 전문용어로 쌍관어라고 합니다. 즉 동음으로 인해 그것과 같은 음을 지닌 다른 글자의 뜻을 연상시켜 시적 의미를 더 풍부하게 만드는 거죠. 그래서 위의 시구 '유암향영수有暗香盈袖'는 그윽한 향기 소매에 가득하다는 뜻 이외에 그윽한 그리움이 가슴에 가득하다는 뜻도 내포되어 있습니다. 똑같이 국화를 바라보더라도 누가 어떤 심정으로 바라보았느냐에 따라 이렇듯 다양한 의미를 담아내고 있지요. 여러분은 국화를 바라보며 어떤 이미지를 담아보시렵니까.

일 년 중 아름다운 경치를
그대는 기억해야 하리

一年好景君須記

'낙목한천落木寒天'이란 말이 있습니다. 나뭇잎은 떨어지고 하늘은 차갑고…… 텅 빈 초겨울 차가운 산을 바라보면 사람들은 보통 적막감을 느끼면서 덧없는 인생, 황혼 인생의 서글픔을 느끼기 마련입니다. 그러나 또 어떤 사람들은 오히려 나목 사이로 드러난 확 트인 풍경을 바라보노라면 개방감을 느끼면서 막혔던 속이 뻥 뚫리는 느낌을 받기도 합니다. 영국 시인 알프레드 테니슨은 늦가을 나목이 된 참나무를 이렇게 읊기도 했지요.

"가을이 오면 다시/더욱더 맑은/황금빛이 되고/마침내 잎사귀/모두 떨어지면/보라, 줄기와 가지로/나목 되어 선/저 발가벗은 힘을."

증유경문贈劉景文

연꽃 져버리니 우산 같던 넓은 잎 사라졌지만

시들어 떨어진 국화꽃 가지는 여전히 서리를 이기고 남아 있네.

일 년 중 아름다운 경치를 그대는 기억해야 하리

노란 탱자 파란 귤잎 무성한 이때를!

荷盡已無擎雨蓋, 菊殘猶有傲霜枝.
하 진 이 무 경 우 개   국 잔 유 유 오 상 지

一年好景君須記, 正是橙黃橘綠時.
일 년 호 경 군 수 기   정 시 등 황 귤 록 시

쓸쓸한 초겨울 경치에 싱싱한 활기를 불어넣어준 소식蘇軾의 시 「증유경문贈劉景文」입니다. 일체유심조一切唯心造라 했듯이 마음먹기에 따라 동일한 사물도 이렇듯 인식의 차이가 존재하는 것 같습니다.

「증유경문」은 소식이 친구 유경문에게 보낸 시입니다. 유경문은 월급만 받으면 몽땅 책을 샀다고 해요. 장서가로 유명하지요. 정도 많고 재주도 출중한 사람이었답니다.

'낙목한천', 쓸쓸함이 엄습하는 계절이지요. 눈에 닿는 경치마다 삭막하여 을씨년스러움을 더합니다. 여름을 장식했던 아름다운 연꽃이며, 파도처럼 물결치던 초록빛 연잎은 이제 앙상한 갈색 대궁과, 손만 대면 바스러질 것 같은 고개 꺾인 갈색 연밥만 남았습니다. 연꽃대궁은 길쭉하고 이파리는 넙적하여 비올 때 우산으로 쓰면 안성맞춤이지요. 그래서 우산 같다고 표현한 것입니다. 연꽃은 꽃도 아름답지만 이파리 역시 꽃 못지않습니다. 여름이 한창일 때 싱싱한 이파리와 화려한 꽃이 어우러져 우리의 눈과 마음을 즐겁게 해주던 꽃이지요. 가을꽃은 역시 국화가 으뜸입니다. 이제 오상고절傲霜孤節한 국화도 시들어 떨어지고 앙상한 가지만 남았습니다. 삭막하기만 한 경치, 우리 주위에는 더 이상 눈을 즐겁게 해줄 경치가 없는 듯합니다.

그러나 소식은 역시 긍정적인 마인드의 소유자답게 새롭게 정붙일 만한 경치를 찾아냅니다. "노란 탱자 파란 귤잎"이 바로 그것입니다. 초겨울에 진가를 발휘하는 나무들입니다. 노란색과 파

랑색의 조화, 그리고 그것이 뿜어내는 기운이 삭막한 초겨울의 경치에 생기를 불어넣어줍니다. 그 희열이란! 더 이상 말이 필요 없을 것 같습니다.

툭 터진 흉금, 여의치 않은 상황에서도 개의치 않는 꿋꿋한 성격을 보여주는 소식의 시 하나 더 소개하겠습니다. 제목은 「정풍파定風波」입니다.

숲속 뚫고 이파리 때리는 빗소리 듣지를 마오.

시 읊조리며 서서히 가는 것도 나쁘지 않소.

죽장에 짚신 신고 걷는 게 명마 탄 것보다 훨씬 좋으이.

뭘 두려워하랴? 몽롱한 빗속에 도롱이 걸치고 평생을 맡기리라.

莫聽穿林打葉聲, 何妨吟嘯且徐行.
막 청 천 림 타 엽 성   하 방 음 소 차 서 행
竹杖芒鞋輕勝馬, 誰怕? 一蓑煙雨任平生.
죽 장 망 혜 경 승 마   수 파   일 사 연 우 임 평 생

산길을 가던 중 비를 만난 모양입니다. 이럴 경우, 대부분 허둥대며 비 피할 곳을 찾거나 말 타고 쏜살같이 달려가는 사람들을 선망하게 마련입니다. 그런데 소식은 이런 돌발적인 상황에서 전혀 당황하지 않습니다. 오히려 주어진 환경을 즐깁니다. 빗속을 서서히 거닐면서 시를 읊조리는 겁니다. 벤츠 타고 쌩쌩 달리면서 편안하게 가는 게 아닙니다. 그런 사람들을 부러워하지도 않고요. 대지팡이에 짚신 신고 가는 게 오히려 더 좋다고 말합니다.

정말 그럴까요? 만약 뜨거운 여름 열기를 식혀주는 소낙비라면 기꺼이 맞을 수도 있겠지만, 쌀쌀한 초봄에 내리는 소낙비라면 그럴 수 있을까요? 꽃샘추위, 비가 안 와도 이미 춥거늘 거기에 비까지 맞아보세요. 생각만 해도 소름이 쫘악 돋고 고개가 절로 저어지는군요. 그런데도 소식은 이렇게 느긋합니다.

　소식이 활동하던 시기는 북송北宋 인종 황제, 영종 황제 그리고 신종 황제가 즉위하면서 국가의 혼란기를 겪고 있던 때였습니다. 당시 급진적인 정치적 개혁을 주장하였던 신당新黨과 대척점에 서 있던 소식은 이른바 오대시안烏臺詩案에 엮여 죽을 뻔하다가 살아났기에 이렇듯 초연한 태도를 지닐 수 있었는지도 모릅니다. 오대烏臺는 어사대御史臺를 지칭하는데요. 관서 내에 측백나무를 두루 심었기 때문에 백대柏臺라고도 칭합니다. 또 측백나무에는 까마귀가 둥지를 틀고 서식하기 때문에 '까마귀-오烏'자를 붙여서 오대라고 칭했다고 합니다. 소식을 처음으로 탄핵한 사람들은 모두 어사대에 속했던 신당 즉 변법파 사람들이었고, 소식은 어사대 감옥에서 심문을 받았습니다. 소식을 탄핵한 사람들은 소식이 황제에게 올린 글에서 꼬투리를 잡아 황제에게 불충하다고 탄핵했습니다. 또 그것만으로는 증거가 부족하다는 혐의를 받을까봐 소식의 시문을 일일이 뒤져서, 황제의 정책을 비난한 죽일 놈으로 얽어매어 사지로 몰아넣었지요. 그래서 '시안詩案'이라는 이름이 붙은 것입니다. 여기서의 '안案'은 '사건'입니다.

　하지만 소식이 황제에게 불충하지 않았다는 것은 아무리 정적이라 할지라도 양식 있는 사람들은 다 알았습니다. 신당파의 영수 왕안석도 당시의 황제였던 신종에게 소식 같은 명신을 죽여서는 안 된다며 적극 구명운동을 벌였고요. 또 태황태후 조태후曹太后 역시 소식 같은 현신을 죽여서는 안 된다며 적극 말렸습니다. 심지어 소식에 의해 변법파로 분류되었던 장돈章惇마저도 당론을 무시하고 소식의 구명운동에 적극적이었습니다. 그 결과 소식은 사면되어 황주자사黃州刺史로 폄적됨으로써 오대시안은 종결되었지요.

죽을 고비를 넘겼던 소식은 어쩌면 감옥에서 풀려난 후 덤으로 인생을 산다고 생각했는지도 모릅니다. 위의 시에서처럼 저렇듯 낭패스러운 상황을 여유 있게 즐길 수 있는 느긋함도 어쩌면 그런 삶에서 터득한 혜지에서 나온 것인지도 모르겠습니다. 그렇다 할지라도 아무나 이런 경지에 도달할 수 있는 건 아니라고 생각합니다. 어떤 역경도 느긋하게 받아들이면서 즐길 줄 아는 초연한 자세, 부럽고 닮고 싶습니다.

하하 웃지 않으면
그대는 바보

不開口笑是癡人

모든 결실의 과정에는 저마다의 아픔과 슬픔이 석류처럼 알알이 박혀 있습니다. 누런 황금벌판 저 너머 수확 뒤에 잉태된 텅 빈 들녘, 공허가 하늘 끝까지 이어지는 일모에 한 줄기 서늘한 바람이 스치며 지나갑니다.

앞만 보고 달리다가, 어느 날 문득 손에 쥐어진 초라한 삶의 성적표에 밤잠 설치며 텅 빈 거실을 서성입니다. 화려했던 그 시절과 대비되는 초라한 지금이 서러워 이리저리 뒤척이며 가슴앓이 하다가 새벽하늘에 외로이 걸린 달이 눈에 들어오기도 합니다. 슬픔과 허무, 패배감과 울화가 조수처럼 밀려올 때 어떻게 하시는지요. 저는 종종 1200년 전에 활동하였던 당나라 시인 백거이의 시 「술잔을 들며對酒」를 읊조리곤 합니다.

술잔을 들며 對酒

달팽이 뿔 위에서 무엇을 다투는가?

부싯돌 불꽃처럼 짧은 순간 살거늘.

풍족한 대로 부족한 대로 즐겁게 살자,

하하 웃지 않으면 그대는 바보.

蝸牛角上爭何事, 石火光中寄此身.
와 우 각 상 쟁 하 사　석 화 광 중 기 차 신

隨富隨貧且歡樂, 不開口笑是癡人.
수 부 수 빈 차 환 락　불 개 구 소 시 치 인

새벽부터 무슨 술타령이냐고요? 네, 당나라 사람들은 묘시주卯時酒라고 해서 새벽에 술을 마시는 습관이 있었답니다. 묘시는 새벽 5시부터 7시까지라는 것은 모두 아시리라 믿습니다. 일찍 자고 일찍 일어나는 습관이 몸에 밴 그 당시 사람들은 신문도 없고 텔레비전도 없던 그 시절, 무료함을 떨치고 정신을 진작시키기 위해 일어나자마자 우선 묘시주부터 챙겼다는군요. 요즘도 새벽에 일어나면 커피 먼저 내려 마시는 습관이 있는 사람들과 비슷한 셈이죠. 단지 술이 커피로 바뀌었을 뿐이라고나 할까요.

"달팽이 뿔 위에서 무엇을 다투는가?", 이 시구 들어보신 적 있는가요? 이 시가 1000여 년 전의 긴긴 잠 속에서 깨어나 오랜만에 우리들의 관심을 끌며 잠시 부활한 적이 있습니다. 지금은 이미 고인이 되었지만 이 나라 경제에 크게 영향을 끼친 기업가, 가난한 농사꾼 집안의 맏아들로 태어나 아버지의 소 판 돈을 갖고 가출하여 천 마리로 늘려 금의환향한 사람. 이쯤에서 여러분은 누구인지 다 짐작하실 것입니다. 네, 이젠 우리 시대의 전설이 된 인물, 바로 현대그룹의 왕회장 정주영 씨, 바로 그 때문이죠.

언젠가 정씨를 추모하는 기사에 생전 그가 서재에 걸어놓고 음미하던 시구가 소개되었는데, 그것이 바로 백거이의 「술잔을 들며」였습니다. 주위를 둘러보면 수많은 금언과 경구들이 태산처럼 쌓여 있었을 텐데 왜 하필 백거이의 이 시를 선택하였을까요. 아마도 정주영 씨의 내면 깊숙이 금강석처럼 응결되어 있던 인생관이 시적 정취를 듬뿍 담고 백거이의 이 시 속에 무르녹아 있었기 때문에 그랬던 게 아니었을까 싶습니다.

백거이는 이 시 첫 구절에서 우리의 삶을 미물 중의 미물인 달팽이, 그것도 그 뿔 위에서 벌이는 다툼이라고 형상화하였군요. 달팽이 뿔 위에서 다툰다는 이 고사는 『장자莊子·칙양則陽』에 보입니다. 달팽이 왼쪽 뿔에 있는 나라가 촉씨觸氏이고, 오른쪽 뿔에 있는 나라가 만씨蠻氏인데, 두 나라는 수시로 땅을 점령하기 위해 전쟁을 벌였으며 죽어 나뒹구는 시체가 수만이나 되었다고 합니다. 훗날 '만촉蠻觸'은 하찮은 것을 다툰다는 뜻으로 사용되었지요.

우리의 인생을 하찮은 것이나 다투는 것으로 치부한 이 비유, 우리의 마음을 확 사로잡는 힘이 있지 않습니까? 수많은 우연과 필연이 낳은 유일무이한 기적, 일회성에 한정되어 그 무엇과도 바꿀 수 없으며, 끝내 세계를 변화시키기도 하는 우리의 삶을 한갓 달팽이 뿔 위의 싸움처럼 그렇게 단순하고 치졸하고 하찮은 것으로 일거에 재단해버리다니……. 명분 뒤에 숨은 부실하고 졸렬한 삶의 본모습을 풍자하여 결국 한계에 직면하는 인간의 운명을 조롱하는 것 같기도 합니다. 그러나 삶의 실제를 곰곰이 돌이켜보면 고소를 머금은 채 쉽게 부인하기도 어렵습니다. 허무주의와 관계없이 그렇게 묘사된 대로가 인생인 것 같기도 하니까요. 진리나 대의로 삶의 명분을 그럴듯하게 포장하고 자질구레한 잡사에 얽매여 우리는 아등바등 다투며 살고 있으니까요.

이 멋진 비유가 인간 삶의 속성을 공간적으로 묘사한 것이라면

뒤이은 구절 "부싯돌 불꽃"이라는 낯익은 비유는 짧고도 순간적인 삶의 속성을 시간적으로 형상화한 것입니다. 네, 그렇지요. 영원한 우주의 시간과 비교하면 우리 인생은 길어봤자 고작 백 년. 잠깐 반짝했다 순식간에 사라지는 부싯돌 불꽃처럼 참으로 짧고도 허망한 것입니다. 그래서 시인은 권유합니다. 빈부에 구애받지 말고 즐겁게 살자. 가난하면 가난한 대로 부유하면 부유한 대로 즐겁게 살자. 빈부에 매여 괴로워하거나 무리하지 말고 그것은 그것대로 내버려두고 즐겁게 살자고 말입니다.

혹시 이쯤에서 여러분은 백거이를 현실도피의 낭만 성향을 가진 무책임한 환락주의자로 보는 건 아닙니까? 그렇다면 마지막 구절 "하하 웃지 않으면 그대는 바보"를 다시 주목해보시기 바랍니다. 다소 공허하게도 들립니다만 빈부에 관련된 무수한 사연을 깊이 이해하면서도 그것을 초월한 '낙천樂天'의 자세를 제일 중요하게 여기며 이를 나누려 하는 시인의 의도가 공감되지 않나요? 이 시는 부자만 위로하는 시도 아니고요, 빈자만을 위로하는 시도 아닙니다. 빈자와 부자 모두를, 그 나름대로 각각의 애환과 고뇌를 짐짓 배려하고 위로하고 있는 것입니다. 빈부의 길은 의식주를 위해 마땅히 가야 하는 길이기도 합니다만 끝없는 욕망의 길이기도 하기에 정도를 지나치기 쉽고 타인에게 해악이 되기 쉬운 게 아닐까요? 그렇다면 빈부에 매일 경우 어느 쪽이든 결국은 상처와 직면하게 되어 있습니다.

『코스모스』의 저자인 천체 물리학자 칼 세이건이 이렇게 말한 적이 있지요. "공간의 광막함과 시간의 영겁에서 행성 하나와 찰나의 순간"이 인생이라고요.

여러분, 오늘부터 이제 하하 웃으며 하루를 열어보지 않으시렵니까?

도연명 씨, 나만 술 많이 마셔
미안하이

酒足愧淵明

우리는 흔히 인생을 덧없는 구름에 비유하기도 하고, 고통의 바다라고도 하지요. 또 이 세상을 정글에 비유하기도 하고요. 한 치 앞을 알 수 없고 사방에 위험이 도사리고 있는 정글, 고통의 바다 같은 인생길에서 우리는 삶이 이런저런 일로 희로애락이 교차하고 성취와 실패가 연속된다는 것을 압니다. 그러나 실패에 부딪히면 "왜 나만 이래!" 하며 탄식하고 좌절하다 극단적인 선택을 하는 사람들을 종종 봅니다. 그래서 삶을 좀 더 느긋하게 바라보면서 나의 아픔은 물론 타인의 아픔까지 어루만질 줄 아는 휴머니티가 그 어느 때보다 절실하다고 생각합니다.

이제 자신의 삶을 폭넓게 통찰하면서 스스로 만족하는 방법을 알려준 백거이의 시 「초여름首夏」을 소개하고자 합니다.

초여름首夏

스스로 물어본다 난 어찌 이렇게 마음이 편한가를

몸은 한가롭지만 관직은 가볍지 않다.

식료품과 보너스 다달이 나오니

생계도 날마다 걱정 없다.

밥은 배불리 먹어 백이한테 미안하고

술은 충분히 마셔 도연명에게 부끄럽다.

수명은 안회보다 배나 더 길고

재산은 검루보다 백 배 더 많다.

이 가운데 하나만 가졌어도 즐겁거늘

난 네 가지 모두 가졌다.

내 마음 절로 위안이 되니

늙었어도 여전히 살맛나는구나.

自問一何適　身閑官不輕
자 문 일 하 적　신 한 관 불 경

料錢隨月用　生計逐日營
요 전 수 월 용　생 계 축 일 영

食飽慚伯夷　酒足愧淵明
식 포 참 백 이　주 족 괴 연 명

壽倍顏氏子　富百黔婁生
수 배 안 씨 자　부 백 검 루 생

有一卽爲樂　況吾四者並
유 일 즉 위 락　황 오 사 자 병

所以私自慰　雖老有心情.
소 이 사 자 위　수 로 유 심 정

"스스로 물어본다 난 어찌 이렇게 마음이 편한가를", "내 마음 절로 위안이 되니/늙었어도 여전히 살맛나는구나". 네……, 백거이는 자신의 삶을 폭넓게 통찰하면서 스스로 만족하고 있네요. 아주 겸손하고 지혜롭지요?

에그, 또 술이 등장하네요. 그런데 관직에 묶여 받는 월급을 수명이나 재산과 함께 다루었네요. 이 네 가지 위에 그 뭔가가 있다는 것을 여러분도 눈치채셨겠죠? 예, 삶의 자세입니다. 자신보다 못한 사람의 삶과 비교하여 자신을 격려하는 철학입니다. 이를 한자로 '분복하비分福下比'라 하지요.

백거이도 술을 마시지만 술로 슬픔을 달래는 것이 아니라 자신의 철학으로 다스립니다. 일종의 마인드 컨트롤인 셈이지요. 술은 고통에서 잠시 벗어나게 할 수는 있으나 후유증이 만만치 않지요. 여러분도 잘 아시잖아요. 돈 버리고, 몸 버리고, 실수하고……. 그래서 지혜로운 사람들은 마인드 컨트롤로 슬픔과 불만을 풀어버린답니다. 다시 말해 내려다보며 살자는 거지요.

백거이는 자신에게 타이릅니다. 월급은 많지 않지만 남에게 아쉬운 소리는 하지 않는다. 밥은 수양산에서 굶어죽은 백이보다 훨씬 배불리 더 잘 먹고, 수명은 일찍 죽은 안회보다 곱절이나 살았다. 재산은 가난뱅이 검루보다 백 배는 더 많다. 술은 도연명보다 넘치게 마신다. 여기서 백거이가 비교의 대상으로 삼은 백이, 도연명, 안회, 검루는 지조나 덕행 방면에서 후대 사람들에게 존경을 받았지만 백이는 굶어죽었고, 도연명은 맘껏 술 마실 형편이 못 되었고, 안회는 일찍 죽고, 검루는 평생 변변한 집 한 칸 없이 지낸 가난한 사람이었습니다.

백거이는 생각합니다. 인격적으로는 자기보다 훨씬 훌륭한 사람들이 복은 자기보다 훨씬 못하다고요. 그래서 행복하다고요. 그중에서 한 가지만 갖추어도 괜찮은데, 네 가지를 모두 갖추었으니 정말 행복하다고요.

지행知行은 자신보다 월등하게 훌륭하지만 물질은 자신보다 아주 못한 사람과 비교해야 행복하다는 말입니다. 그냥 조금 못한 게 아니라 훨씬 못한 사람들과 말이죠. 중환자실에 병문안 갔다 돌아오는 길이면 건강하게 살아 있는 것만으로도 행복하다고 느낀 적 많으시죠? 바로 그겁니다. 하지만 이 철학이 완성되려면 한 가지가 더 있어야 합니다. 행실은 나보다 나은 사람과 비교하자. 이를 한자로는 지행상방志行上方이라고 합니다.

여러분, 분복하비 지행상방하세요!

친구여
술 한잔 하세

能飲一杯無

기쁘나 즐거우나 울적하거나 괴로울 때 흔히 찾는 것이 있습니다. 네, 바로 술이지요. 술은 근심걱정을 잊게 해준다고 해서 중국에서는 망우물忘憂物(잊을-망, 근심-우, 사물-물)이라고도 하고요. 사람에게 주는 도움이 성인聖人 못지않아 청주를 청성淸聖, 탁주를 탁현濁賢이라고도 하지요. 복잡한 심사로 잠이 오지 않을 때 술 한잔 하고 나면 곯아떨어져 세상모르고 자니 일시적이나마 근심걱정 잊게 해주기도 합니다. 그래서 소식은 「광주에서 출발하며發廣州」에서 이렇게 읊은 적이 있지요.

석 잔 술 마시고 난 후,
베개에 머리 대고 한잠 푹 잤노라.

三杯軟飽後, 一枕黑甜餘.
삼 배 연 포 후 일 침 흑 첨 여

술은 또 피아의 경계를 짧은 시간에 무너뜨려주기에 사교적인 모임에 으레 빼놓을 수 없는 단골 메뉴 중 하나가 되기도 하였지요. 적당한 술은 뻑뻑한 인간 사이를 매끄럽게 해주는 일종의 윤활유 역할을 해주니까요.

날씨가 쌀쌀해지면 마음도 허전하고 쓸쓸합니다. 그 헛헛한 마음 채워주는 건 뭐니 뭐니 해도 따끈한 술 한잔이 아닐까 합니다. 술이 당길 때 친구도 당기는 건 예나 지금이나 마찬가지였던 모양입니다. 요즘이야 문자메시지로 친구들 불러 순식간에 번개팅을 하기도 합니다만, 아날로그 시대, 그것도 시 짓는 일이 일상화되었던 옛 시인들은 술 마시자는 말 역시 시로 읊어서 보냈습니다. 여기 그 대표적인 시 한 수 소개하려 합니다. 백거이의 시 '문유십구問劉十九', 「유십구에게 묻다」입니다. 시의 첫 구절은 이렇습니다. "뽀글뽀글 갓 익은 술/질화로 은근한 불로 데운다."

갓 익은 술, 화로의 은근한 불 위에 올려놓고 데우는 겁니다. 은근하게 덥혀야 제 맛이지 펄펄 끓여선 알코올 성분 다 날아가니까요. 녹의綠蟻와 홍니紅泥, 녹색과 붉은색, 색깔이 아주 잘 어우러집니다. 방안은 이미 술 향기가 그윽하게 퍼지고 훈훈한 기운이 돕니다. 그런데 바깥 날씨는 음산하고 오슬오슬합니다. 잔뜩 찌푸린 하늘에서는 금세 눈이라도 올 기세입니다. 이런 날이면 으레 술 한잔 생각나기 마련이죠.

유십구에게 묻다 問劉十九

뽀골뽀골 갓 익은 술

질화로 은근한 불로 데운다.

저녁 되어 눈이라도 쏟아질 기세

술 한잔 하러 오지 않겠소?

綠蟻新醅酒, 紅泥小火爐.
녹 의 신 배 주   홍 니 소 화 로

晩來天欲雪, 能飮一杯無?
만 래 천 욕 설   능 음 일 배 무

그런데 친구가 술상 차려놓고 부릅니다. 거절할 사람 있을까요? 보나마나 한걸음에 달려갔을 것 같네요.

이렇게 함께 술잔을 들이킬 친구가 있다는 건 행복한 거지요. 그런데 술이 있어도 생각나거나 부르고 싶은 친구가 없다면 어떻게 할까요?

"그윽한 풍경이나/제대로 맛을 낸 음식 앞에서/아무도 생각하지 않는 사람/그 사람은 정말 강하거나/아니면 진짜 외로운 사람이다"라고 노래한 이문재李文宰의 시 「농담」의 한 부분이 생각납니다. 제아무리 좋은 것 앞에서도 보고 싶은 사람이 없다면 참 외로운 사람이지요.

여기 '혼술'하는 고독한 심사를 읊은 시 하나 소개할까 합니다. 이백李白의 「월하독작月下獨酌」입니다.

첫 구절 "꽃밭에서 술 한 병"이라……. 아름답고 낭만적인 무드가 물씬 풍깁니다. 그런데 뒤에 이어지는 판이 어째 좀 심상찮군요. 함께 마실 친구 하나 없이 홀로 술잔을 들이킨다는군요. 아름다운 꽃도 있고 맛 좋은 술이 있으면 당연히 사랑하는 사람이나 마음 통하는 벗과 함께해야 하거늘, 이백은 그렇지 못한 것 같습니다. 아름다운 꽃도 있고 맛 좋은 술도 있건만 부를 만한 친구도 없이 혼자입니다. 요즘 유행하는 말로 '혼술'을 하고 있는 것이죠. 여기서 우리는 이백의 고독한 형상을 읽어낼 수 있습니다. 고독함을 이기려고 달도 불러오고 자신의 그림자도 술자리에 초대합니다. 역시 호탕하고 낭만적인 시인답지요.

월하독작 月下獨酌

꽃밭에서 술 한 병 들고

대작할 친구 없이 홀로 따른다.

술잔 들어 달님을 초대하고

그림자와 마주하니 셋이 되었다.

달님은 술 마실 줄 모르고

그림자는 날 따라 움직이기만 하네.

잠시 달님과 벗하고 그림자를 거느리고

즐겁게 놀아보리라. 이 봄이 가기 전에.

내가 노래하니 달님은 서성이고

내가 춤을 추니 그림자는 너울너울.

취하기 전에는 사이좋게 즐기다가

취하고 나면 제각기 흩어지리라

영원히 담담한 우정을 맺어

아득히 먼 은하수에서 다시 만나리.

花間一壺酒, 獨酌無相親.
화 간 일 호 주 독 작 무 상 친

舉杯邀明月, 對影成三人.
거 배 요 명 월 대 영 성 삼 인

月既不解飲, 影徒隨我身.
월 기 불 해 음 영 도 수 아 신

暫伴月將影, 行樂須及春.
잠 반 월 장 영 행 락 수 급 춘

我歌月徘徊, 我舞影零亂.
아 가 월 배 회 아 무 영 령 란

醒時同交歡, 醉後各分散.
성 시 동 교 환 취 후 각 분 산

永結無情遊, 相期邈雲漢.
영 결 무 정 유 상 기 막 운 한

이백은 달과 그림자를 의인화시켜 고독한 술자리를 금세 노래도 있고 춤도 있는 자리로 마술을 부려놓습니다. 그러나 흥겨움도 잠시, 술에 취해 떨어지는 것과 함께 또다시 고독으로 빠져듭니다. 이 세상에서는 영원히 혼자임을 확인이라도 하듯 저 세상에서까지도 달과 그림자를 벗하겠답니다. 결국 이 세상에는 자신을 알아주는 진정한 벗이 없음을 한탄하고 있는 거지요. 불우하고 한스러운 처지를 낭만적으로 포장하고 호탕하게 노래하였기에 오히려 아련한 슬픔이 느껴지네요.

중국말에 "酒逢知己千杯少(주봉지기천배소) 話不投機半句多(화불투기반구다)"라는 말이 있습니다. 진정한 친구를 만나면 천 잔 술도 적고, 말이 안 통하면 반 마디 말도 많다고 했습니다.

이심전심 마음 통하는 친구와 함께 술 한잔 하는 것도 일상에서 빼놓을 수 없는 큰 즐거움이 아닐까 합니다. 이렇게 마시는 술이야말로 엔도르핀 팍팍 나오게 하는 약주인 셈이죠. 오늘 저녁, 친구와 함께 약주 한잔 어떨까요?

내 마음 흔들어놓은 봄꽃

江上被花惱不徹

사랑은 한자어로 사랑思量, '생각-사思' '헤아릴-량量'에서 왔다
고 하지요. 좋은 것을 봐도, 맛있는 것을 먹어도, 늘 생각나고 함
께하고 싶은 존재, 뭘 해도 신경 쓰이고 무슨 짓을 해도 생각나는
사람, 아름다운 풍경 속에 언제나 겹쳐지는 얼굴, 그것이 바로 사
랑입니다. 사랑에는 남녀 간의 사랑만 있는 게 아니죠. 친구 간의
돈독한 우정도 있습니다. 꽃들이 아름다운 향연을 펼치면서 손짓
하는 계절이면 가슴속 깊이 묻어둔 그리움이 밀려오기 마련이죠.
여기 홀로 무심코 강가에 나갔다가 아름다운 들꽃을 보고, 문득
친구 얼굴이 떠올라 지은 두보의 시를 소개하겠습니다. 제목은
「강반독보심화江畔獨步尋花」. 즉 '홀로 강가를 거닐며 꽃구경을 하
다'입니다.

강반독보심화 江畔獨步尋花

강가에 핀 봄꽃 내 마음 마구 흔들어놓아

그 아름다움 말해줄 데 없어 미칠 것 같네.

남쪽 마을 술친구 찾아 허겁지겁 달려갔더니

열흘 전 술 마시러 나가고 빈 침상만 홀로 있네.

江上被花惱不徹, 無處告訴只顚狂.
강 상 피 화 뇌 불 철   무 처 고 소 지 전 광

走覓南鄰愛酒伴, 經旬出飮獨空床.
주 멱 남 린 애 주 반   경 순 출 음 독 공 상

두보 나이 40대 후반에 지은 시입니다. 하던 일, 하고 싶은 일, 제대로 이루지 못하고 이리저리 떠돌던 두보가 친구 엄무嚴武의 도움으로 사천성 성도成都에서 직장도 얻고 거처도 마련하여 오랜만에 안정된 생활을 누리게 된 때였죠. 생활이 안정되니 마음에도 여유가 생깁니다. 지방 정부에서 일하고 있던 때여서 바쁘고 골치 아픈 일도 없었습니다. 월급도 나오겠다, 집도 있겠다…… 오랜만에 여유를 부려본 겁니다.

이 시는 7언 절구로 도합 7수로 이루어진 연작시입니다. 그러니까 강가에서 홀로 꽃구경을 하며 느낀 감흥을 7편의 시로 엮어놓은 것인데요. 여기서 소개하려는 시는 바로 그 첫 편에 해당합니다.

우선 제목의 '독보獨步' 곧 '홀로 거닐며'라는 뜻에서 고즈넉한 시인의 마음이 느껴집니다. 심심한 맘 달래보려고 두보는 집 근처 강가로 나갔습니다. 작심하고 꽃구경을 나선 건 아닌 듯합니다. 그저 심심해서 무료한 맘 달래보려고 나간 것 같네요. 그런데 강가에 나가보니 계절은 바야흐로 봄, 온갖 꽃들이 흐드러지게 피어 있었습니다. 아름다운 꽃들이 만발한 것을 보니 흥분된 마음을 가라앉힐 수 없었던 것입니다. 너무 좋아서 혼자 보기 아까워 거의 미칠 것 같은 심정……. 시인 두보, 인간 두보의 면목이 선명해지는군요. 그래서 한걸음에 친구한테 달려갑니다. 좋은 것을 보면 함께 누리고 싶어 하는 인간 두보, 시인 두보의 면목이 다시 선명해집니다. 역시 휴머니스트 두보답습니다.

그런데 찾아간 친구는 술친구입니다. 술친구, 말만 들어도 푸근한 느낌을 주지요. 인생의 멋과 맛을 아는, 넉넉한 마음을 가진 그런 친구가 연상되는군요. 어쩌면 그 친구도 숱한 좌절과 고통을 겪은 끝에 인생살이에 도가 튼 사람인 것 같습니다. 그런 친구와 함께 술 한잔 기울이며 봄꽃을 즐기고 싶었던 거죠.

아…… 그런데 그 친구는 이미 열흘 전에 술 마시러 나가고 없다는군요. 술 마시러 나가 열흘 동안이나 돌아오지 않는 사람, 대단한 모주꾼이로군요. 술에 취해 하늘을 이불 삼고 땅을 요[褥] 삼아 아무데서나 잠잤다는 중국 최고의 모주꾼 유령劉伶에 필적할 사람이로군요. 하여간 친구는 없고 빈 침상만 덩그러니 놓여 있습니다. 빈 침상, 그만큼이나 허전한 두보의 마음이 아주 잘 표현되어 있군요. 허전한 마음만큼이나 그 친구에 대한 그리움이 시 밖으로 마구 여울져 쏟아지는 느낌입니다. 눈 오는 밤, 친구가 문득 보고 싶어서 밤새도록 강 길을 달려갔다가 막상 친구 집 문 앞에 이르렀을 때 흥이 다하자 친구를 보지도 않고 되돌아왔던 괴짜 왕자유王子猷와 비교하면, 두보는 어쩌면 멋은 덜할지 모르겠지만 인간다운 맛이 물씬 풍겨 더 좋은 것 같습니다.

'승흥이래乘興而來 흥진이반興盡而返'은 바로 왕자유와 관련하여 나온 고사성어입니다. 잠시 소개하겠습니다. 남조南朝시대 유의경劉義慶이 지은 『세설신어』라는 책은 당시 유명 인사들을 품평해 놓은 책인데요. 「임탄任誕」편에 왕자유에 대해 다음과 같은 기록이 전해집니다. '임탄'은 '구속받지 않고 멋대로 하다'라는 뜻입니다. 왕자유는 왕휘지王徽之의 자字입니다. 남조시대 진나라의 유명한 서예가 왕희지王羲之의 셋째 아들인데요, 역시 글씨를 잘 썼다고 합니다. 성격이 도도하고 남에게 구속받는 걸 싫어했지요. 벼슬살이를 하다가 성격에 맞지 않자 아예 벼슬을 버리고 강호에 은둔하며 유유자적한 삶을 보냈다고 합니다.

함박눈이 펑펑 쏟아지는 어느 겨울밤 며칠간 내리던 눈이 멎고 하늘에 교교한 달님이 모습을 드러냈습니다. 온 세계는 눈꽃으로 가득하여 눈이 부셨습니다. 왕자유가 창문을 열고 밖을 내다보니 세상은 온통 은빛 세계였습니다. 하인에게 마당에다 술상을 차리라 하고 의자에 기대어 술 마시고 시를 읊조리다가 문득 여기에 음악이 보태지면 금상첨화라는 생각이 들었습니다. 그 순간 그림도 잘 그리고 거문고도 잘 타는 친구 대규戴逵가 생각났습니다. 대규는 자가 안도安道입니다. 그런데 그 친구는 이웃에 살고 있는 게 아니라 꽤 먼 거리에 살고 있었습니다. 하인에게 서둘러 배를 준비하라고 한 그는 즉시 배를 타고 밤 새워 친구가 있는 섬계剡溪로 향하였습니다. 당시 왕자유는 산음山陰, 그러니까 지금 절강성 소흥紹興에 살았는데 산음에서 섬계까지는 상당한 거리였습니다. 강 양안은 온통 은빛 옷을 입고 있어 그야말로 신선세계가 따로 없었습니다. 왕자유는 이 멋진 경치를 빨리 대규와 함께 보고 싶었습니다. 동이 틀 무렵 배는 어느덧 섬계에 도착했습니다. 이제 잠시 후면 친구를 볼 수 있을 텐데 왕자유는 갑자기 하인에게 배를 돌리라 했습니다. 하인이 의아해 묻자 이제는 흥이 사라졌으니 그냥 가자는 것이었습니다. '흥진이반興盡而返' 즉 흥이 다했으니 돌아가겠다는 뜻입니다. 보통 사람들 같으면 이런 생각 상상도 못하겠죠. 그래서 『세설신어』에서 그를 '임탄任誕', 즉 구속받지 않고 제멋대로 하는 사람의 전형으로 꼽았던 것입니다.

아름다운 풍광을 보면 누가 제일 먼저 떠오르는지요? 누구와 함께 손잡고 꽃길을 걷고 싶은지요? 누구와 함께 꽃그늘에 마주 앉아 한잔하고 싶은지요? 그 사람이 바로 당신이 사랑하는 사람입니다.

여기는 별천지
인간 세상 아니어라

別有天地非人間

어느 일간지에 연재되었던 김종필 씨의 회고록 제목이 '소이부답
笑而不答'이었습니다. 묻는 말에 웃음으로 대답한다는 뜻인데요.
이 말의 출처인 이백의 「산중문답山中問答」을 여러분에게 소개하
려 합니다.

　시 제목에서 알 수 있듯이 이 시는 누군가 이백에게 묻고 이백
이 답하는 형식으로 이루어진 시입니다. 녹음은 참 볼 만하지만
외지고 쓸쓸한 산속에 살고 있는 이백에게 물었습니다. '당신 왜
이런 산속에 살고 있는 거지?'라고 말이에요. 자신을 아끼는 사
람의 물음에 이백은 대답 아닌 대답을 하고 있군요. 말 대신 그저
미소로 대답하는 겁니다. 구구하게 이런저런 이유를 대며 장황하
게 설명하는 게 아니라 그저 씨익 한번 웃는 거예요.

산중문답山中問答

푸른 산에 왜 사냐고 내게 묻기에

웃음으로 대답하니 마음 절로 한가로워라.

복사꽃 흐르는 강물 아득히 흘러가니

여기는 별천지 인간 세상 아니어라.

問余何意棲碧山 笑而不答心自閑
문 여 하 의 서 벽 산   소 이 부 답 심 자 한

桃花流水杳然去 別有天地非人間.
도 화 류 수 요 연 거   별 유 천 지 비 인 간

이 시에서 이백은 산에서 살기에 행복한 이유를 이미지를 통해 드러냅니다. 구구하게 말로 설명하는 게 아니라 구체적인 형상으로 보여주는 거죠. 말로는 마음을 다 표현할 수 없지요. 정확하지 않을 수도 있고, 경우에 따라서는 마음에 없는 말도 할 수 있기 때문입니다. 또 말로 표현하면 의미가 구체적으로 고정되고 한정되어 곱씹고 생각할 여지를 주지 않습니다. 말 대신 웃음으로 대답하기에 그 웃음의 속뜻을 절로 생각하게 만들고 깊은 여운을 남기는 거죠.

시는 감정을 형상화합니다. 그런데 감정이란 종종 추상적이지요. 그래서 시인은 감정을 구체적으로 느끼고 만질 수 있게 하기 위해 이미지를 곧잘 사용합니다.

"복사꽃 흐르는 강물", 즉 '도화유수桃花流水'는 바로 그것의 전형이지요. 남당南唐의 군주이자 유명한 시인이기도 했던 이욱李煜은 덧없이 흘러간 아름다운 봄을 "흐르는 물 낙화 따라 봄은 갔어라(流水落花春去也)"라고 영탄한 적이 있지요. 물은 한번 흘러가면 영원히 돌아오지 않습니다. 아름다웠던 꽃도 바람에 휘날려 꽃잎 지면 화려한 그 모습 다시는 볼 수 없습니다. 덧없이 흘러간 청춘, 다시는 돌이킬 수 없는 아름다운 시절을 애달파 하는 마음이 오롯이 전해지는 시구죠. 그러나 '도화유수' 하면 우리는 대개 유토피아, 즉 이상향을 떠올립니다. 그건 진晉나라 때 도연명이라는 평범한 듯 비범한 시인이 『도화원기』라는 작품에서 사람들이 동경하는 꿈의 세계, 즉 낙원을 아주 생생하게 그려낸 이후부터

라는 걸 여러분도 잘 아시리라 믿습니다. 간략하게 다시 한번 그 내용을 말씀드리면 이렇습니다.

어느 어부가 고기를 잡다가 복사꽃이 만발한 강기슭을 따라 올라가다 보니 작은 동굴이 나왔답니다. 배에서 내려 동굴 속으로 들어가 보니 인간 세상과는 영 딴판인 세계가 있었고 그곳 사람들은 근심걱정도 다툼도 차별도 없이 행복하게 살고 있더라는 것입니다.

이런 세상을 한자 문화권에서는 별천지라고 하였습니다. 이백의 이 시에도 '별유천지別有天地'라고 했지요? 네, 또 다른 세계가 있다는 뜻인 별천지의 출처도 이백의 이 시가 되겠습니다.

이상향을 동경한다는 것은 현실이 고달프고 뜻대로 되지 않는다는 증거입니다. 이백의 다음 시 「독좌경정산獨坐敬亭山」, '경정산에 홀로 앉아'라는 시 역시 세상으로부터 버림받은 고독과 쓸쓸함을 노래하였죠. 한번 보실까요?

뭇 새들 하늘 높이 날아가 버리고

외로운 구름 홀로 유유히 가버렸네

아무리 바라보아도 질리지 않는 건

경정산 너뿐인가 하노라.

衆鳥高飛盡 孤雲獨去閑.
중 조 고 비 진 고 운 독 거 한

相看兩不厭 只有敬亭山.
상 간 량 불 염 지 유 경 정 산

경정산은 안휘성 선성宣城에 있는 산입니다. 새들도 모두 날아가 버리고 구름조차 미련 없이 떠나버린 경정산, 그 경정산 주위에는 외로움과 적막감이 밀려옵니다.

소탈하고 활달하고 낭만적이며 호탕하기로 소문난 이백답지 않게 왜 이렇듯 사무치는 외로움을 호소하는 것일까요? 세상으로부터 버림을 받은 것입니다. 세상이란 무엇일까요? 대장부의 포부를 펼칠 수 있는 정치의 세계입니다. 더 구체적으로 말하자면 조정朝廷이라고 할 수 있고요.

그러니까 이백은 황제로부터 버림받은 겁니다. 시 짓는 재주가 비범하였던 이백은 한때 당 현종의 총애를 받아 한림공봉翰林供奉이라는 관직에 임명된 적이 있습니다. 사실 이백의 생애를 통해 유일하게 직장생활을 했다고 볼 수 있는 시기였지요. 그러나 한림공봉이라는 자리는 일종의 별정직으로 아무런 권한도 없이 그저 황제가 벌이는 파티에서 노래가사나 지어주고 흥이나 돋우는 엔터테이너에 불과했던 것이죠. 현종의 눈과 귀를 즐겁게 해주었던 이백은 황제의 지극한 총애를 받았습니다. 손수 해장국 맛을 보고 이백에게 떠먹여주기도 하였습니다. 황제가 불러도 장안 저 잣거리 술집에서 곤드레만드레 취해 드러누워서는 신선에게 어찌 오라 가라 명령하느냐면서 버티고 가지 않는 호기도 있었습니다. 날아가는 새도 떨어뜨린다던 권세가 고력사高力士에게 술에 취해 신발을 벗기라고 호령하는 패기도 있었습니다. 시를 지을 때 양귀비에게 먹을 갈라고 요구하는 오만도 있었습니다. 그러나 현종은 시종일관 이백을 광대로서 총애했던 겁니다. 결국 이백은 고력사와 양귀비로부터 모함을 받아 궁중에서 쫓겨나게 되지요. 궁중에서 추방당한 후 장안을 떠나 약 십 년 세월을 방랑하다가 지은 시가 바로 「독좌경정산」이랍니다.

이상향 같은 산속에서 산다는 것은 세상을 등졌다는 뜻이지요. 하지만 단순한 패배의 결과는 아닙니다. 세속의 삶을 통찰하고 그 부조리에 거리를 두는 마음의 지향이 관계되어 있는 거죠. 이 시는 결국 자연과 더불어 사는 시인의 한가롭고 행복한 마음을 읊은 것입니다만, 그 삶의 이면에는 여의치 못한 이전 삶의 그늘과 한, 그리고 통찰이 배경을 이루고 있는 겁니다.

우리는 지금 이백의 이 시처럼 마냥 산속에서 살 수는 없을 테지요. 하지만 현실이 고달프고 추악하게 느껴질 때, 세상에 홀로 버려진 느낌이 들 때, 이 시를 조용히 읊조려보세요. 아무리 바라봐도 질리지 않는 그 어떤 존재가 있다면, 마음이 한결 평화로워지는 것을 느낄 것입니다.

가거나 오거나
관여하지 않고

不幹去來者

거리마다 오색등불이 찬란하게 밤을 수놓고, 싱그러운 연녹색 이
파리며 향기로운 꽃에서 생동하는 숨결이 오롯이 전해지는 계절
이 오면, 자연의 질서와 운행에 고요히 침잠하여 선禪의 경지를
깨닫게 하는 시편들이 생각납니다.

시승詩僧인 당나라 시인 한산寒山, 시불詩佛로 불리는 왕유王維,
그리고 우리나라의 다성茶聖이라 불리는 초의선사艸衣禪師의 시를
소개해드릴까 합니다. 우선 한산의 시를 보실까요? 제목은 「묘묘
한산도杳杳寒山道」, 즉 '그윽하고 아득한 한산의 길'입니다.

한산이 천태산 한암寒岩에 거주할 때 친히 보고 느낀 한암 주위
의 경치를 묘사한 시입니다. 이 시는 표면적으로는 경치를 묘사했
지만 사실은 경치를 통해 심경을 노래한 것입니다.

묘묘한산도 杳杳寒山道

그윽하고 아득한 한산의 길,

텅 빈 산골짝 냇가.

짹짹 새는 언제나 지저귀는데

고요한 산속 사람 하나 없다.

쏴쏴 불어오는 바람 얼굴에 스치고,

펑펑 날리는 눈발 몸에 쌓인다.

아침마다 해도 안 보이니,

해마다 봄을 모르고 사노라.

杳杳寒山道, 落落冷澗濱.
묘 묘 한 산 도　　낙 락 랭 간 빈

啾啾常有鳥, 寂寂更無人.
추 추 상 유 조　　적 적 경 무 인

淅淅風吹面, 紛紛雪積身.
석 석 풍 취 면　　분 분 설 적 신

朝朝不見日, 歲歲不知春.
조 조 불 견 일　　세 세 부 지 춘

이 시의 특징은 우선 첩자疊字를 많이 사용한 데 있습니다. 묘묘杳杳, 낙락落落, 추추啾啾, 적적寂寂, 석석淅淅, 분분紛紛, 조조朝朝, 세세歲歲. 시에서 첩자는 의성어나 의태어를 주로 나타내면서 리드미컬한 절주감을 형성해주는 역할을 합니다. 시인은 세상에서 초연한 마음의 상태를 드러내기 위해 정적 가득한 산속 경치를 묘사했고, 그 정적을 부각시키기 위해 정적인 경치와 동적인 경치를 대비시켰지요. "쨱쨱 새는 언제나 지저귀는데 고요한 산속 사람 하나 없다." "쏴쏴 불어오는 바람 얼굴에 스치고/펑펑 날리는 눈발 몸에 쌓인다"가 바로 그렇습니다. 마지막 구절 "아침마다 해도 안 보이니/해마다 봄을 모르고 사노라"는 울울창창한 숲속에 거주하기에 시인은 아침마다 햇살도 보지 못하고 그렇기에 봄이 오는지 가는지 세월을 모르고 산다는 것이지요. 세속을 초월한 시인의 마음을 마지막 부분에서 드러내었습니다.

다음은 시불로 지칭되는 왕유의 시를 소개해드리겠습니다. 제목은 「녹채鹿柴」, '사슴울짱'입니다.

빈 산 사람 아니 보이고

두런두런 말소리만 들린다.

석양빛 반사되어 깊은 숲속으로 들어와

다시 푸른 이끼 위를 비추는구나.

空山不見人 但聞人語響
공 산 불 견 인   단 문 인 어 향

返景入深林 復照靑苔上.
반 경 입 심 림 부 조 청 태 상

　이 시 역시 자연의 관조를 통해 심경을 드러낸 왕유의 대표작
입니다. 첫 구절은 정적에 싸인 산을 묘사했습니다. 인적 없는 산
속, 사람이 없는 줄 알았는데 뜻밖에 들려오는 인기척이 순식간
에 정적을 깨뜨립니다. 정적과 울림의 대비는 고요를 더욱 두드
러지게 하지요. 뒤이은 시구는 햇살의 명암을 통해 깊은 숲속의
어두움과 적막감을 표현하였습니다. 그러니 황혼녘은 말할 필요
도 없겠지요. 이때 어두운 숲속을 파고드는 석양빛은 주위의 어
둠을 부각시키는 작용을 합니다. 빛의 명암 대비를 통해 산속의
정적을 한층 부각시켰습니다. 이 모든 것은 바로 시인의 마음을
그림으로 그려낸 것이라 하겠습니다. 말로 형언하기 어려운 그윽
하고 고요한 심경을, 보고 느낄 수 있는 경치를 통해서 그림을 그
리듯 그려낸 것입니다. 그리고 이 시에서 나타낸 정靜과 적寂의
세계는 바로 왕유가 지향하는 선禪의 경지이기도 합니다. 마음의
번뇌를 끊고 무아의 경지에 드는 것이지요.
　다음은 초의선사의 시 「용문사에 이르다至龍門寺」입니다.

　텅 빈 산 봄이 떠난 후
　구름 일어나는 이때 이곳에 왔노라.
　가거나 오거나 관여하지 않고
　끝내 사람들이 알지 못하게 하는구나.

山空春去後 雲起客來時.
산 공 춘 거 후　운 기 객 래 시

不幹去來者 終不爲人知.
불 간 거 래 자　종 불 위 인 지

　　초의선사가 용문사에 도착해서 지은 시입니다. 봄꽃이 향연을 펼치며 떠들썩했던 산속은 이제 봄이 떠나가고 정적이 감돕니다. 초의선사가 이곳에 왔을 때, 용문사는 때마침 구름 속에 싸여 있어 정적을 한층 더 느끼게 해줍니다. 초의선사의 발자취는 구름에 가려 보이지 않으니 신비감마저 감돕니다. 자연은 계절이 오가는 것도 또 사람이 오가는 것도 관여하지 않고 무심히 운행을 계속합니다. 이 역시 세상일에 초연한 초의선사의 마음과 같습니다.

　　위에서 소개한 시들은 모두 선의 경지를 노래한 시들인데 한결같이 자연을 통해 드러냈다는 공통점을 지니고 있습니다. 언어도단言語道斷의 경계, 그것이 바로 불가의 경지이기 때문이죠. 큰 가르침은 언어도단, 곧 언어로 표현할 수 없기에 이심전심으로 느끼거나 그림으로 드러내는 이치라 할까요? 현상에 집착하고 일희일비하면서 욕망의 가속페달을 밟으며 끝없이 질주하는 중생들, 청정한 자연의 품에 살포시 안겨 숨 가쁜 일상에 쉼표를 찍고 자아를 관조하는 그런 시간을 가져보는 것은 어떨까요.

제2부

꽃은 정녕
그리움이어라

그윽한 향기 꽃 그림자
온몸 가득하여라

香滿衣巾影滿身

매화는 엄동설한 칼바람 눈얼음을 무릅쓰고 피어나, 만물이 소생하기 전에 가장 먼저 봄을 알리는 꽃이지요. 따뜻한 햇살 아래 벌나비들과 질탕하게 환락을 탐닉하는 뭇 꽃들과는 아주 대조적입니다. 그런 매화의 자태와 정신에 혼을 빼앗긴 수많은 매화 마니아들이 이 땅에도 또 중국 땅에도 수없이 많습니다.

그 가운데 가장 유명한 시인을 꼽으라고 한다면, 중국 땅에서는 송나라 때 사람 임포林逋가 있습니다. 임포는 평생 독신으로 살면서 그가 은거했던 고산孤山 구석구석에 매화나무를 심고 학한 마리를 기르면서 매화를 아내 삼고 학을 자식 삼아 그렇게 한평생을 보냈다는군요. 이를 매처학자梅妻鶴子라고 합니다. 그럼 매화의 남편을 자처했던 임포의 시를 먼저 보실까요? 「동산의 작은 매화山園小梅」입니다.

동산의 작은 매화山園小梅

모든 꽃 떨어진 후 홀로 고운 자태 드러내어

작은 동산의 풍광을 모두 차지하였네.

성긴 그림자 비스듬히 맑은 물에 비치고

그윽한 향기 황혼 후 달빛 아래 풍겨온다.

하얀 학 앉으려다 먼저 눈길 멈추고

꽃나비 알았다면 넋이 끊어졌으리라.

다행히 나지막이 시 읊조리며 매화와 가까이 할 수 있으니

노래 부르고 술 마시며 감상할 필요 없으리라.

衆芳搖落獨喧妍, 占盡風情向小園.
중 방 요 락 독 훤 연　　점 진 풍 정 향 소 원

疏影橫斜水淸淺, 暗香浮動月黃昏.
소 영 횡 사 수 청 천　　암 향 부 동 월 황 혼

霜禽欲下先偸眼, 粉蝶如知合斷魂.
상 금 욕 하 선 투 안　　분 접 여 지 합 단 혼

幸有微吟可相狎, 不須檀板共金樽.
행 유 미 음 가 상 압　　불 수 단 판 공 금 준

시를 시작하는 부분, 즉 수련首聯 두 구절 "모든 꽃 떨어진 후 홀로 고운 자태 드러내어/작은 동산의 풍광을 모두 차지하였네" 는 뭇 꽃 다 지고 난 후 홀로 고운 자태를 드러내는 매화의 속성을 묘사하였습니다. 원문의 '독獨', 곧 "홀로"라는 시어는 매화의 고고한 속성을 잘 드러내었습니다.

그다음 함련頷聯 두 구절, 즉 "성긴 그림자 비스듬히 맑은 물에 비치고/그윽한 향기 황혼 후 달빛 아래 풍겨온다"는 매화의 자태와 향을 형상화한 구절입니다. 이 두 구절 때문에 임포의 매화시가 천고의 절창으로 불리게 되었습니다. 달빛 아래 매화 그림자는 빽빽한 게 아니라 성깁니다. 잎새는 없고 꽃만 가지에 달려 있기 때문이지요. 그 향기는 진하게 후각을 자극하는 게 아니라 은은하게 풍깁니다. 고고한 인격과 고요한 정조를 연상시켜줍니다. 이런 자태에 반하지 않을 새도 또 나비도 없을 거라는군요. 시인은 말합니다. 이렇듯 고아한 매화에게는 속물적인 노래와 술로 가까이 할 수 없고 고상한 시나 읊조리는 은자만이 상대할 수 있다고 말입니다.

소식은 임포의 이 시를 읽고 나서 임포야말로 매화의 화신이라 칭송한 바 있습니다. 이 시에 나오는 '소영疏影'과 '암향暗香'은 매화의 대명사로 불렸고, 송나라 강기姜夔라는 시인은 '소영'과 '암향'이라는 제목으로 매화를 노래한 사詞를 짓기도 했습니다.

임포의 매화시는 최초로 서원을 개설한 안향安珦에 의해 전래된 성리학과 함께 우리나라에 전해져, 고려 말 이후 신흥사대부들을 중심으로 수많은 매화시가 지어졌다고 합니다.

중국을 대표하는 매화 마니아가 임포라면 우리나라에는 퇴계 이황을 꼽을 수 있겠습니다. 107수의 매화시를 지었으며 매화시 첩을 따로 엮어 책으로 낼 정도였으니까요. 이황은 도산서원 한 구석에 매화를 심어놓고 꽃이 필 때면 달이 기울도록 그 곁을 거 닐었다는군요. 병이 위독해지자 자신의 초췌한 모습 매화에게 보 일 수 없다며 매화 분을 다른 곳으로 옮기게까지 했답니다. 달밤 에 도산에서 지은 매화시를 한번 보실까요? 「도산월야영매陶山月 夜詠梅」 여섯 수 중 세 번째 시입니다.

이 시를 읊노라면 달빛 아래 매화 곁을 떠나지 못하고 밤 깊도 록 서성이는 퇴계의 모습이 눈앞에 선합니다. 매화 곁을 맴돌면 서 옥처럼 희고 맑은 매화의 고상한 품격과 융화되고 있음을 느 낄 수 있습니다. 인간 내면의 수양을 자연스러운 시어의 행간 속 에 기탁하여 풍부한 연상과 여운을 남깁니다. 울림이 참 큰 시입 니다.

관리로 임명되어 부임하는 길에 황진이의 묘에 제사를 지내고 시조 한 수를 지어, 부임하기도 전에 파직당하였다는 조선 최고 의 로맨티스트 임제林悌는 그의 작품 『화사花史』에서 매화를 제왕 으로 추대하고 소나무·대나무를 그 신하로 거느리게 했습니다. 과연 조선 땅에서 매화는 유가儒家의 선비정신, 불가佛家의 부처 님의 화신, 은사, 지사, 열사, 그리움을 품은 사람을 통틀어 함축 하는 꽃 중의 꽃이었습니다.

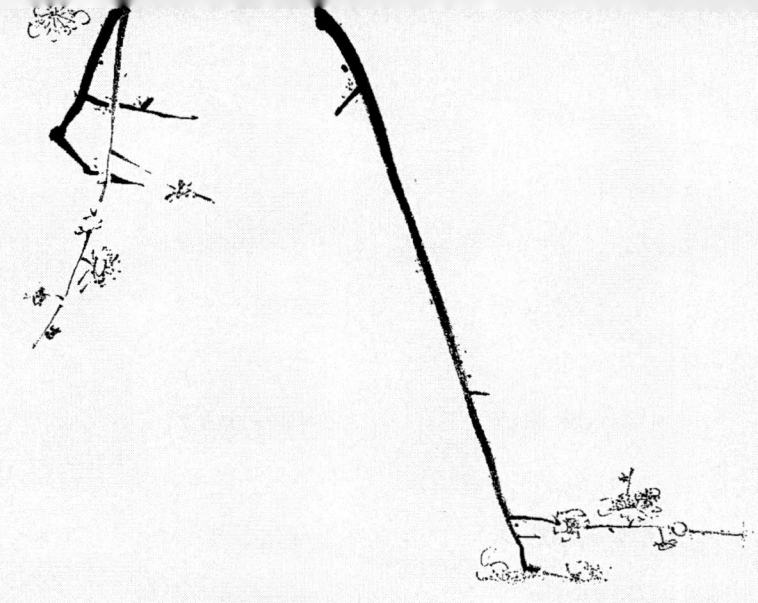

도산월야영매陶山月夜詠梅

뜨락을 거니노라니 달님은 날 따라오고

매화 곁 돌기를 몇 번이나 하였던가

밤 깊도록 앉아서 일어날 줄 모르니

그윽한 향기 꽃 그림자 온몸 가득하여라.

步屧中庭月趁人　梅邊行繞幾回巡
보섭중정월진인　매변행요기회순

夜深坐久渾忘起　香滿衣巾影滿身.
야심좌구혼망기　향만의건영만신

어떻습니까? 퇴계의 고아한 인품이 매화처럼 그윽한 향을 뿜고 있지 않나요? 이렇듯 중국이든 한국이든 매화 이미지는 동일합니다. 시공을 초월해서 사물을 보고 느끼는 미감과 연상은 다를 것이 없는 것이지요.

그런데 그런 매화가 오늘 이 시대를 사는 청춘들에게 점점 낯설게 여겨지고, 매화를 기리고 사랑하는 마음이 줄어들고 있는 것 같아 안타깝습니다. 아무리 물질이 정신을 능가하고 물질만능에 경도되어가는 세상이라지만, 이런 시대를 살기에 매화 같은 인품을 가진 인물이 더욱 그리워지는 요즈음입니다.

나뭇가지에
핀 연꽃

木末芙蓉花

가지마다 백옥처럼 하얀 연꽃이 피는 봄, 봄을 알리는 꽃 중의 꽃이라 할 수 있지요. 물 위에 핀 수련과는 달리 나무 위에 핀 연꽃이기에 목련이라 부릅니다. 꽃 색깔은 두 종류, 흰색과 자색입니다. 목련꽃은 잎사귀보다 꽃이 먼저 핍니다. 나뭇가지 끝에 연꽃만큼이나 큼직한 꽃을 피우기에, 봄바람에 일렁이는 모습 바라보노라면 마치 팔등신 미녀가 춤추는 듯합니다. 백목련이 자목련보다 먼저 핍니다. 목련이 필 때면 어김없이 찾아오는 노래가 있지요.

"하얀 목련이 필 때면 다시 생각나는 사람…… 그대 떠난 봄처럼 목련은 다시 피어나고 아픈 가슴 빈자리에 하얀 목련이 진다."

사랑과 이별의 아픔이 목련과 함께 아련히 피어오르는 노래입니다. 옛 시인들은 목련을 어떻게 노래했을까요.

신이오辛夷塢

나뭇가지에 핀 연꽃
산속에서 붉게 피었네
시냇가 오두막 인적 없는 곳에서
분분히 피었다 또 지누나.

木末芙蓉花, 山中發紅萼.
목 말 부 용 화　　산 중 발 홍 악

澗戶寂無人, 紛紛開且落.
간 호 적 무 인　　분 분 개 차 락

시불詩佛, 한시의 부처님이라 불리는 당나라 시인 왕유王維의 「신이오辛夷塢」입니다. '신이'는 자목련을 의미하고요, '오'는 둑이라는 뜻입니다.

사물을 관찰하는 시인의 눈은 참 예리하고 섬세합니다. 목련은 나뭇가지 끝에 피고 또 꽃봉오리며 활짝 핀 꽃 모양이 연꽃 같습니다. 목련꽃의 외형적 특징을 잘 묘사했습니다. 그런데 그 목련이 핀 장소는 사람들 발길이 북적대는 곳이 아니라 산속의 인적 없는 시냇가 오두막집이라는군요. 그런 곳에서 일제히 피었다가 또 뚝뚝 떨어져 집니다. 목련은 꽃이 크기 때문에 질 때는 뚝뚝 떨어지는 소리가 들리는 듯합니다. "모란이 뚝뚝 떨어져버린 날 나는 비로소 봄을 여읜 설움에 잠길 테요." 김영랑의 「모란이 피기까지는」의 한 구절이 생각나는군요. 왕유는 독실한 불교 신자였습니다. 그래서 불교의 공적空寂, 청정淸淨, 무심無心의 경지를 시적 형상화를 통해서 드러냈지요. 이 시도 공空과 적寂의 경지를 묘사했습니다. 고운 자태를 누구에게 보여주려고 핀 것이 아니라 인적 없는 곳에서 그저 자연의 순리에 따라 피고진다는 것입니다. 너무나 고요한 산속이기에 낙화의 울림이 더 크게 부각되는데요. 이 또한 정과 동의 대비를 통해 정적이 감도는 산속을 부각시키는 효과를 거둡니다. 목련은 응춘화應春花 혹은 옥란玉蘭이라고도 합니다.

앞서 소개한 왕유의 시는 자목련을 읊었는데요. 이번에는 백목련을 읊은 시를 소개하겠습니다. 명나라 시인 문징명文徵明의 「영옥란詠玉蘭」, '목련을 읊다'입니다.

영옥란 詠玉蘭

곱게 단장한 아름다운 자태 옥처럼 눈부시고

하얀 미인들 눈처럼 에워싼 듯.

고야산에 사는 아리따운 선녀들

옥황상제께서 고운 옷 하사하셨나보다.

꽃 그림자 차가운 달빛 빈 계단에 드리우고

그윽한 향기 저녁 바람 타고 별원에 풍겨온다.

양귀비 조비연과 대적할 만큼 아름다우니

양귀비가 살 쪘다고 비웃었던 매비도 탄식하리라.

綽約新妝玉有輝, 素娥千隊雪成圍,
작 약 신 장 옥 유 휘   소 아 천 대 설 성 위

我知姑射眞仙子, 天遣霓裳試羽衣,
아 지 고 야 진 선 자   천 유 예 상 시 우 의

影落空階初月冷, 香生別院晚風微,
영 락 공 계 초 월 랭   향 생 별 원 만 풍 미

玉環飛燕元相敵, 笑比江梅不恨肥.
옥 환 비 연 원 상 적   소 비 강 매 불 한 비

첫째 구절에서 넷째 구절은 백목련의 자태를 집중적으로 묘사했습니다. 우선 하얀 색깔에 착안하였기에 옥이며 눈 같은 사물에 비유했습니다. 그리고 그 아리따운 모습을 신선이 산다는 고야산의 선녀와 비유했는데요. 고야산은 막고야산의 준말입니다. 나뭇가지 끝에서 흔들리는 모습이 마치 미녀들이 대오를 이루어 춤추는 것 같다고 했습니다. 목련의 아름다운 자태를 극찬하고 있습니다.

다섯째 여섯째 구절은 목련의 은은한 향기를 묘사했습니다. 달빛 아래 바람 타고 풍겨오는 은은한 향기. 모습도 모습이지만 향기도 좋다는 것을 나타낸 거죠.

일곱째 구절에서는 목련을 선녀로 비유하는 것만으로는 성에 안 찼는지 다시 이 세상의 미녀 중 가장 아름답다고 칭송받는 두 미녀, 양귀비와 조비연과 대결해도 절대 꿀리지 않는 미모를 지녔다고 묘사했습니다. 주지하다시피 양귀비는 풍만함을 대표하는 미녀이고, 조비연은 날렵한 몸매를 대표하는 미인이지요. 중국어에 환비연수環肥燕瘦라는 말이 있는데요. '환環'은 양귀비의 이름 옥환의 '환'자고요, '연燕'은 조비연의 이름 '연'자를 뜻합니다. 그러니까 이 말은 '살찐 양귀비, 마른 비연'이라는 뜻입니다. 참 이상하지요. 시인은 어떻게 백목련을 정반대를 이루는 두 미녀에 비유했을까요? 네, 백목련은 꽃송이가 참 탐스럽지요. 그 탐스러운 모습으로부터 양귀비를 연상해냈습니다. 백목련은 또 잎이 나오기 전에 꽃이 피고요, 꽃봉오리는 수척한 조비연을 연상시켜주지요. 조비연은 바싹 말랐기에 청아한 분위기를 느끼게 해줍니다. 목련의 아름다움을 두 미녀에게 비유한 것이 참 특이합니다. 대개 예쁜 사람을 꽃에 비유해서 꽃처럼 아름답다고 하니까요.

마지막 구절에서는 매비梅妃를 등장시켰는데요. 매비는 당 현종의 비 강채평江采萍을 가리킵니다. 그녀는 매화를 아주 좋아했답니다. 그래서 자신이 거처하는 궁전 둘레에 온통 매화나무를 심었다나요. 그래서 그녀를 매비라고 칭했습니다. 매비는 양귀비의 등장으로 현종의 총애를 잃었는데 성격이 매화처럼 고고하고 차가웠다고 합니다. 반면 양귀비는 성격이 아주 화끈하고 또 눈치가 매우 빨랐다고 합니다. 정반대의 성격을 지녔기에 당 현종은 양귀비에게 빠진 겁니다. 그런 양귀비를 보고 매비는 살찐 여자라고 비웃었다고 하네요. 그러니까 마지막 구절은 매비 역시 목련의 미모를 못 당한다는 뜻이 되겠습니다.

아름다운 목련을 중국 4대 미녀 가운데 정반대 타입으로 각기 미모를 자랑했던 양귀비와 조비연에 비유한 것이 참 흥미롭습니다. 그런데 백목련은 질 때 참 가슴 아프게 지죠. 백옥처럼 하얀 꽃이 누렇게 변해 뚝뚝 떨어지는 겁니다. 그 모습이 이별의 슬픔으로 가슴앓이를 하는 마음 같습니다.

참! 중국 4대 미녀를 소개할까요. 시대 순으로 치면 첫 번째가 서시西施입니다. 서시가 처녀 시절 개울가에서 빨래를 하는데 그녀의 미모에 넋을 잃은 물고기들이 자맥질하는 것을 잊어 물밑으로 가라앉았다는군요. 그래서 서시의 별명이 '가라앉을-침沈', '고기-어魚', 즉 '침어沈魚'입니다. 두 번째가 왕장王嬙 즉 왕소군王昭君입니다. 흉노 왕의 왕비가 되어 가는 길에 사막을 지날 때 기러기가 보고 얼이 빠져 날갯짓을 잊어 땅에 떨어졌다 하여 '낙안落雁'이라 합니다. 세 번째는 후한 때의 초선貂蟬입니다. 여포가 동탁을 죽이는 원인 제공자라고 하지요. 그녀가 밤에 뜰에 나가면 달님이 부끄러워 구름 뒤에 숨었다 하여 '폐월閉月'이라 합니다. 이때의 폐는 '닫을-폐'가 아니라 '숨을-폐'가 되지요. 네 번째가 양옥환, 즉 양귀비입니다. 그녀가 화단에 나가면 꽃들이 부끄러워했다고 하여 '부끄러울-수', '꽃-화', 즉 '수화羞花'가 그녀의 별명입니다. 그런데 그중 초선은 소설가인 나관중이 『삼국지연의三國志演義』를 쓸 때 지어낸 허구인물이라는군요.

뽕잎을 땁니다,
물가에서

采桑綠水邊

중국 한漢나라를 대표하는 시가의 형식은 악부시樂府詩입니다. 악부는 한나라 때 설치되었는데요. 주로 민가民歌나 문인의 시를 채집하여 곡을 붙이는 기관입니다. 이곳에서 정리한 악부시는 주로 조정의 연회나 제례 때 사용하였습니다.

한나라 악부시의 명편 중에는 「맥상상陌上桑」이라는 작품이 있습니다. 「맥상상」이란 '길가의 뽕나무'라는 뜻입니다. 뽕나무는 봄을 상징하는 나무 중 하나입니다. 뽕나무 하면 떠오르는 말, 네…… 바로 '임도 따고 뽕도 딴다'는 조금은 야한 말이 생각납니다. 널따란 뽕잎이 하늘을 가린 뽕밭 그늘에는 잡초 또한 없는 아늑한 공간이 있습니다. 그곳이야말로 물레방앗간과 함께 총각 처녀의 에로스적인 사랑이 이루어지기 안성맞춤인 곳이라는 거지요.

맥상상陌上桑

남쪽에서 온 태수
다섯 필 말이 끄는 수레 타고 멈칫멈칫
태수는 아전을 보내어
뉘 집 아가씨냐고 물어본다.
"진씨 집에는 아름다운 아가씨 있으니
스스로 이름을 나부라 불러요."
"나부 양 나이가 몇이나 되오?"
"스물은 아직 안 됐지만
열다섯은 넘었답니다."
태수가 나부를 꾀며 하는 말
"내 수레 함께 타지 않겠소?"
나부가 나아가 아뢰는 말
"태수님은 어찌 그리 어리석으신가요!
태수님은 부인이 계시고
저는 낭군이 있잖아요!"

使君從南來, 五馬立踟躕.
사 군 종 남 래　　오 마 립 지 주

使君遣吏往, 問是誰家姝?
사 군 견 리 왕　　문 시 수 가 주

秦氏有好女, 自名爲羅敷.
진 씨 유 호 녀　　자 명 위 라 부

羅敷年幾何? 二十尚不足,
나 부 년 기 하　　이 십 상 부 족

十五頗有餘. 使君謝羅敷,
십 오 파 유 여　　사 군 사 라 부

寧可共載不? 羅敷前致辭,
녕 가 공 재 불　　나 부 전 치 사

使君一何愚! 使君自有婦,
사 군 일 하 우　　사 군 자 유 부

羅敷自有夫!
나 부 자 유 부

「맥상상」은 장편 서사시로 내용에 따라 세 단락으로 구분할 수 있는데요. 여기서 소개하는 시는 두 번째 단락에 해당합니다.

유학자들은 『시경』 중 정풍鄭風과 위풍衛風을 '상간복상지음桑間濮上之音'이라 하여 음란한 노래로 여겨 금지하였습니다. 위나라 지역을 흐르는 복수濮水 주변은 널따란 평원이 펼쳐져 있고 뽕나무를 많이 심었는데, 그곳은 남녀가 사람들의 눈을 피해 만나기 좋은 장소였답니다. 그곳에서 일어난 남녀 간의 애정 행각을 노래한 것이 바로 정풍과 위풍의 대부분을 차지하였기에 점잖은 도덕군자들이 금지하였다는 것입니다. 그런데 사람들은 금지하면 할수록 더 보고 싶은 충동을 느끼잖아요. 그래서 정풍과 위풍은 금지곡임에도 많은 사람들의 사랑을 받았던 거지요.

이 시의 첫째 단락은 시의 주인공 나부羅敷라는 여자의 아름다움을 다각도로 묘사했는데요. 주로 옷차림을 통해 아름다움을 부각한 다음, 나부가 한번 길에 나타나면 그 모습을 본 남편들이 집에 돌아가 마누라에게 공연히 골을 내서 부부싸움이 일어났다는 내용으로 나부의 매력과 아름다움을 생동적으로 묘사한 것이 특징입니다. 절찬리에 방영되었던 KBS 드라마 〈태양의 후예〉에 나오는 남자 주인공 때문에 중국에서 부부싸움이 잦다는 보도를 접한 적이 있는데요. 예나 지금이나 남의 잘생긴 여자나 남자 때문에 부부 간에 골내고 토닥거리는 일이 일어나는 건 여전하네요.

위에 적시한 부분은 주로 태수와 나부가 주고받는 대화로 이루어져 있습니다. 지체 높은 태수의 유혹을 거절하는 나부의 반응

이 무척 재치가 있습니다. 사실 이 시에서 나부의 결혼 여부는 확인할 수 없습니다. 그저 결혼했다니까 결혼한 줄 알아야죠. 외간 남자가 유혹할 때, 그것도 권력자가 유혹할 때 그 유혹을 물리칠 수 있는 가장 현명한 답은 "애인 있어요" 혹은 "남편 있어요"가 아닐까요? 다른 구구한 변명 다 필요 없는 거죠.

그래서 이 시의 세 번째 단락은 남편 자랑을 늘어놓는 내용으로 도배되어 있습니다. 남편은 인물도 출중하고 부자일 뿐 아니라 재주도 탁월하여 고속 승진한 사람이라면서 다음과 같이 자랑을 늘어놓습니다. 열다섯에 작은 관직에 임명되고 스무 살에 대부가 되고 서른 살엔 시중이 되고 마흔 살엔 성주가 되었다고요. 두 번째 단락에서 나부 스스로 열다섯은 넘었지만 스물은 안 됐다고 분명 말했는데, 이 내용을 보면 남편이 적어도 마흔 살은 되었다는 겁니다. 그렇다면 나부의 남편은 스무 살이나 많은 남자라는 건데, 이 정도 나이 차라면 나부는 첩이 아닐까 그런 생각을 하게 만듭니다. 그럼 태수에게 자신은 첩이라는 걸 공개하는 꼴입니다. 따라서 나부 스스로 유부녀라면서 남편 자랑을 늘어놓은 것은 사실 결혼도 하지 않았으면서 태수의 유혹을 거절하기 위해 핑계를 댄 것으로 보는 것입니다. 뻥도 이 정도는 쳐야 태수의 코를 납작하게 만들어 단념시킬 수 있는 거죠.

이 시는 훗날 당나라 시인 이백이 패러디를 하여 「자야오가子夜吳歌」 중 「춘가春歌」라는 시를 짓기도 했습니다. 한번 보실까요?

춘가春歌

진나라 땅 나부 아가씨,

뽕잎을 땁니다 푸른 물가에서.

하얀 손 푸른 나뭇가지에 오르고요,

고운 얼굴 햇살 아래 빛나요.

누에가 배고프니 저는 가야겠어요,

태수님이여 머뭇거리지 마세요.

秦地羅敷女, 采桑綠水邊.
진 지 라 부 녀   채 상 록 수 변

素手靑條上, 紅妝白日鮮.
소 수 청 조 상   홍 장 백 일 선

蠶饑妾欲去, 五馬莫留連.
잠 기 첩 욕 거   오 마 막 류 련

어때요? 「맥상상」의 내용을 함축적으로 개괄해놓았음을 알 수 있지요? 그런데 이 시의 스토리 원형은 한나라 유향劉向의 「열녀전」에 나오는 추호秋胡라는 남자와 그 부인의 고사에서 나왔다고 합니다. 옛날에 추호라는 남자가 있었는데, 결혼한 지 닷새 만에 지방 관리로 전출이 되었다가 5년 만에 고향으로 돌아오는 길에 길가에서 뽕잎 따는 여자를 만났답니다. 추호는 그 미모에 반해 이렇게 고되게 뽕잎이나 따느니 자기의 첩이 되어달라고 했답니다. 그 부인이 단호히 거절하고 집으로 돌아와 보니 5년 만에 남편이 돌아와 있었습니다. 그런데 놀랍게도 아까 길에서 자신을 꾄 그 사람이었던 거죠. 그녀는 분하고 억울해서 강물에 투신해서 죽었다고 합니다. 아무리 결혼하고 닷새 만에 집 떠났다가 5년 만에 돌아왔다 할지라도, 부부가 서로의 얼굴을 알아보지 못했다는 게 지금 같은 시대에는 영 이해가 가지 않습니다만, 남녀 유별했던 그 시절엔 갓 결혼한 남편 얼굴 혹은 부인 얼굴을 제대로 쳐다보기나 했을까요? 한을 머금고 떠난 추호의 부인을 위로하기 위해 「맥상상」이나 이백의 「춘가」 같은 시들이 나온 게 아닐까 싶네요.

봄바람에 하늘거리는
아리따운 모습

絆惹春風別有情

흔히 봄의 전령사를 매화라고 하지만 삭막한 회색빛 도심에서 가장 먼저 봄을 느끼게 해주는 건 뭐니 뭐니 해도 파르스름한 기운을 드리운 채 휘늘어진 버드나무가 아닌가 싶습니다. 가까이 가서 보면 분명 이파리는 돋지 않았지만 멀리서 바라보면 가지마다 파르스름한 색이 감돌지요. 어느 해인가 버드나무의 하얀 꽃가루가 알레르기를 일으키는 원흉이라면서 도심이며 강변의 버들을 몽땅 잘라버려 이제는 도심에서 버드나무 보기가 쉽지 않게 되었습니다. 시정詩情을 듬뿍 머금고 하늘거리던 버드나무는 고전 시가에서 즐겨 사용하는 이미지였는데요. 참 아쉽습니다.

이제 버들을 노래한 시를 소개할까 합니다. 『시경·소아小雅·채미采薇』에 이런 구절이 있습니다.

시경 · 소아小雅 · 채미采薇

그 옛날 집 떠날 때,

버들가지 하늘하늘 늘어졌었는데

오늘 돌아오는데

눈발이 펄펄 날리는구나.

昔我往矣, 楊柳依依;
석 아 왕 의　양 류 의 의

今我來思, 雨雪霏霏.
금 아 래 사　우 설 비 비

집 떠날 때 하늘하늘 늘어졌던 버들가지, 고향으로 돌아오는 지금 앙상한 가지 위에 눈발이 펄펄 날립니다. 고향 떠나 오랜만에 돌아온 것을 버들과 눈발로 형상화한 것이지요. 그 후로 버드나무는 이별의 이미지를 상징하는 시어가 되었습니다. 하늘하늘 휘늘어져 바람에 흔들리는 버들가지로부터 옛 사람들은 정든 임을 두고 차마 발길을 떼지 못하는 사람의 마음을 보았던 것 같습니다. 그래서 중국어로 '미련 때문에 헤어지지 못한다'는 뜻을 '의지할-의依' 두 개를 겹친 '의의依依'로 나타내고, 또 버들이 하늘하늘 늘어진 모양도 '의의依依'로 나타냅니다. 또 옛날 중국 사람들은 이별할 때 버들가지를 꺾어주는 풍습이 있었다네요. '버들-유柳'자와 '만류挽留하다'라는 뜻을 지닌 '유留'자의 음이 같은 관계를 이용하여 떠나는 임을 붙잡아두고 싶은 마음, 아쉬운 마음을 나타냈다는군요.

이제 버들을 읊어 이별의 정서를 나타낸 시, 왕유王維의 「안서로 발령받아 떠나는 원이를 보내며送元二使安西」를 소개하겠습니다.

위성의 아침 비 티끌 살짝 적시고

객사엔 푸릇푸릇 버들 빛 새롭다.

친구여 한잔 술 더 마시게

양관문 나서면 그대 이제 없으니.

渭城朝雨浥輕塵, 客舍靑靑柳色新.
위 성 조 우 읍 경 진   객 사 청 청 류 색 신

勸君更盡一杯酒, 西出陽關無故人.
권 군 경 진 일 배 주　서 출 양 관 무 고 인

봄날의 이별입니다. 위성은 이별하는 지점을 나타냅니다. 장안 서북쪽에 있는데 위하渭河의 북쪽에 있습니다. 멀리 서역으로 떠나는 사람들을 이곳까지 와서 전별했다고 합니다. 지금의 함양시鹹陽市로, 현재 이곳에는 국제공항이 있습니다.

친구 원상元常과 이별하는 아침, 아침비가 촉촉이 내려 먼지를 가라앉히고 주막을 겸한 여관 앞 실버들은 비를 맞아 더욱 파릇파릇한 고운 색깔을 드러냈습니다. 깨끗한 길, 푸릇푸릇한 버들, 상큼한 아침 기운……. 이별하는 마음은 애석하지만, 그래도 서역 안서도호부로 떠나는 친구 원상의 장도를 축원하는 듯해서 섭섭하면서도 위안이 됩니다. 황사가 잔뜩 날리는 뿌연 아침보다 훨씬 마음이 안도됩니다. 친구를 생각하는 진지하고 돈독한 정이 느껴집니다.

그래도 이별은 섭섭하고 아쉬운 법, 그래서 술을 권합니다. 건강해라, 밥 잘 먹어라, 이런 말 대신 술잔을 권하는 동작에서 작별의 순간을 술 마시는 시간만큼 더 끌어보려는 마음을 읽을 수 있습니다. 양관은 돈황 남쪽에 있는 서역으로 통하는 관문입니다. 이 문을 나서면 이제 더 이상 친구 모습을 볼 수 없기에 시인은 자꾸만 술을 권합니다. 술과 친구는 묵을수록 좋다고 하죠? 진한 술만큼 농후한 우정을 느끼게 해주는 이별시입니다.

다음은 당나라 시인 당언겸唐彦謙의 시 「수류垂柳」입니다.

수류垂柳

봄바람에 하늘거리는 아리따운 모습,

그 자태 누가 감히 겨룰 수 있을까?

초왕은 강가에 공연히 버들을 심어놓아

궁녀들 굶어죽어도 하늘거리는 허리 되려 하였다.

絆惹春風別有情, 世間誰敢鬥輕盈.
반 야 춘 풍 별 유 정　세 간 수 감 두 경 영

楚王江畔無端種, 餓損纖腰學不成.
초 왕 강 반 무 단 종　아 손 섬 요 학 불 성

봄바람에 나부끼며 하늘거리는 실버들을 바라보고 있노라면 아름다운 여인의 가느다란 허리가 연상되는 모양입니다. 그리고 그 자태는 천하의 그 누구도 따라갈 수 없다고 시인은 노래합니다. 시인은 그런 버드나무에서 부드럽고 나긋나긋한 허리 가는 아가씨를 연상했고요, 그로부터 허리 가는 미인만 좋아했던 초나라 영왕靈王을 떠올린 겁니다.

영왕이 가는 허리, 곧 '세요細腰'만 좋아하니까 초나라 궁녀들이 목숨 걸고 다이어트 하다가 굶어죽어 그 시체가 산더미처럼 쌓였다는 황당한 이야기가 전해집니다. 영왕은 신하들 역시 허리 가는 사람만 좋아해서, 조정 대신들은 관복의 허리띠를 맬 때 숨을 멈추고 잔뜩 허리를 조여 매었고 하루에 한 끼만 먹었다는군요. 그렇게 일 년이 지나자 조정 대신들은 얼굴이 너무 말라서 모두 까맣게 변했다는 기록이 『전국책』과 『묵자』에 전해집니다. 무턱대고 윗사람의 비위만 맞추는 데 혈안이 된 사람들을 풍자하고, 또 그런 걸 요구하는 혼용무도한 군주를 비판하는 내용을 담은 것이지요. 이 시는 부드러움 속에 송곳 같은 비판을 담고 있고, 함축 속에 날카로운 붓끝을 드러낸 절창絶唱입니다.

꽃잎은 바람에
지려 하건만

風花日將老

그리움이 절절히 묻어나는 시 「동심초」를 아시나요? 7080세대에게는 익숙한 노래이지요. 이 노래의 가사는 당나라 여성 시인 설도薛濤가 지은 「춘망사春望詞」인데요. 우리나라 근대시의 개척자인 안서 김억이 일제 암흑기 때 '동심초同心草'라는 제목으로 번역했고, 훗날 김성태가 곡을 붙였지요. 사람들은 동심초가 무슨 풀이름인 줄 알지만 세상에 이런 풀은 없답니다. 풀잎으로 동심원을 그려가면서 매듭을 지은 것을 동심초라고 하지요. 매듭을 짓는다는 건 주로 사랑하는 남녀가 마음을 맺는 것을 의미하고요. 동심결同心結이라고도 합니다.

　이 시는 모두 4수로 이루어진 연작시인데요. 우리가 아는 동심초는 두 번째 시입니다. 그 시를 소개하겠습니다.

꽃잎은 바람에 지려 하건만, 만날 기약 여전히 아득하군요

사랑하는 사람과 마음 맺지 못하고, 공연히 풀잎만 맺고 있어요.

風花日將老, 佳期猶渺渺.
풍 화 일 장 로　가 기 유 묘 묘
不結同心人, 空結同心草.
불 결 동 심 인　공 결 동 심 초

김억은 이 시를 이렇게 번역했지요. "꽃잎은 하염없이 바람에 지고, 만날 날 아득타 기약이 없네요. 무어라 마음과 마음 맺지 못하고 한갓되이 풀잎만 맺으려는고 한갓되이 풀잎만 맺으려 하는고……."

이 번역을 볼 때마다 '아, 정말 번역은 제2의 창작이구나' 하는 걸 실감합니다.

설도는 기생이었습니다. 중국의 황진이黃眞伊지요. 둘 다 몰락한 선비의 딸이었는데, 먹고살려고 기생이 되었으니 얼마나 한이 깊었을까요. 여느 남자 못지않은 문학적 재능을 지니고 당시 최고 문호들과 시를 주고받았지만, 천대받는 기생이었으니 사랑하는 남자의 아내가 되어 단란하게 살고 싶어 했던 꿈과 한이 곳곳에 서려 있습니다. 시인은 정인과 마음을 맺지 못하고 공연히 풀잎만 따서 동심결을 만드는 자신의 신세를 한탄합니다. 바람결에 꽃잎이 떨어지듯 청춘은 자꾸만 시들어가는데 사랑하는 임을 만날 날은 아득하기만 합니다.

이 시의 첫째 셋째 넷째 시의 내용은 다음과 같습니다.

꽃이 피어도 함께 즐거워하지 못하고

꽃이 떨어져도 함께 슬퍼하지 못하네요.

언제가 제일 그립냐고 물으시면

꽃이 피고 지는 때라 대답할래요.

花開不同賞, 花落不同悲.
화 개 불 동 상　화 락 부 동 비

欲問相思處, 花開花落時.
욕 문 상 사 처　화 개 화 락 시

풀 꺾어 동심결 고이 만들어

사랑하는 임에게 보내려 합니다.

슬픈 마음 이제 막 끊어지려 하는데

새는 또다시 구슬피 우는군요.

攬草結同心, 將以遺知音.
남 초 결 동 심　장 이 유 지 음

春愁正斷絶, 春鳥復哀吟.
춘 수 정 단 절　춘 조 복 애 음

아 어찌하랴 흐드러지게 핀 꽃가지

도리어 그리움만 돋우어 놓으니.

아침에 거울 보며 눈물 흘리는 내 마음을,

봄바람아 넌 아느냐 모르느냐.

那堪花滿枝, 翻作兩相思.
나 감 화 만 지　번 작 량 상 사

玉簪垂朝鏡, 春風知不知.
옥 잠 수 조 경　춘 풍 지 부 지

　시인의 심정이 그 어느 시보다 절절합니다. 슬픔을 함께하지
못하는 슬픔까지 토로했기 때문이지요. 슬픔까지 같이 하는 것이
사랑이라는 거지요. 어찌 보면 평범한 것 같지만 속정이 매우 깊
이 묻어나는 시입니다.

　이번에는 봄날의 이별을 슬퍼하는 남성 작가의 시를 소개해드
리겠습니다. 백거이의 시입니다. 제목은 「잠별리潛別離」, '남몰래
하는 이별'입니다.

　"부득곡不得哭, 부득어不得語"라니, 울 수도 없고 말할 수도 없
는 이별, 도대체 무슨 사연이 있기에 울지도 못하고 말하지도 못
하는 것일까요. 시인은 말합니다. 남몰래 하는 이별이라 그렇다
고요. 남이 알아서는 안 되는 사랑이기에 이별도 누가 알면 안 된
다는군요. 이런 사랑과 이별 어디서 많이 본 것 같지요? 인정받지
못하는 사랑일까요? 아니면 불륜? 시인은 타의 때문에 이별할 수
밖에 없다고 암시하네요. 날카로운 칼날에 잘린 연리지처럼 그들
도 누군가 갈라놓았답니다. 연리지는 원래 다른 나무의 가지였
는데 기적처럼 하나로 붙은 가지입니다. 다른 두 사람이 사랑으
로 하나가 됨을 말하지요. 그런 연리지가 되어 영원히 사랑하려
했건만 누군가 강제로 떼놓았습니다. 다정한 새처럼 함께 날아가
려 했는데 누군가 새장에 혼자 가둬놓았다는군요.

잠별리 潛別離

울 수 없어요, 남몰래 하는 이별이기에
말할 수 없어요, 남몰래 하는 사랑이기에
우리 둘 외에는 아무도 몰라.

깊은 새장 갇혀 홀로 자는 새,
날카로운 칼날에 싹둑 잘린 연리지
황하수 탁하지만 맑아질 날 있고,
까마귀 머리 검지만 희어질 날 있으련만
오직 남몰래 사랑하고 이별하기에,
만날 기약 없어도 기꺼이 감수해야 하리.

不得哭, 潛別離.
부 득 곡   잠 별 리

不得語, 暗相思.
부 득 어   암 상 사

兩心之外無人知.
양 심 지 외 무 인 지

深籠夜鎖獨棲鳥, 利劍春斷連理枝.
심 롱 야 쇄 독 서 조   이 검 춘 단 련 리 지

河水雖濁有淸日, 烏頭雖黑有白時.
하 수 수 탁 유 청 일   오 두 수 흑 유 백 시

唯有潛離與暗別, 彼此甘心無後期.
유 유 잠 리 여 암 별   피 차 감 심 무 후 기

기구하고 슬픈 이별이기에 그 슬픔은 황하가 맑아지는 날이 와도 끝나지 않고, 까마귀가 하얗게 변하는 날이 와도 사라지지 않을 것이라고 했네요. 황하가 맑아지는 날이 올까요? 까마귀가 하얗게 변하는 날이 올까요? 영원 불변의 자연 현상을 변할 수 있다고 가정한 것은 자신의 이별의 슬픔이 절대로 변하지 않을 것임을 강조하기 위한 시적 장치죠.

이루어질 수 없는 사랑을 했던 백거이의 절절한 경험에서 나온 시이기에 통제하기 어려운 격정이 느껴집니다. 백거이에게는 첫사랑과 헤어지고 오래 혼자이다가 서른여섯이 다 되어 결혼한 아픈 사연이 있답니다.

여기서 주목할 대목은 마지막 구절 "오직 남몰래 사랑하고 이별하기에/만날 기약 없어도 기꺼이 감수해야 하리"입니다. 시인은 아무리 슬퍼도 감수하겠다고 다짐합니다. 그렇지 않으면 그 사랑도 왜곡되고 현실도 어떻게 깨질지 모르니까요. 사랑과 이별의 감정을 감당하지 못해 추해져서야 되겠습니까?

아름다운 붉은 꽃,
이슬 맺혀 향기롭고

一枝紅艶露凝香

'오월의 꽃' 하면 어떤 꽃이 떠오르는지요? 요즘 젊은이들은 대부분 장미를 떠올립니다만, 연세가 드신 분들은 모란을 생각하시리라 믿습니다. 붉은 꽃잎과 황금색 꽃술, 그리고 청록색 이파리가 어우러져 화려한 자태를 뽐내는 꽃이지요. 모란은 목작약이라고도 하는데요. 작약과 거의 구분이 안 가긴 하지만 이파리가 확실히 다르더군요. 모란은 관목식물이고 작약은 초본식물입니다. 그래서 모란을 목작약이라고 하는 것이죠. 모란은 부귀영화를 상징하고 '행복한 결혼'이라는 꽃말을 지니고 있네요. 옛날 왕후장상王侯將相들이 특히 좋아하였고, 일찍이 수隋나라 때부터 관상용으로 각광을 받았으며 당唐나라 때 관상의 극치를 이루었다고 합니다.

당나라 시인 유우석劉禹錫은 "오직 모란만이 이 세상에서 가장 아름다워라! 꽃 필 때면 장안을 떠들썩하게 만드누나(唯有牡丹眞國色, 花開時節動京城)"(「모란을 감상하다賞牡丹」)라고 읊은 적이 있지요.

모란꽃을 그린 동양화에는 으레 '국색천향國色天香'이라는 네 글자가 쓰여 있는데, 천하에서 가장 아름다운 모습과 향을 지녔다는 뜻으로 부귀영화를 상징하기에 사람들이 좋아했습니다. 당나라 사람들이 모란을 얼마나 애지중지하였는지는 백거이의 시 「꽃을 사다買花」를 보면 잘 나타나 있습니다.

장안성엔 어느덧 봄날이 저무는데
수레들 덜컹거리며 요란하게 지나간다.
모두들 모란이 피는 시기라면서 줄지어 꽃 사러 달려간다.
값은 정해져 있지 않으니 꽃송이에 따라 가격이 달라지지요.
백 송이 붉은 꽃, 다섯 묶음 비단 값이어라,
위에는 장막을 덮어 가려주고 아래에는 울타리를 쳐서 보호한다.
집집마다 모란 꽃 키우느라 정신이 팔렸다.
어느 농부 이 광경 보고 장탄식 하는 말,
한 무더기 붉은 꽃나무 한 그루 값은 열 집이 내는 세금과 맞먹노라.

모란이 관상용으로 얼마나 인기가 있는지 알려주는 동시에 서민의 삶은 아랑곳하지 않고 사치향락을 일삼는 가진 자들을 향해 따끔하게 일침을 가한 시입니다.

우리는 모란을 목단이라고도 하는데요. 사실 모란이 맞는 음이
지요. 모란의 한자는 '수컷-모牡'와 '붉을-단丹'으로 이루어져 있
는데요. 명나라 이시진李時珍의 『본초강목本草綱目』에 따르면 모란
은 종자를 맺지만 뿌리로 번성하는 식물이기에 번식 능력이 없다
는 뜻의 '수컷-모牡'자를 쓰고, 꽃은 붉다고 하여 '붉을-단丹'자를
썼는데, '단'은 또 '란'으로 읽기도 합니다. 따라서 모란이란 말이
원래 명칭입니다.

한편 목단牧丹은 '기를-목牧'에 '붉을-단丹'자로 써서 표현하는
데, 이런 표기는 우리나라에만 있습니다. 아마도 '모牡'자와 '목牧'
자가 비슷해서 이런 현상이 일어난 게 아닌가 싶습니다.

모란과 관련된 유명한 일화로 선덕여왕 이야기를 빠트릴 수 없
겠지요? 당 태종이 선덕여왕에게 모란 그림을 보내왔는데, 꽃에
나비가 그려지지 않은 걸 보고 이 꽃은 향기가 없을 거라고 말했
다지요? 선덕여왕의 탁월한 통찰력을 드러내기 위해 만들어낸 이
야기이죠. 그런데 말입니다. 모란은 향기가 있답니다. 달콤하고
은은한 향기가 일품이죠.

모란을 읊은 시 중에 가장 유명한 작품은 아무래도 이백이 지
은 「청평조사淸平調詞」를 꼽아야 할 듯합니다. 모란의 이칭이 귀비
화인데, 귀비는 바로 양귀비를 의미하죠.

이 시는 원래 3수로 이루어져 있는데, 모란과 관련된 첫 번째,
두 번째 시만 소개하겠습니다.

청평조사 淸平調詞

구름 보면 옷 생각, 꽃 보면 얼굴 생각
봄바람 스치는 난간에 이슬 맺힌 꽃 아름다워라.
군옥산 산마루에서가 아니면
요대의 달빛 아래서 만날 수 있으리라.

아름다운 붉은 꽃, 이슬 맺혀 향기롭고,
무산선녀 그리워하며 공연히 애태웠네.
한나라 궁전의 누구와 닮았는가?
어여쁜 비연도 곱게 화장해야 하리.

雲想衣裳花想容, 春風拂檻露華濃.
운 상 의 상 화 상 용   춘 풍 불 함 로 화 농

若非群玉山頭見, 會向瑤台月下逢.
약 비 군 옥 산 두 견   회 향 요 태 월 하 봉

一枝紅豔露凝香, 雲雨巫山枉斷腸.
일 지 홍 염 로 응 향   운 우 무 산 왕 단 장

借問漢宮誰得似, 可憐飛燕倚新妝.
차 문 한 궁 수 득 사   가 련 비 연 의 신 장

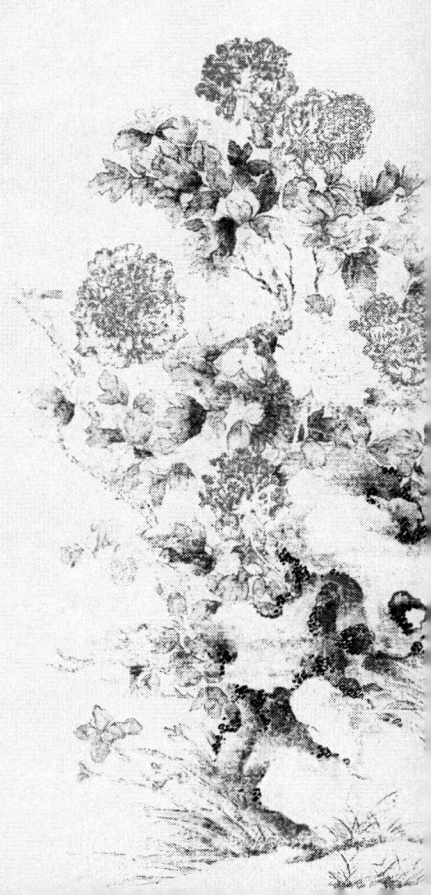

이 시를 지은 배경은 이렇습니다. 늦봄 어느 날 당 현종이 양귀비와 함께 궁궐 안의 침향정에서 모란을 구경하며 놀고 있는데, 악공들이 음악을 연주해서 흥을 돋우려 하자 현종이 말했습니다. 이렇듯 아름다운 꽃과 미인과 함께 있는데 옛 가락으로는 성에 안 차니 이백에게 입궐하여 새로운 곡을 하나 쓰게 하라고요. 이백은 당시 한림공봉이라는 벼슬에 있었는데 기루妓樓에서 대취하여 있다가 업혀와서 취중에 이 노래를 지었다는 이야기가 전해집니다. 모란은 화중지왕花中之王, 즉 꽃 중의 왕으로 불렸기 때문에 꽃이라고 하면 으레 모두 모란을 떠올렸다고 합니다.

첫 번째 시에서는 양귀비의 아름다움을 모란에 비유했는데요. 모란이 양귀비요, 양귀비가 바로 모란이라는 뜻입니다. 우선 모란의 요염한 색깔과 향의 아름다움을 나타냈습니다. 이슬 맺혀 더 아름다운 모란, 이슬은 황제의 은택을 연상시켜줍니다. 이슬 맺혀 아름다운 자태가 더 빛을 발하듯 황제의 은택을 입어 더 아름다운 양귀비의 모습을 은유한 것이라 할 수 있습니다. 평범한 여자도 사랑을 하면 더 예뻐진다고 하는데 양귀비는 말할 필요도 없지요. 이렇듯 아름다운 양귀비는 저 신선이 사는 선계의 선녀들하고나 아름다움을 겨룰 수 있을 것이라는 겁니다. 그러니까 이 세상에서는 양귀비가 최고로 아름답다고 극찬한 것입니다.

두 번째 시 역시 첫 번째 시에 이어서 양귀비의 아름다움을 묘사했습니다. 여기에서는 초 회왕과 무산선녀의 사랑을 등장시켜 만약 초 회왕이 양귀비를 만났다면 더 이상 무산의 선녀를 그리워하며 애태우지 않았을 것이라는 뜻입니다. 왜냐하면 양귀비는 한나라 궁전에서 가장 아름다웠다는 조비연보다 훨씬 아름답기 때문이라는 거죠. 성제의 황후였던 조비연처럼 아름다운 여자도 맨 얼굴로는 양귀비의 아름다움과 겨룰 수 없다고 읊었으니 그야말로 찬미의 극치라 할 수 있지요.

이 시는 이렇듯 양귀비의 아름다움을 꽃 중의 꽃이라 불리는 모란에 견주어 극찬하였건만, 이백은 오히려 이 시로 인해서 궁중에서 추방되었다는 일화가 전해집니다. 왜냐고요? 기루에서 술 마시다 불려온 이백이 술에 취해 신발을 벗기라고 한 데 앙심을 품은 내시 고력사가 양귀비를 조비연에게 견준 내용을 문제 삼았다 합니다. 양귀비에게 저 이백이란 놈이 귀비마마를 비참하게 자살한 조비연에 비유하였으니 귀비마마 역시 비참한 말로를 맞이하라고 저주한 거나 다름없다고 말한 거죠. 그 말에 넘어간 양귀비 역시 현종에게 베개송사를 열심히 해서 이백은 결국 장안에서 추방당했습니다. 아무리 좋은 의도여도 작심하고 모함하려 들면 막을 수가 없는 것 같아 뒷맛이 씁쓸하네요.

마음은 온통
연꽃처럼 붉어요

蓮心徹底紅

소낙비 한 줄기 지나간 연못, 싱그러운 연꽃 이파리에 구르는 빗방울, 문득 알알이 구슬 되어 맺힌 모습 본 적 있으신지요. 그 싱그러움이란! 그 아름다움이란! 연못 가득 바람에 일렁이는 푸른 연잎은 만경창파를 보는 듯 장관을 연출하기도 하지요.

연꽃을 볼 때마다 늘 떠오르는 얼굴이 있습니다. 바로 진운陳芸이라는 여성입니다. 청나라 사람 심복沈復의 아내인데요. 심복은 자서전적 소설 「부생육기浮生六記」에서 고아하고 운치 있는 부부 생활을 중심으로 당시의 풍물과 풍속 등을 기술했습니다. 작가의 아내 운은 해질녘 연꽃이 오므라들기 전에 향낭 속에 차를 넣어 두었다가, 이튿날 새벽 연잎에 맺힌 새벽이슬을 따다가 밤새 연꽃 향기가 밴 차를 끓여내어 남편과 함께 마시기도 했답니다. 평범한 일상에 멋과 운치를 더한 그녀의 정성과 센스는 두고두고 기억에 남습니다.

이렇듯 그윽한 운치를 향유하게 해주는 연꽃은 여타의 꽃에 비해 종교 색채가 두드러진 꽃이기도 하지요. 연꽃과 불교는 불가분의 관계를 맺고 있으니까요. 석가가 탄생할 때 마야 부인 주위에 오색 연꽃이 만발했다는 전설도 있고요. 또 부처님이 태어나서 사방으로 일곱 걸음을 걸을 때 땅에서 연꽃이 솟아올라 떠받들었다고도 하지요. 이렇듯 불교와 깊은 인연을 맺은 이유는 주지하다시피 연꽃의 속성이 불성佛性과 참 많이 닮았기 때문이라고 합니다.

연꽃은 늪이나 연못의 진흙 속에서도 맑고 깨끗한 꽃을 피워냅니다. 진흙 속에 몸을 담고 있지만 더럽혀지지 않는 청정함을 그대로 지니고 있고요. 이것은 사람의 마음은 본시 청정하여 나쁜 환경 속에 처해 있다 할지라도 그 본성은 결코 더럽혀지지 않는다는 불교의 기본교리에 비유될 수 있다는 것이죠. 또 연꽃은 개화와 동시에 열매를 맺습니다. 이 역시 모든 중생은 태어남과 동시에 불성을 지니고 있고 또 성불成佛할 수 있다는 사상을 반영하고 있답니다.

불교를 상징하는 연꽃은 중국 고전시가에서는 주로 남녀 간의 사랑을 나타내는 데 쓰였답니다. 참 의외지요? 물론 연꽃은 깨끗하고 고고한 이미지를 드러내기도 하는데요. 송나라 주돈이周敦頤의 「애련설愛蓮說」은 이를 집약적으로 잘 드러낸 산문이지요.

「애련설」의 내용은 대강 이렇습니다. 육지와 물속에 자라는 꽃 가운데 아름다운 꽃은 매우 많다, 그중 국화꽃은 꽃 가운데 은자로서 도연명이 좋아했고, 모란은 부귀를 상징하는 꽃이므로 당나라 이후 모든 사람들의 사랑을 받았는데 나 주돈이만은 연꽃을 좋아한다고요. 연꽃을 좋아하는 이유는 더러운 진흙 속에서 나왔지만 더러움에 오염되지 않았고, 줄기는 꼿꼿하고 우뚝하여 군자의 고고한 품격을 드러내기 때문이라고요. 또 연꽃은 멀리서 바라볼 수는 있어도 가까이서 만지고 더럽힐 수 없다고 하였습니다. 주돈이는 혼탁한 속세에 살면서도 더러움에 물들지 않고 고고한 군자의 품격을 닮고자 하는 뜻을 연꽃을 통해 드러낸 것입니다.

연꽃은 한자로 연화蓮花, 하화荷花, 부용芙蓉, 부거芙蕖, 함담菡萏 등의 명칭이 있습니다. 그리고 연밥을 연자蓮子라고 하는데요. '연蓮'은 애모라는 뜻을 나타내는 '연憐'과 음이 같고, '자子'는 '아들-자'의 뜻인데, '그대'라는 뜻으로 쓰이기도 하지요. 연밥의 뜻을 나타내는 연자蓮子는 동음이어인 연자憐子의 뜻을 연상시켜 '그대를 애모합니다'라는 뜻을 나타내지요. 그래서 중국 고전시가에서 연꽃은 연모의 정을 나타냅니다. 우선 남조시대 민가인 「서주곡西洲曲」을 소개하고자 합니다.

이 시는 표면적으로는 연밥 따는 아가씨를 묘사하였습니다만, 내면적으로는 연밥 따는 행위를 통해 사모하는 낭군님에 대한 뜨거운 연모의 정을 드러내고 있습니다.

서주곡西洲曲

대문 열어놓았지만 낭군님 오지 않아,

대문 열고 연꽃 따러 나가요.

연밥을 땁니다. 가을 연못에서,

연꽃이 사람 머리를 훌쩍 넘어서네요.

고개 숙여 연밥을 만집니다.

연밥은 물처럼 맑네요.

가슴속에 연밥 품으니

마음은 온통 연꽃처럼 붉어요.

그리운 낭군님 오시지 않으니

머리 들어 날아가는 기러기 바라봅니다.

開門郎不至, 出門采紅蓮.
개 문 랑 부 지   출 문 채 홍 련

采蓮南塘秋, 蓮花過人頭.
채 련 남 당 추   연 화 과 인 두

低頭弄蓮子, 蓮子淸如水.
저 두 롱 련 자   연 자 청 여 수

置蓮懷袖中, 蓮心徹底紅.
치 련 회 수 중   연 심 철 저 홍

憶郎郎不至, 仰首望飛鴻.
억 랑 랑 부 지   앙 수 망 비 홍

앞서 말했듯이 이 시는 '연꽃-연蓮'자와 '사모할-연憐'자의 동음 관계를 이용해서 시의 내연을 확장하였습니다. "고개 숙여 연밥을 만집니다/연밥은 물처럼 맑네요", "가슴속에 연밥 품으니/마음은 온통 연꽃처럼 붉어요"에서처럼 연밥을 만지는 동작과 연밥을 가슴에 품은 동작 등을 통해 사모하는 마음으로 가득한 여인의 순정을 읊은 것입니다.

다음은 당나라 시인 왕창령王昌齡이 지은 「채련곡采蓮曲」입니다.

연잎과 비단치마 한 색으로 만들었고요,

연꽃은 얼굴 양쪽에 피어 있어요.

연못 속에 섞여들어 모습 보이지 않더니,

노래 소리 들리니 사람이 있는 줄 알겠어요.

荷葉羅裙一色裁, 芙蓉向臉兩邊開.
하 엽 라 군 일 색 재　부 용 향 검 량 변 개
亂入池中看不見, 聞歌始覺有人來.
난 입 지 중 간 불 견　문 가 시 각 유 인 래

이 시는 연밥 따는 아가씨가 연꽃처럼 아름다워, 어느 것이 연꽃이고 어느 것이 아가씨인지 모르겠다고 묘사하였습니다. 아가씨가 너무 아름다워 모습만으로는 전혀 구분되지 않을 정도라는 것이지요. 그런데 아가씨들이 부르는 노래를 듣고서야 연꽃 우거진 연못 속에 사람이 있음을 알았다는 것이죠. 그래서 사람들은 예쁜 아가씨에게 해어화解語花, 즉 '말할 줄 아는 꽃'이라는 이름을 붙여준 것인지도 모릅니다.

　이제 곧 연꽃이 만발할 것입니다. 혼탁한 속세에 찌들지 않고 고고한 품격을 유지하고 싶은가요? 마음속 절절한 사모의 정을 누군가에게 보여주고 싶은가요? 연꽃 가득한 호수를 거닐며 연꽃을 화두 삼아 넌지시 상대방에게 마음을 보여주는 시간을 가져보는 것은 어떨까요.

강가에 무성한
하얀 갈대

蒹葭蒼蒼

프랑스의 사상가 파스칼은 인간은 흔들리는 갈대와 같다고 했지요. 또 여자의 마음은 흔들리는 갈대 같다는 말도 있고요. 국화나 단풍 못지않게 늦가을의 정취를 물씬 풍기는 하얀 갈대꽃, 연약하고 줏대 없는 사람을 비유하는 데 곧잘 인용되지요. 흰머리 바람에 흔들리며 서걱대는 갈대를 바라보면서 옛 시인들은 어떤 생각을 하였을까요.

우선 중국 최초의 시가집 『시경』에 나오는 갈대시를 소개해드리고자 합니다. 시 제목은 「겸가蒹葭」입니다.

이 시는 『시경』 진풍秦風, 즉 진나라 민요에 속하는데, 모두 3장으로 구성되어 있습니다. 여기서는 제1장만 소개하려 합니다.

겸가兼葭

강가에 무성한 하얀 갈대 위에

가을 깊어 흰 이슬 서리 되어 내렸네.

밤낮으로 그리워하는 내 고운 임은

저어기 강물 맞은편 어딘가에 있지요.

물길 거슬러 올라가 찾아보니

길은 험난하고 멀기만 하네.

물길 따라 내려가 찾아보니

마치 물 한가운데 있는 듯하여라.

蒹葭蒼蒼, 白露爲霜.
겸 가 창 창   백 로 위 상

所謂伊人, 在水之方.
소 위 이 인   재 수 지 방

溯洄從之, 道阻且長.
소 회 종 지   도 조 차 장

溯遊從之, 宛在水中央.
소 유 종 지   완 재 수 중 앙

시 첫머리에서 아득히 망망한 강가의 무성한 갈대와 그 위에 내린 서리를 묘사하였군요. 늦가을, 만물에 서리가 내리는 계절입니다. 서리 맞은 누런 갈대, 하얀 꽃을 피우고 무리 지어 강가에 서 있습니다. 이 광경, 절로 처연한 마음 들게 합니다.

그리고 이어지는 내용은 밤낮으로 그리워하는 임을 찾아 이리저리 헤매면서 강물 저쪽 어딘가에 있을 임을 끊임없이 갈구합니다. 그러니까 여기서 갈대는 처연하고 쓸쓸한 마음의 상징물이라 할 수 있고요. 그 위에 이슬이 서리가 되었다는 건 어떤 대상에 대한 굳건한 마음을 드러낸 것으로 볼 수도 있지요. 혹자는 이 시를 이상적인 사회를 동경하고 끈질기게 추구하는 마음을 묘사한 것으로 보기도 합니다. 끊임없이 물길을 오르내리면서 찾고 또 찾는 내용이 펼쳐져 있잖아요. 어쩌면 우리의 인생도 이렇듯 험난한 물길을 끊임없이 오르락내리락하면서 집요하게 목표를 추구하는 과정이 아닐는지요. 이런 상황을 '逆水行舟(역수행주), 不進則退(부진즉퇴)', 즉 물을 거슬러 배를 저어갈 때 앞으로 나가지 못하면 뒤로 밀린다고 하였지요.

이 시에 나오는 "在水之方(재수지방)"이라는 구절, 그러니까 강물 맞은편 어딘가에 있다는 그 한 구절을 모티브로, 대만 최고의 인기작가 츙야오瓊瑤(경요)가 「재수일방在水一方」이라는 소설을 썼죠. 그것을 영화로 제작해서 대중의 사랑을 받은 적이 있고요. 또 그 주제가를 대만의 국민가수 덩리쥔鄧麗君(등려군)이 노래했는데요. 노래 가사는 소개해드린 시『시경』「겸가」를 현대 중국어로 옮겨놓은 것에 불과하죠. 애절한 선율이 심금을 울린답니다.

당나라 시인 두보 역시 『시경』「겸가」와 똑같은 제목의 시를 쓴 적이 있습니다. 두보는 갈대를 바라보면서 어떤 생각을 했는지 궁금하시죠? 살펴보실까요?

두보는 이 시에서 갈대의 모습과 속성을 하나하나 묘사했는데요. 그 이면에 기탁한 속뜻이 심오하지요. 첫 구절에서 이리저리 흔들리는 갈대의 속성을 부각시켰군요. 그렇지 않아도 잘 흔들리는 갈대, 이제 만물을 죽이는 가을바람의 공세에 직면해 있습니다. 여기에는 갈대의 신세에 무한한 동정과 연민을 느끼는 두보의 마음이 깃들어 있습니다. 두보는 어쩌면 갈대에서 자신의 모습을 본 듯합니다. 세파에 이리저리 흔들리며 아무것도 이룬 것이 없는데 어느덧 가을바람 불어와 비탈길 인생이 된 겁니다.

이어지는 셋째 넷째 구절도 앞의 구절을 더 구체적으로 심화시켜 낭패스러운 갈대의 모습을 형상화했습니다. 하얀 갈대꽃을 눈을 뒤집어쓴 것으로 묘사했군요. 냉혹한 현실 그 무엇을 연상하게 해주는군요. 게다가 잎은 이미 물속에 잠겼으니 참으로 낭패스럽기 짝이 없습니다. 다섯째 여섯째 구절에서는 봄에 일찍 싹이 터서 가을 늦게까지 찬 이슬바람에 서걱대는 갈대에게 동정과 연민을 보내는 시인의 눈길이 느껴집니다. 마지막 구절에서는 강과 호숫가의 식물 가운데 가장 늦게 시드는 갈대는 어쩌면 세월을 허송한 것이 아닐까 생각합니다.

겸가兼葭

이리저리 흔들리며 지탱도 못하는데
가을바람 불어오니 어찌하랴.
잠시 하얀 눈꽃 머리에 쓰더니
여기저기 잎은 강물에 잠겼노라.
몸은 약한데 봄바람에 일찍 싹트더니
긴긴 줄기엔 밤이슬 무겁구나.
강호에서 가장 늦게 시드니
헛되이 세월을 보낸 듯하여라.

摧折不自守, 秋風吹若何.
최 절 부 자 수   추 풍 취 약 하

暫時花戴雪, 幾處葉沉波.
잠 시 화 대 설   기 처 엽 침 파

體弱春風早, 叢長夜露多.
체 약 춘 풍 조   총 장 야 로 다

江湖後搖落, 亦恐歲蹉跎.
강 호 후 요 락   역 공 세 차 타

늦도록 이리저리 유랑하면서 힘든 생활을 했던 두보 자신의 신세가 겹쳐져 있는 듯합니다. 구절구절 갈대를 묘사하였지만 동시에 구절구절 두보의 신세가 기탁되어 있습니다. 이 시의 묘미라 할 수 있지요. 그러니까 말라빠진 갈대는 두보의 자화상인 셈입니다.

6세기경 인도의 승려 달마達摩는 중국으로 건너가 선종禪宗의 시조가 되고, 반야다라般若多羅한테 불법을 배워 대승선大乘禪을 제창했지요. 그 달마가 바다처럼 넓은 장강을 건널 때 갈대를 꺾어 타고 건넜다는 전설이 있습니다. 그걸 '일위도강一葦渡江'이라고 하는데요. 이는 단순히 달마의 신통력을 보여주는 이야기로 그치지 않습니다. 연약한 갈대, 그 갈대의 흔들림을 조용히 관조하면서 해탈과 깨달음에 이를 수 있음을 상징적으로 보여주는 것이 아닐는지요.

서리 맞은 단풍잎
봄꽃보다 붉어라

霜葉紅於二月花

나이가 들수록 봄꽃보다 가을 단풍이 아름다워지는 모양입니다.
요즘 들어 부쩍 단풍이 봄꽃보다 아름답다는 생각이 드니 말이죠.
이런 생각, 비단 저뿐만이 아닌 것 같습니다.

벌써 10여 년이 훨씬 넘었습니다만, 중국 주석 장쩌민江澤民(강
택민)이 우리나라를 방문하였을 때 산하를 곱게 물들인 가을 단풍
이 무척 인상적이었나 봅니다. 중국도 단풍이 아름다운 나라라면
서 "서리 맞은 단풍잎, 봄꽃보다 붉어라"를 읊조렸지요. 각 방송
사들이 다투어 이 시구를 보도했습니다. 이 시의 작자 두목杜牧이
우리나라에 널리 알려지는 순간이었습니다. 중국 시인들 시 가운
데 아홉시 뉴스에 보도된 유일한 시인이 아닐까 합니다.

당나라 시인 두목은 시 「산행山行」에서 이렇게 노래했습니다.

산행山行

저 멀리 차가운 산 비탈길 올랐더니

흰 구름 피어오르는 곳 인가 드문 보이어라.

가던 수레 멈추게 한 건 아름다운 황혼 단풍

서리 맞은 단풍잎, 봄꽃보다 붉어라.

遠上寒山石徑斜, 白雲深處有人家.
원 상 한 산 석 경 사   백 운 심 처 유 인 가

停車坐愛楓林晚, 霜葉紅於二月花.
정 거 좌 애 풍 림 만   상 엽 홍 어 이 월 화

우선 첫 두 구절은 '산행'이라는 제목에 걸맞게 산속 길로 들어서기 전, 멀리 보이는 광경을 묘사했어요. 산은 높지만 경사가 완만하다는 것을 '비낄-사斜'자에서 알 수 있습니다. 흰 구름 피어오르는 곳에 드문드문 보이는 인가는 어쩌면 삶에 지친 시인이 마음속으로 동경하는 한적한 삶을 함축하는 것이라 할 수 있습니다.

셋째 넷째 구 "가던 수레 멈추게 한 건 아름다운 황혼 단풍/서리 맞은 단풍잎, 봄꽃보다 붉어라"는 서리 맞아 곱게 물든 단풍에 도취되어 가던 길 멈추고 넋 놓고 바라보는 시인의 모습을 형상화했군요. 시인은 서리 맞은 단풍잎이 봄꽃보다 더 붉다고 했습니다. 과연 꽃보다 단풍이 붉고 아름다울까요? 왜 그렇게 느꼈을까요? 시인은 석양빛을 받아 더욱 붉고 찬란하게 빛나는 단풍을 바라보면서 인생의 황혼이 청춘보다 더 아름답다는 생각을 했을지도 모릅니다. 서리를 맞고도 붉게 물든 단풍은 인생의 온갖 풍상에도 좌절하지 않고 꿋꿋한 삶을 살아낸 황혼의 인생을 연상시키기 때문입니다. 아니 어쩌면 활활 타는 단풍처럼 온몸을 불사르며 열정적으로 아름답게 인생을 마감하는 황혼기의 어떤 삶을 연상시키기 때문입니다.

단풍을 바라보는 시선은 시인에 따라 다르지요. 어떤 시인이 어떤 상황에서 어떤 심정으로 바라보았는지에 따라 내용 또한 달라지기 마련이지요. 다음에 소개하는 시 역시 단풍을 노래한 시인데요. 송나라 시인 양만리楊萬里의 「추산秋山」입니다.

추산秋山

가을 산이 사람 마음 쓸쓸하게 한다 마라

계절마다 각각 새롭게 한번 변하노니

가을바람도 봄바람 같은 손을 가졌는지

차례차례 물든 단풍 또 하나의 봄꽃이어라.

오구는 일생토록 숙련된 염색공이나

검은색을 성홍색으로 잘못 물들였네

어린 단풍 하룻밤새 감로주 훔쳐 마시고

고고한 소나무에게 취한 얼굴 숨겨 달라 하네.

休道秋山索莫人　四時各自一番新
휴 도 추 산 색 막 인　사 시 각 자 일 번 신

西風儘有東風手　梯葉楓林別樣春.
서 풍 진 유 동 풍 수　제 엽 풍 림 별 양 춘

烏臼平生老染工　錯將鉄皂作猩紅
오 구 평 생 로 염 공　착 장 철 조 작 성 홍

小楓一夜偸天酒　却倩孤松掩醉容.
소 풍 일 야 투 천 주　각 천 고 송 엄 취 용

송나라 시인은 이지적인 시를 많이 썼지요. 서정성보다 철리성 哲理性이 강하다고나 할까요. 두목의 「산행」은 서정적 분위기가 물씬 나는 반면, 양만리의 시는 상당히 이지적이요 산문적이라 할 수 있지요. 사람들은 낙엽 진 가을 산을 바라보노라면 쓸쓸함을 곧잘 느끼게 마련입니다. 단풍의 절정 뒤에는 쇠락이 기다리고 있으니까요.

그런데 시인은 참 이지적인 눈으로 단풍을 바라보고 있습니다. 가을바람은 만물을 죽이는 것이 아니라 저렇게 아름다운 단풍 꽃을 피우게 했다고 하는군요. "가을바람도 봄바람 같은 손을 가졌는지/차례차례 물든 단풍 또 하나의 봄꽃"이라고 말하잖아요.

단풍을 봄꽃에 비유한 것은 두목과 비슷하지만 두목은 봄꽃보다 단풍이 아름답다고 읊어내어 양만리의 시보다 더 긴긴 여운을 남겼지요. 곱씹을수록 맛을 내고요. 반면 양만리 시에서 특히 재미있는 표현은 "오구는 일생토록 숙련된 염색공이나/검은색을 성홍색으로 잘못 물들였네"입니다. 오구烏臼나무는 원래 검은색 염료의 원료로 쓰이는데요. 가을이 되면 성홍색으로 붉게 물들어 아주 아름답답니다. 오구나무의 특색에 착안한 이 구절 역시 참 이지적인 발상으로 이루어진 재치 있는 시구라 하겠습니다.

또 어린 단풍나무가 붉게 물든 것을 감로주 훔쳐 마시고 취해서 붉어졌다고 묘사한 구절 역시 재미있는 발상입니다. 소나무 뒤에 서 있는 어린 단풍나무의 모습을 "취한 얼굴 숨겨 달라"고 표현한 것 역시 재치가 넘칩니다. 발상이 참신하고 창의적이라 할 수 있지요. 창의적인 발상하느라 얼마나 골똘히 생각에 잠겼을까요.

　송시宋詩가 이지적이라는 말의 뜻을 이제 아시겠지요? 여러 면에서 당시唐詩와는 맛이 다르다는 걸 느낄 수 있을 것입니다.

배꽃 같은 눈꽃
활짝 피었네

千樹萬樹梨花開

"펄펄 눈이 옵니다. 하늘에서 눈이 옵니다. 하늘나라 선녀님들이 하얀 가루 떡가루를 자꾸자꾸 뿌려줍니다."

어린 시절 즐겨 불렀던 동요입니다. 이 동요를 지은 분은 당시의 시대상을 그대로 반영했군요. 물자가 부족하고 먹고사는 게 힘들었던 그 시절, 펄펄 날리는 눈을 보면서 문득 이런 생각을 한 거지요. 아, 저 눈이 모두 쌀가루였으면 얼마나 좋을까, 하고요.

그런가 하면 연인들에게 눈은 감성과 추억으로 다가와 큰 울림을 주기도 하지요. 특히 첫눈은 말이죠. "그리운 사람 올 것 같아 문을 열고 내다보네. 아스라이 사라진 기억들 너무도 그리워 너무도 그리워~ 그리운 사람 올 것 같아 문을 열고 내다보네……." 첫눈이 오는 날이면 어김없이 방송을 타는 유행가죠.

또한 눈은 앙상한 나뭇가지나 푸른 침엽수에 소복이 쌓여 하얀 꽃을 연상시켜주지요. 그래서 당나라 시인 잠삼岑參은 "忽如一夜春風來(홀여일야춘풍래), 千樹萬樹梨花開(천수만수리화개)"라는 유명한 시구를 남겼지요. 간밤에 홀연히 봄바람 불어와 천만 그루 나무마다 배꽃이 피었다고요. 그러나 눈은 이렇듯 낭만과 아련한 그리움만 불러일으키는 건 아니죠. 옛 시인들은 눈을 바라보면서 또 어떤 생각에 잠겼을까요?

여기서는 천고의 절창으로 인구에 회자되는 유종원의 「강설江雪」, '눈 내리는 강'을 소개하겠습니다.

유종원은 사실 시보다 산문가로 더 잘 알려져 있지요. 한유와 더불어 산문 작가로 쌍벽을 이룹니다. 시보다 산문을 많이 지었고, 문학적 성취 역시 산문이 더 컸지요. 스무 살 약관의 나이에 진사에 합격하였는데, 왕숙문王叔文이 주도하는 정치 개혁에 적극 참여하여 예부 원외랑에 임명되었으나 서른두 살 되던 해에 왕숙문이 숙청되고 정치 개혁이 실패함에 따라 소주자사로 좌천되었고, 이어서 다시 더 낮은 지방관인 영주사마로 좌천되었고요. 장안을 떠난 지 10년 만에 다시 돌아왔으나 곧 유주자사柳州刺史에 임명되어 다시 장안을 떠납니다. 유주자사를 지내면서 선정을 베풀어 현지 주민들로부터 존경을 받았습니다. 46세를 일기로 임지인 유주에서 세상을 뜨자, 애통해한 주민들이 사당을 지어 그를 수호신으로 받들어 모셨다고 합니다. 세상에서는 그를 유유주柳柳州라고도 칭합니다.

강설江雪

산마다 날던 새 한 마리 안 보이고

길마다 사람 종적 모조리 사라졌다.

외로운 배에 도롱이 걸치고 삿갓 쓴 노인

겨울 강 속 흰 눈을 홀로 낚는다.

千山鳥飛絶　萬徑人蹤滅.
천 산 조 비 절　만 경 인 종 멸

孤舟簑笠翁　獨釣寒江雪.
고 주 사 립 옹　독 조 한 강 설

위의 시 각 구절의 첫 글자를 따서 세로로 읽어보면 '천만고독 千萬孤獨'이 되는군요. 천만 개의 고독, 시인은 고립무원의 상태에서 천만 개의 고독을 느끼면서 이 시를 썼을 것이라는 생각이 문득 드는군요. 20개의 글자 가운데 4분의 1에 해당하는 글자가 절絶, 멸滅, 고孤, 독獨, 한寒입니다. 세상과 격리된 절대 고독과 마음의 절대 한기를 호소하고 있는 듯하군요.

이 시는 시인의 눈에 비친 풍경을 묘사한 것 같기도 하고요. 또 시인이 바로 경물 속의 주인공이기도 한 것 같습니다.

전자로 읽을 경우 시인의 감정은 전혀 들어가지 않은 객관적인 시가 되면서 전형적인 한 폭의 수묵화가 됩니다. 펑펑 눈 내리는 첩첩 산이 배경으로 펼쳐지고 눈발을 맞으면서 드넓은 회색 하늘 아래서 홀로 낚싯줄을 드리우고 있는 어부가 그림 속에 아주 작게 묘사되어 있습니다. 자연의 일부가 된 어부는 세속의 명리를 초월한 은자의 모습으로 다가옵니다. 하지만 겨울 강 속에 홀로 낚싯대를 드리우고 있기에 쓸쓸한 인상을 끝내 지우기 어렵군요.

반면 후자로 읽을 경우 겨울 강의 고독한 낚시꾼은 바로 시인이 됩니다. 산도 하얗고 길도 하얗습니다. 세상이 온통 새하얀 적막 속에 갇혀 있는 것이죠. 산마다 날던 새조차도 그 모습을 감추어버렸으니 길마다 사람 발자취가 끊어지는 건 당연하겠지요. 시인은 모든 환경으로부터 철저하게 고립되고 소외된 것입니다. 얼어붙은 강산, 온기라곤 하나 없는 그 강가에서 어옹이 할 수 있는 일, 그러니까 그를 둘러싼 적막과 고독으로부터 탈출할 수 있는 유일한 길은 낚시질뿐인 겁니다.

어옹과 낚싯대는 우리에게 강태공을 연상시킵니다. 강태공이 낚으려던 것은 물고기가 아니라 천하였지요. 주나라 문왕文王에게 발탁되어 은자의 신분에서 일약 재상으로 수직 신분 상승을 이루었던 그는, 은나라를 멸망시키고 주나라를 건국하는 데 일등 공신이 됩니다. 주나라 혈족도 아니면서 제齊나라라는 거대한 땅덩어리, 한반도보다 더 큰 땅을 얻어 제후가 되지요.

그럼 이 시의 어옹이 낚으려는 건 무엇일까요? 시 마지막 구절을 보니 그가 낚는 건 물고기가 아니라 강 속의 눈입니다. "겨울 강 속 흰 눈을 홀로 낚는다(獨釣寒江雪)." 물론 이 구절에 대해 그저 '눈 내리는 강에서 낚시를 하네'라고 번역하기도 합니다만, 전 이렇게 해석하면 시의 심오한 맛이 되레 반감된다고 생각해서 강 속의 눈을 낚는다고 번역합니다. 우리나라에서 처음으로 이렇게 번역한 분은 여섯 살 때 이미 한시를 지었다는 시인 김종길 선생입니다. 올해 구순이신데 건강이 여전하시다더군요. 물론 중국에서도 고수高手들은 그렇게 보더군요.

강 속의 눈을 낚는다는 건 물고기를 낚는 데 몰두하고 있다는 뜻이 아닙니다. 생각이 우주를 향해 비상하고 있음을 알 수 있지요. 그는 '절대고독絕對孤獨'을 낚고 있는지도 모릅니다. 그렇다면 이 정경은 환상 같은 절대 경지입니다. 아무도 엄두를 내보지 못하는…… 한편 그는 어쩌면 강태공을 생각하면서 싸늘한 잿더미 속에 묻혀 있는 좌절된 포부에 빠알간 불씨를 지피고 있는지도 모릅니다. 실낱같은 희망을 낚싯대에 드리우고 재기할 그날을 낚고 있는 것인지도 모르겠습니다. 짤막한 스무 글자 안에 켜켜이 층층이 많은 감정과 생각이 서려 있는 시입니다.

예나 지금이나 폭설이 내리면 서민들에게는 여간 고통이 아니었죠. 온 세상을 하얗게 뒤덮어 미적 흥취를 누리게 해주는 것도 잠시, '낙극비생樂極悲生' 즉 '즐거움이 극에 다다르면 슬픔이 밀려온다'라고 할까요? 즐거움 끝에 비애를 안겨주기도 합니다. 눈이 웬수가 되는 거죠. 당나라 시인 맹교孟郊는 폭설의 고통을 다음과 같이 노래했지요. 제목은 「눈雪」입니다.

홀연히 태항산의 눈이
어젯밤 날아들었네.
수북이 뜰 안에 떨어진 눈
어찌 그리 희고 흰지!
노비는 날 밝자 문 열고 나가
이리저리 돌아다니느라 사지가 얼었다.
추워서 덜덜 떠느라 목멘 소리로
이곳저곳 꺾이고 무너진 상황 아뢴다.
관아에선 아직 구호물자가 공급되지 않아
집안사람 모두 사색이 되었네.
부탁하노니 눈을 우습게 보지 마시게

눈을 우습게 보면 가난한 사람들에게는 재앙이 되노니. (중략)

忽然太行雪, 昨夜飛入來.
홀 연 태 항 설   작 야 비 입 래

崚嶒墮庭中, 嚴白何皚皚.
능 증 타 정 중   엄 백 하 애 애

奴婢曉開戶, 四肢凍徘徊.
노 비 효 개 호   사 지 동 배 회

咽言詞不成, 告訴情狀摧.
연 언 사 불 성   고 소 정 상 최

官給未入門, 家人盡以灰.
관 급 미 입 문   가 인 진 이 회

意勸莫笑雪, 笑雪貧爲災.
의 권 막 소 설   소 설 빈 위 재

시가 길어서 뒷부분 몇 줄은 생략했습니다. 폭설이 내린 아침, 집안 곳곳 무너지고 꺾이고 엉망진창이 된 겁니다. 날씨는 또 어찌나 추운지 턱이 덜덜 떨려 무슨 말을 하는지 알아듣기도 힘듭니다. 이런 참혹한 광경, 올 겨울엔 안 보았으면 좋겠네요.

만물을 적신다,
소리도 없이

潤物細無聲

아무리 과학이 발달하고 농업기술이 발전했다 해도 봄비가 때맞춰 내려주지 않으면 농민들의 마음은 새까맣게 타들어가기 마련이지요. 하지만 도시에 사는 사람들은 반가운 봄비라 할지라도 성가시기 짝이 없지요. 만원버스나 지하철에서 다리를 스치는 젖은 우산이며 축축한 습기, 쿰쿰한 냄새들, 아마 이런 걸 좋아하고 즐길 사람은 없을 거예요. 그래서 깊은 밤, 자는 동안만 흠뻑 내리고 아침에는 찬란한 햇살이 쨍 하고 비춰주었으면 하는 사치스러운 욕심을 부려보기도 하지요. 아, 물론 연인들이라면 촉촉한 빗속을 거닐며 사랑을 싹틔우거나 감미로운 추억을 오롯이 간직하고 싶겠지만요. 여기 봄비를 노래한 시가 있습니다. 제목은 「춘야희우春夜喜雨」입니다. '봄밤에 내리는 비를 기뻐하다.'

124

춘야희우春夜喜雨

좋은 비 시절을 알아

봄 되어 부슬부슬 내리누나.

바람 따라 몰래 밤에 들어와

만물을 적신다, 소리도 없이

밤길과 구름 모두 새까만데

강가에 배만이 불빛 환히 밝다.

날 밝으면 붉은 꽃 비에 흠뻑 젖어

금관성을 무겁게 누르리라.

好雨知時節, 當春乃發生.
호우지시절　당춘내발생

隨風潛入夜, 潤物細無聲.
수풍잠입야　윤물세무성

夜徑雲俱黑, 江船火獨明.
야경운구흑　강선화촉명

曉看紅濕處, 花重錦官城.
효간홍습처　화중금관성

"좋은 비 시절을 알아/봄 되어 부슬부슬 내리누나." 내려야 될 때 내려주는 비, 그런 비처럼 반갑고 고마운 비가 없지요. 이런 비를 시우時雨라고 합니다. 『수호지』에 나오는 108명 영웅호걸의 우두머리인 송강宋江의 별명이 급시우及時雨이지요. 급及은 '미칠-급'자입니다. 남이 어려울 때 나타나 단비가 가뭄을 해갈하듯 도와주는 사람이란 의미를 담았지요. 그렇다면 나쁜 비도 있겠지요? 시도 때도 모르고 내리는 비, 난폭하게 내리는 비, 그게 나쁜 비가 아닐까 합니다.

첫 구절은 비를 의인화해서 묘사하고 있습니다. 이어지는 구절은 비의 품격을 묘사하고 있습니다. "바람 따라 몰래 밤에 들어와/만물을 적신다, 소리도 없이." 만물을 촉촉이 적셔주는 착한 비, 요란하게 떠들고 생색내는 게 아니라 아무도 모르게 살며시 합니다. 우리는 여기서 고고한 인격을 가진 숭고한 사람의 모습이 절로 떠오릅니다. 익명으로 선행을 실천하는 그런 사람들 말이죠. 요즘 그런 사람들을 '키다리 아저씨'라고 한다나요. 이 봄비는 감질나게 와서 갈증만 돋우는 게 아니라 아주 흠뻑 올 것이라는 것을, 길이며 하늘이며 강물이며 모두가 칠흑처럼 까맣다고 묘사한 데서 알 수 있습니다. 잔뜩 물기를 머금은 하늘을 연상시켜줍니다. 그리고 이튿날 아침을 상상합니다. 봄비가 흠뻑 내려 만물은 무럭무럭 자랄 것이고 꽃은 흐드러지게 필 것이라고요.

금관성은 사천성 성도成都를 지칭하는 말입니다. 아시지요, 『삼국지연의』에 나오는 유비의 촉나라 수도 성도. 촉蜀자는 누에 한 마리의 상형입니다. 양잠이 성행한 지방, 그 중심지가 성도입니다. 당연히 비단 짜는 일이 중요했으므로 '비단-금錦'자를 쓴 금관錦官이란 벼슬을 따로 두었다는군요. 그래서 성도의 별칭이 금관성, 혹은 금성錦城입니다.

초봄의 봄비를 읊은 다른 시를 보겠습니다. 당나라 한유의 시입니다.「이른 봄에 수부의 원외랑 장적에게 줌早春呈水部張十八員外」.

연유처럼 보드라운 비 장안 거리 적시니
파르스름한 풀빛 가까이 가니 안 보인다.
지금이 일 년 중 가장 아름다울 때
장안성 가득 휘늘어진 실버들보다 아름답다.

天街小雨潤如酥 草色遙看近卻無.
천 가 소 우 윤 여 소   초 색 요 간 근 각 무
最是一年春好處 絶勝煙柳滿皇都.
최 시 일 년 춘 호 처   절 승 연 류 만 황 도

이 시를 지었을 때 한유의 나이 56세, 관직은 이부시랑입니다. 두 살 많은 친구인 장적張籍은 수부원외랑이라는 관직을 맡고 있었지요. 한유에 비하면 한참 낮은 벼슬입니다. 두 사람은 아마 봄놀이 가자고 약속을 했던 모양인데, 장적이 일도 바쁘고 놀러갈 흥도 없다는 핑계로 고사를 했던 모양입니다. 그래서 한유가 이 시를 지어 주었다고 합니다.

첫 구절 보슬비를 '연유軟乳'에 비유했네요. 부드럽게 간질이듯 오는 봄비의 속성을 매끄럽고 부드러운 연유에 비유한 것이죠. 봄비에 촉촉이 젖은 대지에는 풀들이 살며시 머리를 내밉니다. 대지는 푸른 기운을 듬뿍 머금고 기지개를 폅니다. 하지만 가까이 가서 발아래를 내려다보면 새싹은 아직 보이지 않습니다. "파르스름한 풀빛 가까이 가니 안 보인다." 이 구절은 봄이 왔건만 봄 같지 않다는 뜻인 '춘래불사춘春來不似春'의 초춘 풍광을 아주 잘 드러내었다고 할 수 있지요.

그래서 한유는 말합니다. 봄빛이 태동할 때가 일 년 중 가장 아름답다고요. 긴긴 겨울 동안 바싹 말라버린 초목과 얼어붙은 황량한 대지는 이제 연유처럼 부드러운 봄비를 머금고 만물의 싹을 틔울 준비를 하고 있습니다. 아직 구체적인 형상은 없지만 화창한 봄의 풍광을 상상만 해도 즐겁습니다. 그래서 봄기운이 농익은 휘늘어진 녹황색 실버들보다 더 아름답다고 한 것입니다. 맘껏 상상하고 꿈에 부풀 때, 그때가 가장 아름다운 법입니다. 봄도 그렇고 인생도 그렇습니다.

제3부

재 속에 묻은
빠알간 열정

산은 높은 걸
마다지 않고
山不厭高

선거를 앞두면 정당간의 이합집산이 이루어지곤 합니다. 저마다 명분과 대의를 내걸고 국민을 위한 새 정치를 하겠다고 합니다. 정치는 사람이 하는 것이기에 어떠한 인재를 확보하느냐가 관건이지요. 옛 군왕들은 그래서 늘 인재를 갈구하였고 극진하게 대접했습니다.

주周나라 주공周公은 천하의 인재가 밥 먹을 때 찾아오면 먹던 밥을 세 번이나 뱉어내고 달려나가 인재를 맞이했다고 합니다. 또 머리를 감다가 손님이 찾아오면 역시 세 번이나 감던 머리를 쥐어잡고 나가서 맞이했다고 합니다. 이런 사정을 반영한 고사성어가 바로 '토포악발吐哺握髮'이지요. 토할-토, 먹을-포, 쥘-악, 터럭-발입니다. 인재를 구하는 마음이 얼마나 절절하였는지를 보여주는 사례입니다.

또 춘추시대 연나라 소왕은 황금대黃金臺라는 고루거각高樓巨閣을 지어놓고 천하의 인재를 불러모아 가르침을 청했으며, 늘 아래에 앉아 말을 경청했다고 합니다. 이러한 전통을 읊은 시를 『시경』에서 확인할 수 있습니다. 『시경』의 「녹명鹿鳴」편, 즉 '사슴이 우네'는 바로 먹을 것이 있으면 울음소리를 내어 불러모아 함께 먹는 사슴의 속성에 빗대어 귀한 손님과 신하를 초대하여 연회를 베풀어주는 것을 노래한 시입니다. 그런데 삼국시대 조조曹操는 『시경』의 「녹명」과 「자금子衿(그대의 옷깃)」 두 편에 나오는 시구 여섯 구절을 통째로 옮겨와 훌륭한 인재를 구하는 절절한 마음을 노래했습니다. 제목은 「단가행短歌行」입니다.

술잔을 앞에 두고 노래하노라, 우리의 인생이 얼마나 되는가
아침 이슬처럼 짧은 인생, 흘러간 세월은 많기도 하여라.
목청껏 노래하리라, 근심걱정 잊기 어려우니
무엇으로 근심걱정 풀어볼까? 오로지 술뿐이라네.

對酒當歌, 人生幾何?
대 주 당 가　인 생 기 하

譬如朝露, 去日苦多.
비 여 조 로　거 일 고 다

慨當以慷, 憂思難忘.
개 당 이 강　우 사 난 망

何以解憂? 惟有杜康.
하 이 해 우　유 유 두 강

여기까지가 이 시의 서두입니다. 아침 이슬처럼 짧은 인생을 한탄하고 있는 거지요. 흘러간 세월은 많고 많은데 할 일은 태산처럼 많습니다. 할 일을 아직 이루지 못했는데 인생은 쏜살처럼 흘러갑니다. 근심걱정 잊으려고 술잔을 드는 겁니다. 그렇다면 시인의 근심걱정은 도대체 무엇일까요? 다음 구절을 한번 보실까요?

> 푸르고 푸른 당신의 멋진 옷깃, 그리움에 내 마음 터질 듯해요.
> 단지 그대 때문에, 오늘도 나지막이 그리운 맘 읊조립니다.
> 휘이익 휘이익 사슴이 웁니다, 저 들판에서 풀을 뜯고 있습니다.
> 나에게 귀한 손님 많이 있지요, 슬瑟을 울리고 생황笙簧을 연주
>   하며 극진히 대접합니다.

> 青青子衿, 悠悠我心.
> 청 청 자 금　유 유 아 심
> 但爲君故, 沉吟至今.
> 단 위 군 고　침 음 지 금
> 呦呦鹿鳴, 食野之蘋.
> 유 유 록 명　식 야 지 빈
> 我有嘉賓, 鼓瑟吹笙.
> 아 유 가 빈　고 슬 취 생

네, 여기에서 우리는 조조의 근심걱정이 구체적으로 푸른 옷을 입은 멋진 사람, 그 사람에 대한 그리움으로 마음이 터질 듯하다는 것을 알 수 있습니다. 그런데 "푸르고 푸른 당신의 멋진 옷깃"은 조조가 창작한 시구가 아니라 『시경·정풍·자금』편의 구절을

그대로 옮겨 쓴 것입니다. 「자금」편은 본래 3장으로 이루어져 있는데 여기서는 제1장만 소개하겠습니다. 『시경』은 민가이기에 같은 의미를 몇 글자만 바꾸어서 반복하는 경우가 많습니다. 소개하면 다음과 같습니다.

> 푸르고 푸른 당신의 멋진 옷깃, 그리움에 내 마음 터질 듯해요.
>
> 제가 당신께 가지 않는다고, 어찌 소식조차 끊는가요.

> 靑靑子衿, 悠悠我心.
> 청 청 자 금　유 유 아 심
> 縱我不往, 子寧不嗣音.
> 종 아 불 왕　자 녕 불 사 음

이 시에 대해서 한漢나라 학자들은 주周나라 시대 학교 교육이 제대로 이루어지지 않음을 풍자한 것이라고 하였습니다. 그 이유는 그 당시 학생들이 푸른 옷을 입었기 때문이라고 합니다. 그러나 현대 학자들은 대부분 사랑하는 여인의 열렬한 연정을 읊은 것으로 봅니다. 이렇듯 남녀 간의 연정을 읊은 시를 조조는 인재를 그리워하는 뜻으로 바꾸어놓았습니다. 인재를 그리워하는 마음이 너무 열렬하여 사랑하는 연인 못지않다는 것을 나타내기 위한 시적 장치라고 할 수 있습니다.

이어서 조조는 『시경·녹명』의 시구 네 구절을 통째로 가져다가 씁니다. 「녹명」은 사슴이 운다는 뜻인데요. 사슴은 맛있는 풀을 보면 혼자 머리를 처박고 먹지 않고 휘익 휘익 울어 주변의 사

습들을 불러모아 함께 먹는다고 합니다. 「녹명」의 작가는 분명 이 정경으로부터 군신들이 함께 모여 즐겁게 마시는 연회를 연상하여 시적 형상화를 통해 드러낸 것이지요. 그럼 「녹명」 시를 한번 보실까요?

휘이익 휘이익 사슴이 웁니다, 저 들판에서 풀을 뜯고 있습니다.
나에게 귀한 손님 많이 있지요, 슬瑟을 울리고 생황笙簧을 연주
　　하며 극진히 대접합니다.
생황을 멋지게 연주하면서, 선물 담은 바구니 나누어 드립니다.
손님들 나에게 잘 대해주면서, 세상 사는 도리 이야기해줍니다.

呦呦鹿鳴, 食野之蘋.
유 유 록 명 　 식 야 지 빈

我有嘉賓, 鼓瑟吹笙.
아 유 가 빈 　 고 슬 취 생

吹笙鼓簧, 承筐是將.
취 생 고 황 　 승 광 시 장

人之好我, 示我周行.
인 지 호 아 　 시 아 주 행

이 시 역시 3장으로 구성되어 있습니다만, 제1장만 소개했습니다.

덕망 있고 명망 높은 군신들을 초대하여 맛좋은 음식을 대접하고 선물까지 주는 겁니다. 그러니까 「녹명」은 원래 나라를 통치하는 데 조언을 아끼지 아니하고 백성들의 모범이 되는 신하들을 극진히 대접한다는 취지의 노래였던 겁니다. 「녹명」의 4구절을

그대로 들어다 쓴 이유는 신하를 극진하게 대접하는 마음을 오롯이 공명할 수 있기 때문입니다.

이렇듯 조조는 「단가행」에서 『시경』을 텍스트로 하여 무려 여섯 구나 표절하였습니다. 요즘 그런다면 도덕성을 들먹이면서 파렴치한 시인이라고 엄청 매도당하겠습니다만, 당시에도 물의가 없었고 지금도 없습니다. 문제 삼기는커녕 남의 시구를 가져다가 이렇듯 훌륭하게 흉금을 토로하였다고 칭찬을 아끼지 않습니다. 그러니까 표면으로는 족보 있는 기존 시구를 그대로 베낀 것 같지만, 시는 표면의 뜻 이외에 의도를 포함한 내포의 뜻이 있고 구절과 구절들이 합쳐서 만들어낸 의경이 있는 것입니다. 조조는 그런 면에서 찬사를 받은 것이지요. 이제 이 시의 마지막 단락을 소개하겠습니다.

이 단락은 인재는 많으면 많을수록 좋다는 뜻을 여러 방면에서 묘사한 것입니다. 우선 보름달처럼 밝은 인재를 초빙하지 못해 애타는 마음을 읊었고요. 이어서 인재가 찾아온다면 극진하게 대접하겠다는 뜻을 밝힙니다. "달은 밝고 별빛은 희미한데 까막까치 남쪽으로 날아가다/나뭇가지 빙빙 맴돌며 앉을 곳 찾는구나"라는 구절에서 나뭇가지는 조조 자신을 의미하고 빙빙 맴돌며 앉을 곳을 찾는 까막까치는 인재들을 비유하는 것입니다. 이어서 "산은 높은 걸 마다지 않고 바다는 깊은 걸 싫어하지 않는 법"은 인재는 많으면 많을수록 좋다는 의미를 비유한 것입니다.

단가행短歌行

달님처럼 밝디밝은 인재 언제나 모셔올까

근심 걱정 마음에서 떠나질 않는구나.

먼 길 마다지 않고 달려와 도와준다면

연회 베풀고 담소하며 그 은혜 잊지 않으리라.

달은 밝고 별빛은 희미한데 까막까치 남쪽으로 날아가다

나뭇가지 빙빙 맴돌며 앉을 곳 찾는구나.

산은 높은 걸 마다지 않고 바다는 깊은 걸 싫어하지 않는 법

주공은 먹던 밥 뱉어내고 인재를 대접하여 천하의 민심 얻었지.

明明如月, 何時可掇?
명 명 여 월　하 시 가 철

憂從中來, 不可斷絕.
우 종 중 래　불 가 단 절

越陌度阡, 枉用相存.
월 맥 도 천　왕 용 상 존

契闊談宴, 心念舊恩.
계 활 담 연　심 념 구 은

月明星稀, 烏鵲南飛,
월 명 성 희　오 작 남 비

繞樹三匝, 何枝可依?
요 수 삼 잡　하 지 가 의

山不厭高, 海不厭深.
산 불 염 고　해 불 염 심

周公吐哺, 天下歸心.
주 공 토 포　천 하 귀 심

마지막 구절은 주공이 먹던 밥 뱉어내고 인재를 대접했다는 고사를 인용하여 조조도 주공처럼 인재를 극진히 모셔 천하를 얻겠다는 포부를 드러내었습니다.

그런데 조조의 인재관은 매우 독특했습니다. 윤리 도덕적으로 아무리 문제 있는 사람이라도 정치적 재능만 있으면 등용해서 중용하겠다는 것이었습니다. 이는 「구현령求賢令」이라는 조조의 포고문에 드러나 있습니다. 이 점에 대해서는 역사학자들의 평가가 엇갈리기도 합니다. 조조는 이 글에서 문제 있는 인간의 예로서 형수와 간통하고 뇌물을 받은 전력이 있는 한나라 개국공신 진평陳平을 거론합니다. 진평 같은 사람은 요즘 같으면 청문회를 절대 통과할 수 없었을 것이고 능력을 발휘할 기회를 얻지 못했을 겁니다.

『시경』의 전체 취지를 설명하는 글인 「대서大序」라는 글을 보면 사람의 마음을 움직이고 귀신을 감동시키는 데는 시가 최고라 하였습니다. 조조는 시를 지어 천하 인재들의 마음을 움직여보고 싶었던 것입니다.

흔히 난세의 간웅 내지 의심 많고 냉혹한 인간으로 알려진 조조는 사실상 문무를 겸비한 탁월한 리더요 시인이었습니다. 전쟁터를 누비면서도 틈만 나면 창을 거머쥐고 술잔을 기울이면서 시를 읊조렸으며, 한나라의 뒤를 잇는 위진시대 시 문학의 발전에 지대한 기여를 한 문단의 거장이기도 하였습니다. 그런데 소설

『삼국지연의』를 쓴 작가 나관중에 의해 부정적인 모습만 부각되어 이상한 형상으로 전락되었던 거죠. 조조가 이 사실을 알면 무덤에서 벌떡 일어날 것입니다.

하지만 중국 역사학자들의 평가는 이와 다릅니다. 조조는 요즘 말로 하자면 대기업 위주의 경제체제를 고집하다 빈부의 극심한 격차로 망한 한나라의 역사를 반면교사로 삼아 중소기업 위주의 경제체제를 도입하여 새로운 시대를 연 사람으로 평가하지요. 그리고 사마씨의 진晉나라는 다시 대기업 위주의 경제체제로 회귀한 보수정권으로 보았습니다. 이런 점에서 조조의 시대적 가치를 더욱 높이 평가한 것으로 볼 수 있지요. 이 말을 들으면 조조가 무덤에서 벌떡 일어나려다 회심의 미소를 지으면서 다시 눕지 않을까요?

내 평생 잘난 사람
감춰두질 못해

平生不解藏人善

인재를 한눈에 알아보고 추천하여 등용하는 사람을 우리는 흔히 백락伯樂에 비유하곤 합니다. 백락은 춘추시대 진秦나라 목공穆公 때 사람으로 이름은 손양孫陽이라고 합니다. 천리마를 구해달라는 초나라 왕의 부탁을 받고 천하를 돌아다니다 겨우 한 마리를 물색했는데, 보통 사람의 눈엔 그저 비쩍 말라빠져 힘도 못 쓰는 비루먹은 듯한 말에 불과합니다. 백락은 그 말을 비싼 값을 주고 사다가 초왕한테 바쳤습니다. 초왕은 비쩍 마른 볼품없는 말이 천리마라는 백락의 말을 듣고 화를 벌컥 냅니다. 이에 백락은 이 말이 주인을 잘못 만나 제대로 먹지 못하고 또 허드렛일이나 하여 능력을 발휘하지 못했던 것이지, 일단 잘 먹이고 또 그 말의 천성에 맞게 전쟁터를 누비게 하면 능력을 발휘할 것이라 하였습니다. 그가 시키는 대로 하였더니 과연 그 말은 백락의 말처럼 하루에 천 리를 가는 준마였지요.

그래서 한유는 「마설馬說」에서 이런 말을 했습니다.

"세상에 백락이 있고 난 후 천리마가 있게 되었다. 천리마는 언제나 있는 것이지만 백락은 늘 있는 게 아니다(世有伯樂, 然後有千里馬. 千里馬常有之, 而伯樂不常有)."

네, 그렇습니다. 인재를 알아보는 혜안을 가진 백락 같은 사람을 만나지 못하면 인재는 그저 강변에 굴러다니는 수많은 돌덩이 가운데 하나에 불과하지요.

여기에서는 파격적으로 인재를 등용할 것을 노래한 청나라 정치가이자 시인인 공자진龔自珍의 시 「기해잡시己亥雜詩」를 소개하겠습니다. 이 시는 315편의 칠언절구로 이루어진 연작시인데요. 소개하려는 시는 제220수에 해당합니다. 그는 정치적 폐단을 혁신하고 외세의 침략을 막아야 할 것을 적극 주장하였지요. 아편 금지를 주장하는 임측서林則徐를 적극 지지하기도 하였고요. 그의 시문은 낡은 법과 제도를 혁신할 것을 주장하면서 부패한 청나라 통치자의 비리를 폭로하는 내용으로 가득 차 있습니다. 48세에 사직하고 남쪽으로 갔다가 이듬해 강소성 운양서원에서 서거했습니다. 쉰도 안 되어 죽었으니 참으로 안타깝네요. 이 세상에 일찍 죽어도 좋을 사람이 어디 있겠습니까만, 국가와 민족을 위해 꼭 필요한 사람이었기에 그의 죽음이 더욱 애통하게 다가옵니다.

기해잡시己亥雜詩

이 나라의 생기는 바람과 우레처럼 강력한 힘에 의지해야 하거늘

모든 신하 일제히 침묵하고 있으니 애통하도다.

천제께 권하노니 다시금 심기일전하시어

격식에 얽매이지 말고 인재를 내려주소서.

九州生氣恃風雷, 萬馬齊喑究可哀.
구 주 생 기 시 풍 뢰   만 마 제 암 구 가 애

我勸天公重抖擻, 不拘一格降人才.
아 권 천 공 중 두 수   불 구 일 격 강 인 재

공자진은 생기를 잃어 빈사 상태에 있는 청나라의 앞날은 바람과 우레처럼 강력한 힘만이 되살릴 수 있다고 하였습니다. 바람과 우레는 파란과 소용돌이를 일으키는 과감한 정치적 혁신을 의미합니다. 그런데 조야의 모든 신하들은 일제히 침묵만 지키고 있고 조정은 날로 부패해가니 격분을 느끼는 겁니다.

첫 구절에 보이는 바람과 우레, 즉 '풍뢰風雷'의 속뜻은 『주역』에 근거합니다. 주역 64괘 가운데 제42괘인 익괘益卦(䷩)는 '더할-익'자를 씁니다. 바람과 우레, 즉 풍과 뇌가 격렬히 부딪혀야 개혁이 이루어지고 세상을 좋은 방향으로 변화시킬 수 있다는 의미를 담았습니다. 윗부분의 손괘巽卦는 바람(☴)을, 아랫부분의 진괘震卦는 우레(☳)를 의미하지요. 윗부분은 상층의 귀족을 아랫부분은 하층의 민중을 의미하는데, 지나친 신분과 재물의 격차를 해소하는 길은 격렬한 충돌과 조정 없이는 안 된다는 혁신적인 의미를 담은 것입니다.

그렇다면 이렇게 침체한 조정에 새 바람을 일으키는 힘은 어디에서 나올까요. 시인은 말합니다. 바로 파격적인 참신한 인재의 등용에 있다고요. 이 시를 읽노라니 우리의 현실과 많이 겹쳐져 곱씹을수록 언외言外의 맛이 무궁하게 느껴집니다.

다음은 인재를 알아보고 이 사람 저 사람에게 선전하고 추천하는 시를 소개해보겠습니다. 당나라 시인 양경지楊敬之가 지은 「증항사贈項斯」라는 시입니다. 항사는 사람 이름인데요, 양경지가 항사에게 시를 써서 준 겁니다.

증항사贈項斯

그대 시 볼 때마다 잘 썼다고 했는데

만나보니 사람이 시보다 더 좋구나.

내 평생 잘난 사람 감춰두질 못해

만나는 사람마다 붙잡고 그대 칭찬한다오.

幾度見詩詩總好　及觀標格過於詩
기 도 견 시 시 총 호　급 관 표 격 과 어 시

平生不解藏人善　到處逢人說項斯.
평 생 불 해 장 인 선　도 처 봉 인 설 항 사

사람에게는 보통 고약한 심보가 있지요. 남 잘난 거 인정하기 싫어하고, 남의 불행을 고소하게 여기는 맘, 이런 마음을 '행재낙화幸災樂禍'라고 합니다. 그런데 인정 안 해주고 고소하게 여기는 데만 머물러도 성인이라 하겠네요. 꼭 한술 더 떠서 헐뜯고 끌어내려야 직성이 풀리는 사람, 의외로 많더군요. 그러기에 남 칭찬 잘해주고 남 잘난 거 솔직하게 인정해주는 사람이 돋보이는 게 아닐까요? 그런 사람이 바로 양경지입니다. 이 시를 지은 사람이지요. 그럼 어떻게 항사를 칭찬했는지 볼까요?

우선 첫 구절 "그대 시 볼 때마다 잘 썼다고 했는데"에서는 항사가 시를 잘 쓰는 사람이라는 것을 부각시켰군요. 당나라 때는 인재를 등용할 때 시적 재능으로 인재를 발탁하는 진사과라는 국가고시가 있었지요. 따라서 시를 잘 쓴다는 건 재능이 출중하다는 것을 의미합니다.

두 번째 구에서는 "만나보니 사람이 시보다 더 좋구나"라고 했는데, 이는 항사의 인물 됨됨이를 칭찬한 것입니다. 한마디로 항사는 외적 용모와 내적 인품 모두 훌륭하다는 것입니다. 신언서판身言書判(신수, 말씨, 문필, 판단력)을 인물평가의 잣대로 삼았던 그 시절, 항사는 그야말로 모든 것을 갖춘 인재였다는 것이죠. 이런 사람 요즘 참 보기 힘든 것 같습니다. 실력이 좀 있다 싶으면 인품이 영 아니올시다거나 인품이 괜찮다 싶으면 실력이 별 볼일 없고, 아니면 인품도 실력도 없으면서 잘난 사람 보면 두드러기 나는 사람도 있지요.

셋째 넷째 구 "내 평생 잘난 사람 감춰두질 못해/만나는 사람마다 붙잡고 그대 칭찬한다오"는 항사를 적극 추천하고 사람들에게 알렸다는 뜻입니다. 고약한 심보를 지닌 사람들은 잘난 사람 앞에서 질투심을 느끼면서 인정하려 들지 않거나, 남에게 알리고 싶어 하지 않는 경우가 있지요. 그래서인지 양경지의 마음 씀씀이가 돋보이는군요. 인재를 알아보고 아낌없이 칭찬하는 시인의 툭 터진 흉금, 따듯한 인정, 순수한 배려를 느낄 수 있기 때문입니다. 중국어에 쉬샹(说项 shuōxiàng)이라는 말이 있는데요. '남 칭찬하다, 두둔하다'는 뜻입니다. 이 말의 출처가 바로 이 시랍니다.

남 칭찬 많이 하는 것도 훈훈하고 따듯한, 살맛나는 사회를 만드는 방법의 하나가 아닐까 합니다. 지금 당장, 바로 옆에 앉아 있는 이에게 어떤 칭찬이라도 좋으니 한번 시도해보지 않으시렵니까?

황금으로 서시 동상
만들어줘야 하리

黃金只合鑄西施

가족을 위해, 나라를 위해, 혹은 대의명분을 위해 온몸 다 바쳐 희생한 대가가 추모와 찬미라면 그나마 위안이 되겠습니다만 왜곡과 비난으로 점철된다면 얼마나 억울할까요? 여기 나라를 위해 꽃다운 청춘을 바쳤으나 왜곡 평가되었던 인물이 있습니다. 그게 누구냐고요? 바로 중국 4대 미녀 중 한 명인 서시西施랍니다. 주지하다시피 서시는 춘추시대 월越나라 최고의 미녀입니다. 많은 중국 시인들이 그녀의 빼어난 아름다움을 시적 형상화를 통해 노래했습니다. 당나라 천재시인 이백은 그녀의 아름다움을 이렇게 읊었지요.

"빼어난 아름다움 고금을 뒤덮고, 연꽃도 그녀 앞에선 부끄러워하였노라. 푸른 물에 비단 빨며 한가로이 맑은 물결과 함께 논다(秀色掩古今, 荷花羞玉顔. 浣紗碧水, 自與淸波閑)."

아름답고 청아한 서시의 빼어남을 노래했음을 알 수 있지요.

하지만 그녀에 대한 역사의 평가는 긍정과 부정 두 측면이 존재합니다. 망국의 요부와 구국의 영웅이 바로 그것이지요. 여자 영웅을 건괵영웅巾幗英雄이라 부릅니다. 건巾은 수건이고, 괵幗은 머리장식입니다. 모두 여성들의 필수품이지요. 한나라 조엽趙曄이 『오월춘추吳越春秋』에서 오자서의 입을 빌려 "아름다운 여자는 국가의 화근입니다. 하나라는 말희妺喜 때문에 망하였고, 은나라는 달기妲己 때문에 망하였으며, 주나라는 포사褒姒 때문에 망하였습니다"라는 논리를 펴면서 서시는 나라를 망친 여자들과 함께 거론되었지요. 오자서의 간언을 무시한 오왕 부차는 결국 멸망의 길을 걷게 되었고, 그 후부터 서시는 망국의 요부라는 낙인이 찍혔습니다.

역대 시인들은 망국 요부의 전형으로 서시를 즐겨 읊었습니다. 예컨대 두광정杜光庭은 「영서시詠西施」에서 "하얀 얼굴만으로도 이미 아름답거늘, 꽃 비녀로 머리까지 장식하였구나. 얼굴 한번 돌리니 작은 물결 일어나, 오나라를 침몰시켜 망하게 하였도다(素面已雲妖, 更著花鈿飾. 臉橫一寸波, 浸破吳王國)"라고 읊었고요. 노주盧注는 "슬프도다! 국가의 멸망은 어여쁜 여자에게 달렸는데, 세상 사람들은 여전히 예쁜 여자만 고르는구나. 월왕이 오나라를 무너뜨리는 데는 서시 하나로도 이미 족하였네(惆悵興亡系綺羅, 世人猶自選靑娥. 越王解破夫差國, 一個西施已是多)"라고 읊었습니다.

하지만 만당시대, 그러니까 당나라 말기의 시인들은 오나라의
패망을 다양한 시각에서 조명하기 시작하였습니다. 한 국가의 멸
망은 미녀 때문이 아니라 복합적인 원인이 작용한 결과라는 것을
인식하기 시작한 것이죠.

이에 따라 서시는 망국의 요부라는 형상이 벗겨지고 희석되기
시작하였습니다. 만당시대 나은羅隱의 시는 이러한 평가의 신호
탄이었습니다. "국가의 흥망은 저절로 때가 있는데, 오나라 사람
들 어이하여 서시를 원망할까? 서시가 만약 오나라를 망하게 하
였다면, 월나라를 멸망시킨 건 또 누구인가?(國家興亡自有時, 吳
人何苦怨西施. 西施若解傾吳國, 越國亡來又是誰)"라고 하여 나라
의 패망은 한갓 여자에 달려 있는 게 아니라는 것을 힘주어 말하
였습니다. 육구몽陸龜蒙 역시 비슷한 의견을 노래했는데요. "오왕
은 사사건건 나라 망칠 일만 하였으니, 후궁에서 제일 아름다운
서시 때문만은 아니어라(吳王事事堪亡國, 未必西施勝六宮)!"라고
하였습니다.

송나라 시인들은 사변적이고 설리적인 시를 즐겨 썼는데요. 왕
안석은 드디어 망국의 책임을 측근 신하의 탓으로 돌렸습니다.
시 제목은 「재비宰嚭」, 즉 '태재太宰 백비伯嚭'입니다.

태재는 고위 관직 이름입니다. 백비는 원래 초나라 사람인데
오나라로 도망가서 오왕 부차에게 중용되었지요. 백비는 돈과 여
자에다 뇌물까지 좋아했다고 합니다.

재비 宰嚭

책략을 도모하는 신하에게 국가의 안위가 달렸거늘

미천한 첩이 어찌 나라 망치는 화근이 될 수 있겠는가.

오왕이 백비를 죽이기만 했다면

후궁에 서시가 있어도 걱정하지 않았을 것을!

謀臣本自系安危, 賤妾何能作禍基.
모 신 본 자 계 안 위　천 첩 하 능 작 화 기

但願君王誅宰嚭, 不愁宮裏有西施!
단 원 군 왕 주 재 비　불 수 궁 리 유 서 시

월왕 구천勾踐이 오나라에 패배하여 잡혀 있었을 때, 월왕 구천의 신하 문종文種이 백비에게 뇌물을 바치고 백비를 꾀었다고 합니다. 구천은 이제 철저히 패망하였고 부차에게 충성을 다하는 신하가 되었으니 이제 안심하고 월나라로 돌려보내도 될 것이라고요. 이에 백비는 오왕에게 구천을 풀어주라고 적극 건의하였고, 구천은 드디어 월나라로 돌아가서 설욕을 준비하게 된 것이지요. 그중 하나가 미인계였는데, 구천의 참모 범려范蠡가 서시를 발굴하여 오나라에 보냈습니다.

월나라의 의도를 간파한 오자서가 서시를 받지 말라고 극력 반대하였지만 백비가 적극 권해서 오왕 부차가 받아들였다고 합니다. 오자서는 사사건건 충언으로 오왕 부차를 설득하였지만 배척당했고, 결국 부차로부터 자진하라는 명을 받습니다. 오자서는 자살하기 전에 이렇게 말했다고 합니다.

"내가 죽거든 내 눈을 파내어 동쪽 성문 위에 걸어두어라, 오나라가 멸망하는 것을 눈으로 보리라!"

오자서가 죽은 후 9년 만에 오나라는 결국 망하고 말았지요. 이것이 바로 오나라가 멸망하게 된 진정한 이유였습니다. 왕안석은 독자들에게 이 사실을 환기시킨 것이죠.

여기에서 한 발 더 나아가 송나라 시인 정해鄭獬는 서시를 아예 구국의 영웅으로 묘사하였습니다. 제목은 「여구蠡口」입니다.

월나라 군대 고소성을 겹겹으로 에워쌌는데,

전쟁이 끝나도록 군왕은 술에 취해 몰랐도다.

오나라를 정복한 첫 번째 공을 논한다면,

황금으로 서시 동상 만들어줘야 하리.

千重越甲夜圍城, 戰罷君王醉不知.
천 중 월 갑 야 위 성　　전 파 군 왕 취 부 지

若論破吳功第一, 黃金只合鑄西施.
약 론 파 오 공 제 일　　황 금 지 합 주 서 시

　여구는 강소성 오현吳縣에 있는 지명인데요. 전하는 바에 따르면 범려가 오나라를 멸망시킨 후 여기서 배를 타고 태호太湖 일대에 은거했다고 합니다.

　월나라가 오나라를 정복한 후 범려의 공을 기리기 위해 동상을 만들어준 것은 역사적 사실입니다. 하지만 정해는 오히려 공을 논하자면 서시의 공이 제일 크다고 읊은 것입니다. 그러므로 황금 동상을 만들어 서시의 공을 기려야 한다고 했습니다. 여태껏 망국의 요물로 인식되어왔던 서시의 형상에 구국의 영웅 형상을 불어넣어준 것이죠. 역사에 대한 평가든 인물에 대한 평가든 신중에 신중을 기해야 할 것입니다.

푸른 바다 보고 나면
모든 강물 시원찮고

曾經蒼海難爲水

언제나 석양이 질 때면 찬란한 햇살이 너무나 눈부시고 아름다워 한번쯤 아! 하고 탄성을 지른 경험 있으실 겁니다. 저는 그럴 때면 늘 당나라 시인 이상은이 지은 「등낙유원登樂遊原」, '낙유원에 올라'라는 시의 마지막 구절 "夕陽無限好(석양무한호) 只是近黃昏(지시근황혼)"을 나지막이 읊조리곤 한답니다. 석양은 한없이 아름답지만, 아 어쩌나 이제 곧 사라지고 말 것을! 하루 종일 대지를 비추던 태양은 서산으로 지기 바로 직전, 혼신의 힘을 다해 찬란한 금빛 햇살을 뿜어냅니다. 그러곤 하늘을 붉게 물들인 낙조를 남기고 사라집니다. 그 모습은 우리 인생의 황혼기를 연상시키면서 장엄하고 비장한 아름다움을 느끼게 해주곤 하죠.

혼신의 힘을 다해 황혼의 인생을 아름답게 마무리 짓는 방법은 여러 가지가 있겠습니다만, 황혼이혼을 꿈꾸면서 새로운 삶을 시작하려는 분들도 있는 것 같습니다. 그리고 이런 말들까지 하더군요. 이혼은 새로운 인생의 출발이요, 재혼은 행복의 시작이라고요. 한 번뿐인 인생인데 굳이 인내와 절제만으로 부부 간의 갈등을 극복하고 부부 사이의 틈을 봉합하라고만 요구하는 게 무리라고 목청을 높이는 이 시대, 시대적 조류가 이런 방향으로 흘러가고 있어서인지 당나라 때 시인 원진이 부른 사부곡思婦曲이 눈길을 잡는군요.

원진은 당나라 때 시인으로 백거이의 절친이었지요. 그의 아내 사랑은 참으로 유별났습니다. 죽은 아내를 그리워하면서 지은 시가 10여 수 가까이 전해지고 있으니까요. 여기에서 소개하려는 시는 원진의 「이사離思」, 즉 '죽은 아내를 그리워하며'라는 시입니다.

시 첫머리부터 거대담론을 도도히 펼치는 듯합니다. "푸른 바다 보고 나면 모든 강물 시원찮고/무산의 구름만이 정녕 아름다워라." 이 무슨 뜬금없는 소리일까요? 독자의 이목을 사로잡으면서 그다음 구절을 잔뜩 기대하게 만듭니다.

"푸른 바다 보고 나면 모든 강물 시원찮고"는 『맹자·진심盡心』편 "觀於海者難爲水(관어해자난위수) 遊於聖人之門者難爲言(유어성인지문자난위언)" 구절을 변화시켜 사용한 것입니다. 바다를 본 사람은 하도 어마어마한 장관을 보았으니 천하의 어떤 강물도 눈에 차지 않고, 성인의 문하에서 공부해본 사람에게는 성인의 말씀과는 너무나 수준 차이 나는 말로는 감동시키기 어렵다는 뜻이죠.

이사 離思

푸른 바다 보고 나면 모든 강물 시원찮고

무산의 구름만이 정녕 아름다워라.

꽃 숲을 지나가도 거들떠보지 않음은

도 닦는 생활과 당신 생각 때문이어라.

曾經蒼海難爲水　除卻巫山不是雲
증 경 창 해 난 위 수　제 각 무 산 불 시 운

取次花叢懶回顧　半緣修道半緣君.
취 차 화 총 라 회 고　반 연 수 도 반 연 군

아! 알고 보니 원진은 수많은 여자 중에서 아내를 제외한 어떤 여자도 눈에 들어오지 않는다고 말하려고 이렇듯 거창하게 나왔군요.

두 번째 구절에서 무산의 구름만이 이 세상에서 가장 아름답다고 한 말 역시 자신의 아내가 이 세상에서 가장 사랑스럽고 아내 이외의 어떤 여자도 사랑할 수 없다는 뜻을 나타내고 있습니다. 무산의 구름은 바로 '운우지정雲雨之情'이라는 고사성어의 출처이기도 하죠. 즉 무산의 구름은 춘추시대 초 회왕과 함께 에로틱한 사랑을 나누었던 꿈속의 그 아름다운 선녀를 말하는 것이죠.

에구, 살아생전 진작 이런 찬사를 해줄 것이지 죽은 뒤에 하면 뭐합니까. 아니라고요? 죽은 후에라도 하니 다행이라고요? 셋째 넷째 구절, 정말 점입가경이군요. 꽃 숲을 지나가면서도 꽃을 거들떠보지 않는 건 바로 당신 때문이라고 말하고 있네요. 이런 노골적인 찬사, 죽고 나서 하면 뭣합니까? 죽기 전에 부지런히 립 서비스 한번 해보세요. 원수처럼 미웠던 그 마음, 봄날 얼음 녹듯 사르르 풀리고 말 테니까요.

사실 우리는 결혼하기 전, 사랑의 맹세를 숱하게 뱉어내곤 하지요. 중국 시 가운데 가장 유명한 사랑의 서약 시로는 단연코 한漢나라 때 민간에서 유행하였던 노래, 「상야上邪」라는 시를 꼽을 수 있겠습니다. 한때 막장드라마라고 지탄받았던 임성한 작가의 연속극 〈하늘이시여〉는 바로 '상야'를 우리말로 옮겨놓은 것이라 할 수 있습니다. 시의 전문은 이렇습니다.

상야上邪

하늘이시여!

내 님과 맺은 사랑 영원하리니.

산이 평평한 땅으로 변하기 전에는

강물이 말라 없어지기 전에는

겨울에 천둥 치고 여름에 눈보라 치기 전에는

천지가 합쳐져 망하기 전에는

절대로 내 님과 헤어지지 않으리라.

上邪!
상 야

我欲與君相知, 長命無絶衰
아 욕 여 군 상 지 장 명 무 절 쇠

山無陵 江水爲竭
산 무 릉 강 수 위 갈

冬雷震震 夏雨雪
동 뢰 진 진 하 우 설

天地合 乃敢與君絶.
천 지 합 내 감 여 군 절

절대로 일어날 수 없는 자연현상을 하나하나 열거하면서 사랑의 맹세를 합니다. 물론 요즘이야 지구 온난화 현상으로 각종 이변이 일어나 겨울에 천둥이 치기도 하고, 여름에 눈이 오기도 합니다만, 그 옛날엔 있을 수 없는 일이었지요. 이렇듯 사랑을 맹세하고 또 맹세하였건만 그 사랑 영원히 맹세대로 지켜지기 힘든 요즘입니다. 눈앞에 있는 사람이 오늘따라 밉상이라고요? 네, 그럼 위에서 소개한 원진의 「이사」와 한나라 때의 민가 「상야」를 조용히 읊조리면서 옛 사랑의 맹세를 다시 한번 떠올려보시기 바랍니다. 그리고 이렇게 속삭여주세요. "푸른 바다 보고 나면 모든 강물 시원찮고, 무산의 구름만이 정녕 아름다워라……."

결혼하기 전에 당신을
만나지 못해 한스러워요

恨不相逢未嫁時

모든 사랑은 만남을 통해서 시작되고 만남은 시간과 공간의 제약을 받게 마련이지요. 그 제한된 시간과 공간 속에서 그 또는 그녀를 만났기에 우리는 그걸 연분이요 운명이라 믿으며, 결혼으로써 그 사랑의 결실을 맺곤 합니다. 하지만 또 다른 시간과 공간 속으로 이동하면 새로운 만남이 우리를 기다리기도 합니다. 그리고 지금까지 천생연분이었다고 느꼈던 굳센 믿음이 흔들릴 수도 있지요.

더구나 요즘은 여성의 사회 진출이 활발해짐에 따라 결혼 후에도 직장 생활을 하면서 다양한 계층의 사람들과 접촉하는 기회가 많아졌습니다. 새로운 환경과 시간 속에서 예전에 한 번도 느껴 보지 못했던 그런 사랑을 느끼는 대상이 생겼다면, 그리고 상대방이 열렬히 구애를 한다면 어떻게 할까요?

절부음節婦吟

당신은 제가 유부녀라는 것을 알면서도

명주 한 쌍을 선물하셨지요.

당신의 사랑에 감동하여

붉은 비단 저고리에 달았지요.

저는 아름다운 정원이 딸린 저택에 살고요,

남편은 대궐에서 임금님을 모신답니다.

당신의 너른 마음 해와 달처럼 밝은 걸 알지요.

그러나 저는 이미 남편과 생사를 함께하기로 약속했지요

당신이 주셨던 명주, 눈물 흘리며 돌려드립니다.

아! 처녀 때 당신을 만나지 못한 게 한스러워요.

君知妾有夫, 贈妾雙明珠.
군 지 첩 유 부   증 첩 쌍 명 주

感君纏綿意, 系在紅羅襦.
감 군 전 면 의   계 재 홍 라 유

妾家高樓連苑起, 良人執戟明光裏.
첩 가 고 루 련 원 기   양 인 집 극 명 광 리

知君用心如日月, 事夫誓擬同生死.
지 군 용 심 여 일 월   사 부 서 의 동 생 사

還君明珠雙淚垂, 恨不相逢未嫁時.
환 군 명 주 쌍 루 수   한 불 상 봉 미 가 시

위에서 소개한 시는 외간 남자의 유혹에 직면한 여인의 심적 갈등과 선택을 읊은 시입니다. 당나라 시인 장적張籍의 「절부음節婦吟」, 즉 '정절을 지킨 아낙을 노래하다'라는 뜻입니다.

첫째, 둘째 연에서 남자는 그녀가 유부녀라는 사실을 알면서도 값진 선물로 그녀의 마음을 사로잡으려 했습니다. 그녀는 남자의 절절한 사랑에 감격하여 망설임 없이 그 선물을 받아들였군요.

셋째 연에서 그녀는 남부럽지 않은 결혼 생활을 하고 있다고 말하였군요. 높은 벼슬에 있는 유능한 남편, 정원 딸린 호화 저택으로 그런 삶을 개괄하여 형상화하였습니다.

넷째, 다섯째 연에서는 두 남자 사이에서 갈등한 끝에 눈물을 흘리며 외간 남자에게서 받은 선물을 되돌려 줍니다. "아! 처녀 때 당신을 만나지 못한 게 한스러워요." 이 말 속에는 정말 이루지 못한, 아니 이루어질 수 없는 사랑에 대한 미련과 안타까움이 물씬 배어 있군요.

장적의 이 시를 두고 평론가들은 의견이 분분했습니다. 외간 남자에게 사랑을 느끼고 또 그 사랑의 일부를 받아들인 여자를 어떻게 정절을 지킨 절부라고 할 수 있느냐, 말도 안 된다. 또 이 여인이 남편을 떠나지 못한 건 도덕적 정절 관념 때문이 아니라 호화 저택에 살 정도로 부유한 남편의 재력과 고위직 공무원으로 있는 남편의 지위가 탐나서이다. 뭐 그리 대단하다고 찬송가를 불러대느냐…… 이렇게 평하는 사람도 있었고요.

혹자는 또 이렇게 말하기도 하지요. 장적 같은 시인이 이런 유의 불륜의 사랑을 읊었을 리 없다. 아마도 이건 시 전체가 고도의 상징과 비유일 것이다. 즉 장적이 이미 직장에서 상사를 모시고 있는데, 다른 직장에서 높은 보수로 스카우트하려 하자 잠시 맘이 흔들렸지만 이내 정신을 차리고 끝내 정조를 잃지 않은 부인에 넌지시 빗대어 읊은 것이라고요.

네, 맞습니다. 이 시는 시 전체가 알레고리로 이루어져 있습니다. 즉 구절구절 다른 뜻으로 읽히는 고도의 상징성을 띠고 있다는 것이지요.

이 시 제목 「절부음」 뒤에는 이런 주가 달려 있습니다. "寄東平李司空師道(기동평이사공사도)." '동평 이사공 사도에게 부치다.'

이사도李師道는 당시 번진藩鎮의 하나인 평로치청절도사平盧淄靑節度使였는데요. 고구려 유민 출신인 이정기李正己 가문의 4대째인 이사도는 당나라 후기 지방 세력가로서 산동성에서 막강한 위세를 과시하고 있었습니다. 중앙관리인 검교사공檢校司空, 동중서문하평장사同中書門下平章事라는 직함도 가지고 있었습니다.

당나라 중기 이후 이처럼 지방에서 할거한 번진 세력은 각종 수단을 써서 중앙관리나 유명 문인들과 결탁하려 하였습니다. 일부 불우한 문인이나 관리들은 그들에게 종종 빌붙기도 했지요.

한유韓愈는 일찍이 「송동소남서送董邵南序」라는 문장을 지어서 번진에게 의탁하려는 동소남董邵南을 완곡하게 말리는 뜻을 나타낸 적이 있습니다. 장적은 한유의 문하에 속하는 사람으로, 중앙집권을 강화하기 위해 번진의 발호에 반대하는 건 한유와 동일

하였습니다. 이 시는 이사도의 유혹을 거절하는 것을 은유적으로 칭송한 명작이라 할 수 있습니다. 상징 수법으로 완곡하게 자신의 태도를 드러낸 것이죠. 단지 표면적으로 보면 남녀의 애정을 읊은 것이 분명한데 뼛속은 일종의 정치시인 셈입니다.

하지만 이 시를 남녀 간의 애정을 노래한 시로 봐도 아주 훌륭합니다. 사실 유부녀도 내심 남편 아닌 사람에게서 사랑을 받을 수 있고, 사랑할 수도 있습니다. 그러다가 남편과의 의리를 떠올리며 사랑을 내칩니다. 이러한 모습은 자연스럽다고 할 수도 있지요. "아! 처녀 때 당신을 만나지 못한 게 한스러워요"라는 유감에는 나름 진정성이 있습니다.

그런데 명주를 되돌려주는 결별에는 그 유감만 있는 건 아닐 것입니다. 사랑이란 어쩌면 스쳐가는 바람일 수도 있는데 너무 심각하게 고민하며 상처받고 상처주지 않겠다는 것이지요. 주변 인물의 가슴 아픈 대가를 초래하면서까지 그 사랑에 매이지 않겠다는 거지요. 또 사람의 마음은 시간과 공간에 따라 변할 수 있으니 생사를 함께하자며 맹세했던 사랑도 절대적이지 않는 경우가 많으니까요.

최근에 〈해어화〉라는 영화를 보았는데요. 지고지순하게 사랑했던 여주인공의 애인이 하필이면 그녀의 가장 친한 친구를 사랑하게 됩니다. 현실을 인정하지 못해 끈질기게 사랑을 되찾으려 시도하였으나 끝내 사랑도 친구도 잃고 나서, "사랑은 거짓말, 사랑은 거짓말……" 하면서 처절하게 노래 부르던 여주인공의 모습이

오버랩 되면서 긴긴 여운을 남기더군요. 사랑은 영원이 아니라
순간인 것을!

내 마음 이미
단단한 쇳덩이 되었으니

此心已作金剛鐵

다산학술문화재단에서 만든 올해의 달력을 보니 7월 26일이 다산 선생 탄신일로 되어 있군요. 그러니까 여름에 태어나서 불같은 삶을 사신 거네요. 다산은 학자이기 전에 시인이었습니다. 일생 동안 2000여 수의 많은 시를 남겼다고 합니다. 지금도 인구에 회자되는 시가 많지요. 시적 재능이 어려서부터 예사롭지 않아 일곱 살 때 지은 시가 아버지를 놀라게 했다고 합니다.

"小山蔽大山, 遠近地不同(작은 산이 큰 산을 가리니, 멀고 가까움이 다르기 때문이네)."

어떻습니까? 놀라운 관찰력이지요? 일곱 살짜리 아이가 원근에 따라 사물이 달리 보인다는 것을 터득하였으니 말이죠. 다산은 어렸을 적에 꽤 많은 시를 지었다고 하는데요. 지금은 전해지지 않고 있지만, 10세 이전에 지은 시를 모아 편찬한 『삼미집三眉集』이 있었다 합니다. '석-삼'자, '눈썹-미'자, '모을-집'자입니다. 천연두를 앓은 흔적으로 오른쪽 눈썹이 세 갈래로 갈라졌기 때문이라는군요.

이제 다산의 시 한 편을 소개할까 합니다. 수많은 명작 가운데 한 편을 고르려니 쉽지 않군요. 명품을 고르려다 범품凡品, 곧 평범한 작품을 고르고 말 것 같아서 저의 선시안을 미리 탓해봅니다만, 시를 읽는 흥미를 고려하여 스토리가 있는 시 한 편을 골랐습니다. 배경 설명을 겸비한 시의 제목이 길기 때문에 그 가운데 한 구절인 "몽우일주夢遇一姝" 즉 '꿈에 예쁜 여자를 만나다'를 임시 제목으로 삼겠습니다.

이 시를 감상하기 전에 다산 선생이 처한 당시의 상황을 잠시 살펴보지요. 때는 전라도 남쪽 끝자락의 어촌 마을인 강진에서 귀양 생활을 시작한 지 7년째인 1808년이고, 선생은 장년인 47세였습니다. 그해 음력 11월 6일 밤, 선생이 지금의 동암東庵(지금 다산초당 오른편의 '茶山東菴[다산동암]'이라는 현판이 걸려 있는 집입니다)에서 혼자 계시던 중이었습니다. 그런데 밤중에 한 예쁘장한 여인이 들어와서 은근슬쩍 추파를 던지는 것이었습니다. 얼마나 예쁜 여인이었을까요? 선생은 시의 서문에서는 그냥 "일주一姝", 즉 '한 예쁜 여자'라고 하였습니다. 그러나 시의 본문을 보면 그녀가 백설이 애애皚皚하게 덮인 산 계곡 깊숙한 곳에 외로이 피어나 향기를 풍기는 매화보다 더 예뻤다고 하였습니다.

몽우일주夢遇一姝

눈 덮인 산 계곡의 한 송이 매화인들

붉은 비단에 싸인 복사꽃만 하랴마는

이 내 마음 이미 단단한 쇳덩이 되었으니

풍로를 돌려 데운다 한들 너를 어찌하겠는가.

雪山深處一枝花 爭似緋桃護絳紗
설산심처일지화 쟁사비도호강사

此心已作金剛鐵 縱有風爐奈汝何.
차심이작금강철 종유풍노내여하

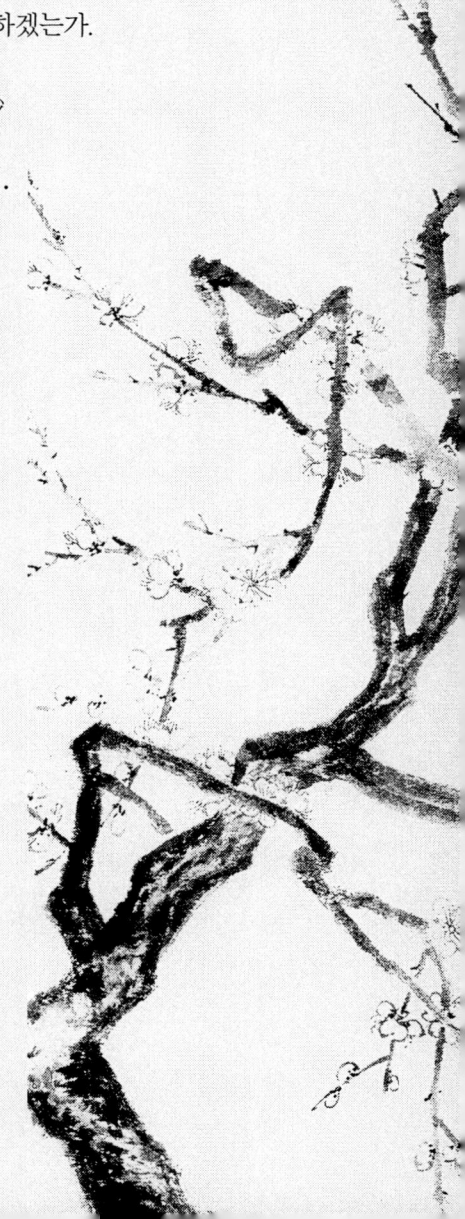

위의 시를 보니 다산이 꿈에서 본 그 여인은 단순호치丹脣皓齒에 설부화용雪膚花容의 절세미녀라고 해도 과언이 아닐 것입니다.

이른바 신유사옥辛酉邪獄이 일어난 1801년 2월 9일 의금부義禁府에 잡혀 들어가 고초를 겪다가 가까스로 목숨을 건져 그로부터 18일 후인 2월 27일 경상도 영일의 장기현長鬐縣으로 첫 귀양을 떠난 것이 나이 마흔에 들던 때였으니, 선생은 벌써 8년 가까이 여인의 지분脂粉은커녕 아내의 땀 냄새조차 맡아보지 못한 생홀 아비 신세였던 것입니다. 그러니 돌부처가 아닌 선생이 어찌 제 발로 찾아온 절세미녀를 두고 부동심不動心할 수 있었겠습니까? 게다가 선생은 감성적 인간의 전형이었습니다. 젊었을 때, 인간의 이성理性을 중시하는 정주학적程朱學的 분위기에 싸여 있던 선생이 정주학과는 달리 감성感性의 연장인 신성神性을 극도로 숭앙하는 천주교 신앙을 받아들인 것도 선생 성정性情의 일단을 짐작하게 해줍니다.

외로운 귀양객에게 제 발로 찾아온 이 절세미녀를 안아야 하나, 말아야 하나……. 나비가 나인지 내가 나비인지 모를 몽롱한 상황 속에서 선생은 심각한 고민에 빠지지 않을 수 없었을 것입니다. 그러나 자신은 억울하기는 해도 죄 없는 죄를 짓고 귀양살이 하고 있는 몸인데, 어찌 잠시나마 음욕淫慾에 휘둘릴 수 있겠습니까? 그리하여 선생은 황홀경 속에서 정신을 다잡은 다음, 그녀의 뜻을 간곡히 거절하고 돌려보내기로 작정합니다. 이런 상황을 사자성어로 하면 '현애늑마懸崖勒馬'라고 하지요. '말을 달리다 절벽 끝에서 멈춤'입니다. 그러나 아무리 불청객이지만 엄연히 손님인 그녀를 어찌 맨손으로 보낼 수 있겠습니까? 이에 칠언절구 한 수를 지어 그녀 손에 쥐어준 것입니다.

그녀와 아린 이별을 하고 잠에서 깨고 보니 한바탕 허망한 꿈! 우리는 이제부터 이런 허망함을 '동암일몽東菴一夢'이라 부르는 게 어떨까요?

기억이 너무나 생생하였으므로 선생은 일어나 앉아 호롱불 밝히고 지필묵紙筆墨을 꺼내어 꿈속에서 지은 시를 적어둔 것입니다.

욕정이 온몸을 데우는 순간, 선생은 8년이 가깝도록 고향 집에서 독수공방하고 있을 아내 홍씨洪氏를 떠올린 것이 아닐까요? 아내는 무장武將인 장인어른 홍화보洪和輔를 닮아 강단 있는 여인이었습니다. 강진에 온 지 서너 해가 되었을 때, 아내는 시집올 때 입었던 붉은 치마 여섯 폭을 보내왔습니다. 꿈결 같았던 시절 잊지 말고 언젠가는 끝날 고생을 참고 견디자는 뜻을 담았겠지만, '나 외의 여자 생각일랑 아예 마소'라는 매서운 경고를 담았음을 모를 선생이 아니지요.

바람피우다 아내에게 들킨 유부남처럼 꿈에서조차 정신이 번쩍 든 선생은 서둘러 상황을 수습합니다. 그리하여 과연 진심인지 궁금한 변명조의 말을 누구 들으라는 듯이 중얼거립니다. '여인이여! 이 몸은 색정色情을 멀리한 지 오래여서 마음이 쇠 중에서도 가장 단단한 금강철처럼 되었다오. 나를 잉걸불이 이글거리는 풍로 위에 올려놓고 팔 아프게 부채질한다 해도 뜨거워지지 않을 것이고 그대를 털끝 하나 건드리지 않을 것이오.' 하여간 적어도 그날 밤, 선생은 부인에 대한 의리를 의연히 지킨 것이지요. 초인적 의지를 발휘하여 절세미녀의 유혹을 뿌리친 것입니다. 이 경우도 극기복례克己復禮라고 해야 하나요…….

아름답고 무성한
복사나무

桃之夭夭

너도나도 V-라인 얼굴이 되고자 깎고 깎아내고 줄이는 것이 대세인 요즘, '달덩이처럼 환한 얼굴' '부잣집 맏며느릿감'은 더 이상찬사가 아닌 욕이 되어버렸지요. 최근 한중학술회의를 개최한 어느 중문과 교수의 말을 한번 옮겨보겠습니다.

회의 전날 모두 모여 환영연회를 할 때, 중국 측의 여교수가 많이 참석한 것을 본 어느 교수님이 인사치레로 이렇게 말했어요.

"오늘 중국의 서시, 초선, 양귀비, 진원원이 모두 이 자리에 오셨군요."

그랬더니 중국 여교수들이 이구동성으로 "양귀비는 안 왔답니다"라고 응대했다는군요. 아무리 예뻐도 풍만한 몸매를 자랑했다는 양귀비와 비교하는 건 싫다는 말이지요. 달처럼 복스럽고 하얀 얼굴마저 기피의 대상이 되다니! 정말이지 '양귀비가 기가 막혀'인 거죠.

다음에 소개하는 시는 달덩이처럼 환한 여성에게 반하여 그리움을 노래한 시입니다.

중국 최초의 시가집이자 중국 시의 어머니 격인 『시경』에 실려 있는 「월출月出」, '달님이 떴어요'라는 시예요. 『시경』은 대부분 민가이기 때문에 같은 구절이 반복되면서 리듬을 이루고 있지요. 당나라 근체시近體詩는 오언 혹은 칠언이 하나의 구절을 이루고 있는 데 비해 『시경』은 대부분 4언이 한 구절을 이루고 있고요. 민가이기 때문에 세련된 맛은 없지만 소박한 아름다움을 지니고 있습니다. 그럼 시 「월출」을 소개하겠습니다.

　　달님 나오시니 밝기도 하여라

　　아름다운 그 임 곱기도 하여라

　　어여쁜 임의 자태

　　내 마음 흔들어놓는구나.

　　月出佼兮, 佼人僚兮
　　월 출 교 혜　　교 인 료 혜
　　舒窈糾兮, 勞心悄兮.
　　서 요 규 혜　　노 심 초 혜

하얀 달빛이 부서지는 고요한 밤, 달빛만큼이나 눈부시고 복스러운 그 아가씨를 간절하게 그리워합니다. 청년은 그리움에 사무쳐 슬픔에서 헤어나지 못하는군요. 네, 이 시대에도 그런 청년들이 많이 나왔으면 좋겠네요. 그래야만 이 땅의 여성들이 마음 놓고 밥 잘 먹고 씩씩한, 건강한 아름다움을 즐겁게 누릴 수 있을 것 같군요.

그런데 말입니다. 예나 지금이나 미의 기준은 동일하지는 않지만 어쨌든 예쁜 여자를 좋아하는 사실만은 변치 않은 것 같습니다. 『시경』에 실려 있는 첫 작품 「관저關雎」라는 시를 봐도 그렇더군요.

「관저」 두 번째 구절에 "요조숙녀窈窕淑女 군자호구君子好逑"라는 말이 있지요. 요즘도 어르신들은 요조숙녀라는 말을 많이 쓰시는 걸로 알고 있습니다만, 젊은 세대들은 요조숙녀 대신 쭉쭉빵빵 얼짱이라는 말을 많이 쓰겠지요? 요조숙녀는 약 3000년 전 젊은이들이 좋아하는 여성 타입이었지요. 단지 얼굴만 예쁜 것이 아니라 내적 아름다움까지 갖춘 여성을 지칭합니다. 그러니까 얼굴도 예쁘고 행동도 조신하면서 인격도 아름다운 여성을 좋아했던 거지요. 요조숙녀의 짝은 물론 군자이고요. 군자 역시 행동과 인품이 훌륭한 남성을 의미합니다. 이런 젊은이들이 짝이 되어 가정을 이루면 그 가정 참으로 행복하였겠지요. 『시경』에는 이런 남녀의 결혼을 축하하는 축가가 있는데 당시에 가장 인기 있는 노래였죠. 제목은 「도요桃夭」, '아름답고 무성한 복숭아나무'라는 뜻입니다. 한번 살펴볼까요?

도요 桃夭

아름답고 무성한 복숭아나무
불처럼 빨간 꽃 활짝 피었네.
이 처녀 시집가서 아내가 되면
현숙한 부인 되어 내조하리라.

아름답고 무성한 복숭아나무
그 열매 주렁주렁 가득 열렸네.
이 처녀 시집가서 엄마가 되면
그 집안 자손이 무성하리라.

아름답고 무성한 복숭아나무
그 잎새 빽빽이 무성하여라.
이 처녀 시집가서 며느리 되면
그 집안 번창하고 화목하리라.

桃之夭夭 灼灼其華
도지요요 작작기화

之子于歸 宜其室家.
지자우귀 의기실가

桃之夭夭 有蕡其實
도지요요 유분기실

之子于歸 宜其家室.
지자우귀 의기가실

桃之夭夭 其葉蓁蓁
도지요요 기엽진진

之子于歸 宜其家人.
지자우귀 의기가인

요즘은 결혼에 대한 인식이 참 많이 달라졌지요. 반드시 해야 하는 필수에서 해도 그만 안 해도 그만인 선택으로 바뀌었지요. 그리고 결혼에서 가장 중요한 것은 당사자 간의 사랑이라고 말하지요. 당연한 말입니다만, 그래도 결혼은 이질적인 두 가정의 결합이라는 것 또한 엄연한 사실인 것 같습니다. 그래서 새사람을 맞이하는 양가 혼주는 긴장과 설렘이 교차하기 마련이지요.

위의 시에 나오는 아름답고 탐스러운 복숭아나무에 활짝 핀 빨간 복사꽃은 건강미 넘치는 아름다운 신부를 연상시켜줍니다. 외적인 건강은 물론이고 내적인 건강미까지 갖춘 신부라면 금상첨화겠지요? 이어지는 구절에서 "이 처녀 시집가서 아내가 되면/현숙한 부인 되어 내조하리라"라고 하는군요. 맞벌이 부부가 대세를 이루어가는 이 시대에 아내의 일방적인 헌신과 내조를 요구하는 간 큰 남편들이 아직도 있을까 모르겠네요. 부부는 인생길을 함께 걸어가는 친구입니다. 오순도순 서로를 아껴주면서 힘든 일 함께 거들어주는 게 미덕이지요.

이 시에서 주목하고 싶은 구절은 바로 주렁주렁 열린 복숭아와 빽빽하고 무성한 복숭아 잎새입니다. 튼실한 복숭아처럼 훌륭한 자식 많이 낳고, 무성한 복숭아 이파리처럼 집안 번창하라고 축원하는 내용이지요. 인구 절벽 시대가 코앞에 다가와 있는 이 시대를 사는 실버 세대여서 그런지 이 구절의 울림이 참 크네요.

시어머니 식성
알지를 못해

未諳姑食性

사흘 만에 부엌에 들어가서

깨끗이 손 씻고 국을 끓인다.

시어머니 식성 알지를 못해

시누이에게 먼저 맛보라 한다.

三日入廚下　洗手作羹湯
삼 일 입 주 하　세 수 작 갱 탕

未諳姑食性　先遣小姑嘗.
미 암 고 식 성　선 견 소 고 상

대가족이 해체되고 핵가족·독거가정이 늘고 있는 요즘, 이런
광경 본 지가 언제였더라…… 아득히 기억을 더듬어봅니다. 아들
을 키우는 게 아니라 며느리의 남편을 키우고 있다느니, 어느 장

모의 사위를 기르고 있다느니 하면서 자조석인 푸념을 늘어놓는 아들 가진 엄마들의 넋두리를 심심치 않게 듣는 요즘. 며느리가 아니라 며늘님이요, 효도가 따로 있나, 그저 아들딸 잘 낳고 즈그들끼리 행복하게 사는 게 효도라고 말씀들 하시지요.

시를 좀 더 자세히 살펴볼까요?

첫 구절 사흘 만에 부엌에 들어간다는 뜻, 요즘 젊은이들은 아마 이해 못할 거예요. 그건 혼인 의식 중 통과의례의 하나였으니까요. 옛날에는 꼭 부모가 정해준 배필과 결혼을 해야 했지요. 최초의 시가집 『시경·빈풍豳風·벌가伐柯』에서는 결혼은 꼭 중매쟁이를 통해서 해야 한다는 슬로건을 이렇게 내걸었습니다.

"도끼자루를 베려면 어떻게 해야 하나요? 도끼가 아니면 벨 수 없지요. 아내를 얻으려면 어떻게 해야 하나요? 중신할미가 아니면 얻을 수 없지요(伐柯如何 非斧不克. 取妻如何 非媒不得)."

주나라의 종법사회가 확고하게 자리 잡지 않았을 때, 부모 몰래 눈이 맞아 결혼하는 자녀들이 많았던 모양입니다. 그러니까 이 시는 당시에 유행하였던 일종의 공익광고로 봐도 무방하겠습니다. 연애결혼은 상상도 못했거니와 혹 그런 일이 있으면 남우세스럽다고 쉬쉬했지요. 결혼식은 보통 저녁에 신부집에서 치러졌습니다. 그래서 결혼의 '혼婚'자를 보면 '여자-여女'와 '저녁-혼昏' 두 글자의 합성어로 되어 있죠. 신부집에서 결혼식을 올린 후 시댁으로 가는데 이걸 신행新行이라고 하지요. 시댁에 도착하면 조상 사당에 가서 큰절을 올리는데 일종의 신고식인 셈이에요.

전통 혼례에서는 이를 묘현廟見이라 하는데, 묘현을 마쳐야 비로소 그 집안 며느리로서의 신분을 획득하는 겁니다.

그러곤 신방에 앉아서 이틀 동안은 손 하나 까딱 안 하고 극진한 대접을 받는 거죠. 저도 1980년에 결혼했는데 '추로지향鄒魯之鄕', 즉 공자와 맹자의 고향이라 불리는 경상도 안동 남자와 결혼하는 바람에 이런 통과의례를 치렀죠. 그러곤 사흘 만에 부엌에 들어가서 밥을 지어 시부모님께 올립니다. 생전 처음 가보는 낯선 집 낯선 부엌에서 쌀이며 반찬이 어디 있는지 모릅니다. 그래서 친정부모는 딸을 생각해서 이바지 음식을 보냅니다. 신행 올 때 가져온 음식을 데워서 차려내기만 하면 되니까요. 그런데 모든 반찬 다 데워 내기만 하면 성의가 없잖아요. 그래서 국만은 따듯하게 보글보글 갓 끓여 내는 겁니다. 새색시가 시부모에게 음식 솜씨를 처음으로 선보이는 자리이니 얼마나 긴장되겠어요. 그 옛날엔 시어머니 시집살이 엄청 빡세기로 유명했잖아요. 그래서 새색시는 고민 끝에 시누이에게 맛 좀 봐달라고 도움을 청하는 거죠. 시누이는 작은 시어머니라고도 하지요. 때리는 시어머니보다 말리는 시누이가 더 밉다는 말도 있잖아요. 그래서 시누이에게 맛봐달라고 청하는 거죠. 시누이가 오케이 하면 시어머니는 불문가지니까요. 이런 며느리 참 센스도 있고 예쁘죠.

이번에 소개하는 시 역시 시부모에게 잘 보이려는 새색시의 마음을 아주 잘 묘사한 시입니다.

규의 閨意

어젯밤 신방에 촛불 꺼지더니

날 밝기 기다렸다 시부모님께 문안드린다.

곱게 단장하고 낭군님께 나지막이 묻는 말

제 눈썹 세련되게 잘 그렸나요?

洞房昨夜停紅燭, 待曉堂前拜舅姑.
동 방 작 야 정 홍 촉   대 효 당 전 배 구 고

妝罷低聲問夫婿, 畫眉深淺入時無?
장 파 저 성 문 부 서   화 미 심 천 입 시 무

이 시에서 새색시는 날 밝기 전 식구들 가운데 가장 먼저 일어나 곱게 화장부터 합니다. 부스스한 얼굴로 시부모한테 인사할 수는 없잖아요. 형식이 내용을 결정하는 겁니다. 제대로 형식을 갖추면 내용은 절로 충실해지니까요. 정성들여 화장하는 모습을 여기서는 눈썹을 세련되게 그리는 행위로 개괄하였네요. 짤막한 시이기에 분칠은 어떻게 하고 입술은 어떤 색을 바르고…… 세세히 그려낼 수 없는 것이죠.

그런데 위에서 소개한 시의 작자는 모두 남성입니다. 첫 번째 시는 당나라 시인 왕건王建의 「신가낭新嫁娘」이고요. 두 번째 시 역시 당나라 시인 주경여朱慶餘의 시 「규의閨意」랍니다. 아니 웬 남자들이 여성의 목소리로 시를 썼냐고요?

네, 이 작품들은 알레고리입니다. 시인들은 이 작품에서 새색시의 마음을 빌어서 누군가의 구미에 맞기를 바라는 심정을 드러낸 것입니다. 누구의 맘에 들고 싶어 하냐고요? 옛날 당나라 때는 과거시험을 실시해서 관리를 선발했는데, 그중 진사과는 시문의 재능 여부로 인재를 선발했습니다. 그래서 진사과에 뜻을 둔 자들은 당시의 고관이자 예상되는 시험관에게 미리 자신의 시문을 보여주면서 평가를 해달라고 부탁하는 관행이 있었지요. 그걸 전문용어로 행권行卷이라 합니다. 즉 예비시험을 한번 보는 것이라 할 수 있겠습니다. 실제로 주경여는 앞에서 소개한 「규의」를 지어 당시 수부원외랑水部員外郎 장적張籍에게 바쳤습니다. 이 시를 본 장적은 다음과 같은 시를 지어서 그의 재능을 높이 칭찬했다

고 합니다. 제목은 「수주경여酬朱慶餘」, 즉 '주경여에게 답하다'입
니다.

맑은 호수에서 나온 곱게 단장한 월나라 아가씨

아름다운 걸 알면서도 또다시 가늠해본다.

명품 비단옷 입은 아가씨보다 훨씬 고귀하여라

노랫가락 한 곡조 만금이나 나가는 것을.

越女新妝出鏡心 自知明艶更沉吟.
월 녀 신 장 출 경 심   자 지 명 염 경 침 음
齊紈未足時人貴 一曲菱歌敵萬金.
제 환 미 족 시 인 귀   일 곡 릉 가 적 만 금

장적은 주경여를 맑은 호수에서 나온 아름다운 월나라 아가씨
에 비유했습니다. 주경여가 절강성 소흥 사람임에 착안한 것입니
다. 그곳에는 예로부터 서시처럼 아름다운 여성이 많았다고 합니
다. 아무리 아름다운 비단옷으로 치장한다 해도 서시의 미모를
따라잡을 수 없듯이 주경여는 발군의 시적 재능을 지녔다고 치켜
세워준 것이죠. 장적은 당시 수부원외랑이라는 낮은 벼슬에 있었
지만 그의 지인들 중에는 한유처럼 명성이 높은 사람도 있었습니
다. 이 시로 인해 주경여의 명성이 높아지고 과거시험에도 합격
했다고 합니다.

새색시든 과거시험 준비생이든 최고 권력자인 시부모나 시험
관에게 잘 보여야 한다는 정서적 공통분모를 지니고 있는 것이죠.

근데 남자체면에 노골적으로 '나 어떻게 해야 잘 보일 수 있지?' 이렇게 물으면 좀 뭣하잖아요. 그래서 새색시의 마음을 빌려 표현한 것입니다. 이 시는 전체가 이중적 의미로 읽혀지는데요. 이미 말씀드렸다시피 이걸 알레고리라고 합니다. 오늘 이 두 시를, 아드님 며늘님들에게 한번 소개해보면 어떨까요?

아들딸
많이 낳는 세상

載弄之璋, 載弄之瓦

누구나 새해가 되면 계획을 세우기 마련인데요. 이번 새해에는 우리 모두 아기울음 많이 듣는 해가 되었으면 좋겠습니다. '삼포'니 '칠포'니 하면서 연애며 결혼, 꿈마저 포기한 청년들이 늘어나고 있는 이 현실을 생각하면 암담하고 가슴이 먹먹합니다. 설령 결혼을 했더라도 아이를 기를 수 없는 상황이 많고, 설령 조건이 되더라도 아이를 낳지 않는 젊은 부부들이 늘어나고 있다고 합니다. 이런 식으로 가다간 우리나라가 이 지구상에서 없어질 첫 번째 국가가 될 것이라는 심각한 예측마저 나오고 있으니 정말 재앙이 따로 없는 것이죠.

결혼의 가장 큰 목적과 사명은 바로 '전종접대傳宗接代', 즉 크게는 사직을 이어가고 작게는 가문의 대를 잇는 것입니다. 그건 예나 지금이나 마찬가지입니다. 그래서 3000여 년 전에 지어진 『시경』에도 아이 낳아 잘 키우기를 염원하는 시가 있습니다.

『시경·소아小雅·사간斯干』입니다. 이 시는 왕궁 건축이 끝난 후 낙성식을 올리면서 노래한 일종의 축시인데요. 새로 지은 왕궁에서 형제들 사이좋게 지내고 아들딸 많이 낳아 왕실이 번창하기를 축원하는 노래입니다.

가족 구성원 가운데 특히 형제간의 우애를 먼저 강조한 것을 보면 형제끼리 화목하게 지내는 게 쉽지 않았던 모양입니다. 가난하고 힘들 때, 남들이 업신여길 기미라도 보이면 형제는 함께 용감하게 맞서 싸웁니다만, 일단 유산상속 문제가 대두되면 재산을 둘러싸고 반목합니다. '兄弟鬪於牆(형제혁어장)', 즉 형제가 집안에서 싸운다는 성어는 이러한 사정을 담고 있는 말입니다. 그 다음으로 중요한 것이 후손의 번창입니다. 한 나라 혹은 가문이 창성하기 위해선 그것이 필수조건이기 때문이죠.

그런데 임신을 하면 태몽을 꾼다고 하잖아요. 대개 임신 전후에 당사자가 꾸거나, 시어머니 친정어머니 등 어른들이 꾸어주는 경우도 있지요. 사람들이 태몽에 비상한 관심을 갖는 이유는 위인들의 탄생이 범상치 않은 태몽과 종종 연관되어 있기 때문이지요. 퇴계 이황 선생의 어머니 박씨 부인은 공자님이 문으로 들어오는 꿈을 꾸고 퇴계를 낳았고, 사임당 신씨는 검은 용이 안방으로 들어오는 꿈을 꾸고 율곡 이이 선생을 낳았다고 합니다. 그럼 「사간」의 내용을 한번 볼까요?

시경 · 소아小雅 · 사간斯干

침대 위에는 왕골자리 깔고 밑에는 삿자리 깔아놓고

그 위에서 편안히 잠을 이룬다.

잠에서 깨어나 간밤에 꾼 꿈을 점쳐보노라.

길몽의 내용은 무엇인가?

검은 곰과 큰곰을 꿈에 보았고, 살무사와 뱀을 꿈에 보았네.

점치는 신하가 점을 쳐보니 검은 곰이랑 큰곰은 아들 낳을 징조,

살무사와 뱀은 딸 낳을 징조라 하시네.

사내아이 낳으면 침대 위에 재우고,

상의 하의 입혀서 구슬을 쥐어준다.

아기의 울음소리 우렁차겠지, 장성하면 멋진 관복 입고

이 가문 일으킬 군왕이 되리라.

딸아이 낳으면 땅바닥에 누이고,

포대기에 감싸서 실감개를 쥐어준다.

행동거지 얌전하고 술 담고 밥 짓는 법 잘 배워서,

부모에게 걱정 끼치는 일 없게 하리라.

下莞上簟, 乃安斯寢.
하 완 상 점　내 안 사 침

乃寢乃興, 乃占我夢. 吉夢維何?
내 침 내 흥　내 점 아 몽　길 몽 유 하

維熊維羆, 維虺維蛇.
유 웅 유 비　유 훼 유 사

大人占之: 維熊維羆, 男子之祥; 維虺維蛇, 女子之祥.
대 인 점 지　유 웅 유 비　남 자 지 상　유 훼 유 사　여 자 지 상

乃生男子, 載寢之床. 載衣之裳, 載弄之璋. 其泣喤喤,
내 생 남 자　재 침 지 상　재 의 지 상　재 롱 지 장　기 읍 황 황

朱芾斯皇, 室家君王.
주 불 사 황　실 가 군 왕

乃生女子, 載寢之地. 載衣之裼, 載弄之瓦. 無非無儀,
내 생 녀 자　재 침 지 지　재 의 지 석　재 롱 지 와　무 비 무 의

唯酒食是議, 無父母詒罹.
유 주 식 시 의　무 부 모 이 리

와! 꿈에 검은 곰과 큰곰을 보면 아들을 낳고, 살무사와 뱀을 보면 딸을 낳는다는 해몽은 요즘 이 시대에도 여전히 유효하니 그저 놀라울 따름입니다. 태몽과 관련된 에피소드를 더 소개해드리겠습니다.

고려 말 유명한 충신인 정몽주는 어머니가 꿈속에서 들고 있던 난 화분을 떨어뜨렸다고 해서 이름을 몽란이라 지었습니다. 그런데 몽란의 나이 아홉 살 되던 해 어느 날, 어머니가 낮잠을 자고 있는데 우물가에 있는 배나무 위로 용이 기어올라가는 꿈을 꾸었다는군요. 꿈에서 깬 어머니가 우물가로 가보니 글쎄 몽란이가 배나무 위에서 놀고 있더랍니다. 그래서 이름을 또 몽룡으로 바꾸었다는군요. 어느새 믿음직한 청년으로 장성한 몽룡은 20세 되던 해, 관례를 올릴 때 중국 주나라의 훌륭한 정치가인 주공周公을 닮으라는 의미에서 이름을 몽주로 바꾸었답니다. 난초는 고고하고 대쪽 같은 선비를 상징하고 용은 출중한 인물을 상징하니, 정몽주는 이름대로 대쪽 같은 선비 기질로 천고에 이름을 남긴 충신이 되었나봅니다.

한편 중국을 대표하는 당나라 시인 이백의 어머니도 태백성太白星, 곧 금성이 품안으로 들어오는 꿈을 꾸고 이백을 낳았다고 합니다. 그리하여 이백은 자를 태백이라고 하였는데, 그 역시 중국 문단에서 금성처럼 찬란한 빛을 남긴 불세출의 시인이 되었습니다.

참 신기하지요? 어떻게 아이를 낳기 전에 이런 꿈을 꾸며 그런

직관과 영성이 한 생명의 앞날을 점지해주는지 말입니다. 이제 다시 시 내용으로 돌아가볼까요?

아들을 낳으면 침대 위에 재우고 구슬을 쥐어주고, 딸을 낳으면 땅바닥에 누이고 실감개를 쥐어준다고 했네요. '구슬 옥玉'변에 '문장 장章'을 쓰는 '장璋'은 옥 노리개이고, '기와 와瓦'자를 쓰는 '와瓦'는 흙을 구워 만든 실감개인데, 한자어로는 '방전紡塼'이라 합니다. 아들에게 옥을 쥐어주는 건 옥과 같은 품덕을 지닌 군자가 되어 나라의 동량이 되라는 뜻을 담고 있고, 딸에게 실감개를 쥐어주는 건 길쌈을 잘하여 살림 잘하라는 의미를 나타냅니다. 차별이 심하군요. 게다가 아들은 옷도 잘 차려 입혀주고, 딸은 그냥 포대기에 둘둘 말아서 누인다는군요. 더 가관인 것은 아들은 앙앙거리며 우는 울음소리조차도 대견해하면서 저렇듯 우렁차게 우니 장차 큰 인물이 될 거라고 흐뭇해합니다. 아마 딸이 그랬다면 계집애가 시끄럽게 운다고 짜증냈을 겁니다. 딸아이에게는 그저 행동거지 얌전하게 가르쳐 고분고분 술 담그고 밥 짓는 일이나 시키겠다는 대목에 이르면 아마 혈압 쫙 올라가는 분들 계실 겁니다. 남존여비 사상이 아주 농후하지요.

지금은 시대가 참 많이 달라져 아들이든 딸이든 낳기만 해달라고 합니다. 여성의 지위도 조금씩 높아져갑니다만 돌이켜보면 저 역시 아들, 아들, 아들만 찾는 엄마 밑에서 성장했기에 쌀밥과 고깃국은 언제나 오빠 차지고, 늘 보리밥과 푸성귀만 먹어야 했던 옛 시절이 생각납니다. 하긴 그 덕에 저는 쑥쑥 커서 평균 신장을 웃돕니다만, 그게 웰빙식이라는 걸 엄마가 진작 알았더라면 전 아마도 쌀밥과 고깃국 배터지게 먹었을 겁니다.

　농촌에서는 아기의 울음소리가 사라지고, 도시의 길거리에서는 임신한 여성들의 모습을 보기 어려워진 오늘, 아들이면 어떻고 딸이면 또 어떠냐 그저 많이많이 낳기만 하라는 세상이 되었습니다. 국가에서도 출산율을 높이기 위한 각종 방법을 강구하고 있습니다만 실효를 거두지 못하고 있습니다. 예전에는 아들을 낳으면 '농장지경弄璋之慶', 딸을 낳으면 '농와지경弄瓦之慶'이라는 말을 써서 축하해주었는데, 이 말의 출처가 바로 『시경·사간』편입니다.

아무리 깊은 물도
건널 수 있건만
水深深渡可渡

염량세태炎凉世態란 말이 있지요. 뜨거웠다 식었다 하는 무상한 세상인심. 정승집 개가 죽으면 문상객이 줄을 잇고, 정작 정승이 죽으면 썰렁하다는 건 바로 이를 단적으로 표현한 말이지요. 어디 사회에만 염량세태가 있겠습니까. 부모 자식 간에도 있는 것 같더군요. 다 그런 건 아니지만 부모에게 재산 좀 있다 싶으면 뻔질나게 드나들며 공경하는 척하고, 돈 떨어지고 얻을 것 다 얻어 냈다 싶으면 공원이나 공항에 버린다는 말이 과장으로 들리지 않는 현실, 참으로 개탄스럽습니다.

당나라 시인 유우석은 「죽지사竹枝詞」에서 그러한 세상인심을 노래했지요. 「죽지사」는 주로 남방의 풍토와 남녀의 사랑을 노래한 민가인데, 유우석은 그 민가를 모방하여 다음의 시를 읊었지요.

죽지사竹枝詞

구당협 굽이굽이 철썩이는 거센 물살

이곳의 물길은 원래부터 험하지요.

한스러워라 사람 마음 물보다 못해

제멋대로 평지에서 파란을 일으킨다.

瞿塘嘈嘈十二灘　此中道路古來難.
구 당 조 조 십 이 탄　차 중 도 로 고 래 난

長恨人心不如水　等閑平地起波瀾.
장 한 인 심 불 여 수　등 한 평 지 기 파 란

구당협瞿塘峽은 장강 삼협三峽 중에서 가장 물살이 세차고 거칠기로 유명한 곳입니다. 강에는 곳곳에 암초가 숨어 있는데, 가장 큰 것이 염여퇴랍니다. 그런데 시인은 구당협보다 인심이 더 무섭다고 탄식합니다. 구당협의 험난한 물살은 지형 때문이고 그런 줄 아니 조심하면 되겠지만, 인심이란 놈은 시인이 지적한 대로 평지에서도 험난한 물살을 일으키며 언제 치명적인 일격을 가할지 모르니까요. 무고한 사람을 모함하고, 등 뒤에서 비수를 꽂고 천 길 낭떠러지로 밀어버리는 인심을 겪었던 유우석, 피를 토하며 죽을 만큼 억장 무너지는 체험에서 나온 탄식과 슬픔이 생생하게 담긴 시입니다.

유우석은 젊을 때 혁신정치를 꿈꾸는 정당에 참여했다가 정적들의 모함으로 무려 23년 동안이나 산간오지에서 고생하며 허송세월했답니다.

사람들은 시공을 달리해서 살아도 느끼는 감정은 기본적으로 같은 모양입니다. 우리나라 조선 말기에 태어나 83세를 일기로 세상을 하직한 최곤술도 세상인심에 대해 읊은 시가 있더군요. 하늘이 기울고 땅이 꺼지는 경술국치를 목도한 시인은 일제에 협조하여 나라를 팔아먹고 개인의 영달을 추구하는 매국노들의 음험한 심보를 개탄합니다. 그래서 다음과 같은 시를 쓴 게 아닐까 합니다. 시를 한번 볼까요? 제목은 「산수가山水歌」입니다.

산수가山水歌

아무리 높은 산도 오를 수 있고

아무리 깊은 물도 건널 수 있건만

높지도 깊지도 않은 세상인심은

오르지도 건너지도 못하겠구나.

山高高登可登　水深深渡可渡
산 고 고 등 가 등　수 심 심 도 가 도

不高不深世人心　登莫登渡莫渡.
불 고 불 심 세 인 심　등 막 등 도 막 도

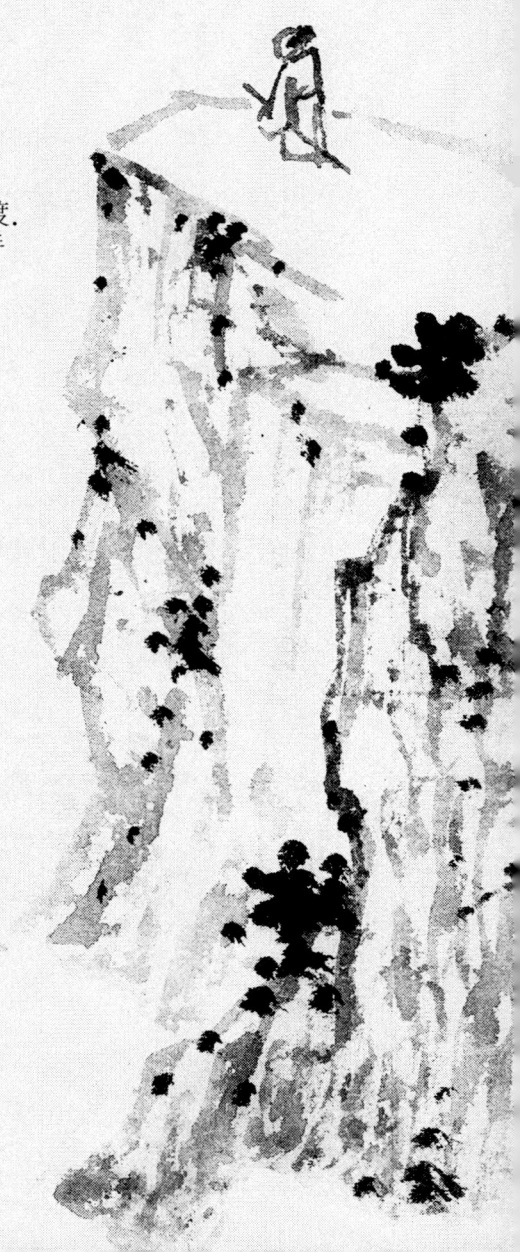

세상인심은 참 알 수 없는 괴물, 높지도 깊지도 않지만 오르면 오를수록 높은 산이고 건너면 건널수록 깊은 물이라고 합니다. 열 길 물속은 알아도 한 길 사람 속은 모르는 일! 어디 그뿐인가요? 인심은 또 얼마나 야박한가요. 명나라 때 편찬된 『증광현문 增廣賢文』은 도가道家 계통의 아동 계몽서인데요. 이런 말이 있더군요.

세상인심 종이처럼 장장이 얄팍하고,

세상사 바둑처럼 판판이 새롭구나.

가난하면 도심에 살아도 찾아오는 이 없고,

부유하면 깊은 산골에 있어도 멀리서 찾아온다.

내 말 못 믿겠으면 술자리를 보라.

잔마다 모두 부귀한 사람에게 먼저 간다.

人情似紙張張薄 世事如棋局局新
인 정 사 지 장 장 박　세 사 여 기 국 국 신

貧居鬧市無人問 富在深山有遠親
빈 거 료 시 무 인 문　부 재 심 산 유 원 친

不信但看宴中酒 杯杯先敬富貴人.
불 신 단 간 연 중 주　배 배 선 경 부 귀 인

이 시에서 탄식한 대로 종이처럼 얄팍한 세상인심입니다. 팔랑 팔랑 가벼워 잘도 바뀌지요. 세상사 역시 아침저녁으로 판판이 바뀝니다. 부귀한 사람 곁에는 늘 사람이 바글바글하고, 가난한 사람 곁에는 아무도 없습니다. 근년 들어 부자 부모에게는 자식들이 서로 잘 보이려 하고, 힘없고 돈 없는 부모는 홀로 고독하게 지낸다는 세태 비판이 예사롭지 않습니다. 물론 자식들에게 공경받고 행복한 노년을 보내는 어르신이 훨씬 많을 테지만요. '고독사'라는 단어가 사전에서 사라질 그날을 꿈꾸어봅니다.

오의항 입구에는
석양이 비껴 있고

烏衣巷口夕陽斜

중국의 별명이 시국詩國, 즉 '시의 나라'입니다. 그래서 중국 땅 도처에서 시와 만날 수 있지요. 초서 혹은 행서로 일필휘지 멋지게 써놓은 구절을 접할 때마다 중국인의 문화적 저력에 부러움을 느끼곤 합니다.

중국 육조시대의 수도이자 중국 현대사에서 굵직한 비중을 차지하고 있는 남경南京에는 많은 유적지가 있는데, 그 가운데 오의항烏衣巷이라는 곳이 있습니다. 오의항은 남경시를 끼고 흐르는 진회하秦淮河 근처에 있는 동네인데, 수년 전 그곳을 여행한 적이 있습니다. 우리 일행이 오의항에 도착했을 때는 어둠이 조용히 깔리는 저녁이었습니다. 운하 뒤편 저 멀리 고층빌딩 사이로 별빛처럼 네온사인이 깜빡이고 있었습니다. 하지만 운하 양쪽은 전통 가옥을 오롯이 재현시켜 놓았고, 다리 아래 강물에는 배들이 빼곡하게 정박해 있더군요. 전통과 현대가 어우러져 연출된 낯선 풍경 속에서 감성의 촉수를 잔뜩 세우고 아스라이 옛 자취를 더듬었습니다. 우리 일행은 진회하를 가로지르고 있는 다리를 건너 오의항으로 향하였습니다. 전통 가옥이 밀집되어 있는 동네 어구에 오의항이라는 편액이 걸려 있었습니다. 비록 그 시절 풍경은 아니었지만 벅찬 감회에 젖어 저도 모르게 나지막이 "주작교변야초화朱雀橋邊野草花"로 시작되는 유우석의 「오의항」을 읊조렸습니다.

오의항은 육조시대 명문거족 왕도王導와 사안謝安 등이 살았던 고급주택가죠. 미국의 베벌리힐스나 우리나라 성북동 정도에 해당하겠습니다. 주작교는 남경 진회하를 가로지르는 다리입니다. 이 다리와 진회하 남쪽에 있는 오의항은 이웃하여 있고 그곳으로 가기 위해서는 반드시 이 다리를 건너야 했습니다. 전성시대를 구가하였던 육조시대의 주작교는 요즘으로 치면 고관대작들을 태운 고급 승용차들이 끝없이 오가는 곳이었지요.

그런데 지금 시인의 눈에 비친 주작교는 들꽃만 가득 피어 있을 뿐입니다. 들꽃은 야외 편벽한 곳에 피기 마련입니다. 그렇다면 그 번화했던 주작교가 이제는 행인의 발길이 뜸한 황량한 변두리의 다리가 되었다는 것입니다. 그리고 고관대작들이 살던 오의항도 이제는 비낀 석양만이 쓸쓸히 비춥니다.

오의항烏衣巷

주작교 옆에는 들꽃이 피어 있고

오의항 입구에는 석양이 비껴 있다.

그 옛날 왕씨, 사씨 저택 처마 밑에 살던 제비

이제는 평범한 여염집으로 날아든다.

朱雀橋邊野草花　烏衣巷口夕陽斜.
주 작 교 변 야 초 화　오 의 항 구 석 양 사

舊時王謝堂前燕　飛入尋常百姓家.
구 시 왕 사 당 전 연　비 입 심 상 백 성 가

석양은 힘이 빠진 햇살, 처량합니다. 곧 종적을 감추어야 할 것이기에 서글프고 아쉬운 것입니다. 이제 시인은 그러한 경치를 보고 느낀 깊은 감개를 호소할 차례입니다. 그런데 예상을 뒤엎고 여전히 경치를 묘사하는 것으로 대신하였습니다. "그 옛날 왕씨, 사씨 저택 처마 밑에 살던 제비/이제는 평범한 여염집으로 날아든다"고 말이에요. 그러니까 그 옛날 왕씨와 사씨 들이 살던 으리으리한 집을 드나들던 제비가 이제는 여염집으로 변해버린 이름 모를 인가의 처마 밑으로 날아들고 있다는군요. 시인은 제비를 역사의 산 증인으로 만들어 오의항의 현재를 잘 묘사하고 있습니다. 그러나 그것의 과거 모습은 암시만 하고 있을 뿐입니다.

시인은 오의항의 격변을 목도하고 느낀 감회를 직접 토로하는 대신 스산한 정경에 그 감회를 기탁시켜놓은 것입니다. 정경 묘사도 아주 평범하고 사용한 언어 역시 평이합니다. 오늘과 어제의 선명한 대비를 통해 역사의 창상감滄桑感을 함축적으로 표현하였기에 긴 여운을 줍니다. 평범 속의 비범. 이 시가 인구에 회자되는 비결인 것입니다.

역사의 영고성쇠는 이렇게 반복되는 것이기에 어쩌면 사람들은 살맛을 느끼는지도 모르겠습니다. 바뀐다는 것, 또 바뀔 수 있다는 것, 이것이야말로 들꽃 같은 민초들의 희망이 아닐는지요.

다음 시 역시 유우석이 남경을 소재로 읊은 시입니다. 제목은 「금릉회고金陵懷古」입니다.

금릉회고金陵懷古

야성은 조수로 가득하고,

정로정은 석양이 깃들었네.

채주에는 신록이 파릇파릇 자라고,

막부에는 여전히 푸른 안개 자욱하다.

왕조의 흥폐는 인사에 달렸으니,

산천과 지형은 부질없어라.

망국의 노래 후정화 노랫가락,

흐느끼는 듯한 원망 차마 듣지 못하겠노라.

潮滿冶城渚, 日斜征虜亭.
조 만 야 성 저   일 사 정 로 정

蔡洲新草綠, 幕府舊煙靑.
채 주 신 초 록   막 부 구 연 청

興廢由人事, 山川空地形.
흥 폐 유 인 사   산 천 공 지 형

後庭花一曲, 幽怨不堪聽.
후 정 화 일 곡   유 원 불 감 청

금릉은 남경의 옛 명칭입니다. 「금릉회고」는 금릉에서 옛날을 생각하면서 느낀 감회를 쓴 시입니다. 금릉은 물산이 풍부하고 강과 산으로 에워싸여 있어 천혜의 요새라 칭할 만합니다. 위의 시에 나오는 야성冶城이니 정로정征虜亭, 채주蔡洲, 막부幕府 등은 모두 금릉에 있는 지명, 정자 혹은 산을 지칭합니다. 모두 장강 연안에 있습니다. 야성은 동오東吳시대 창이나 칼과 같은 무기를 만들었던 곳이고요. 정로정은 육조 유송劉宋시대 장군 사안이 건립한 정자입니다. 채주는 장강 한가운데 있는 섬으로 영원히 가라앉지 않는 배라고 할 수 있고요, 막부는 장강 연안에 우뚝 솟은 산으로 적군을 막는 일종의 관문 역할을 합니다.

이렇듯 남조의 각 왕조들이 도읍으로 삼은 금릉은 천혜의 요새였지만 여섯 왕조의 수명은 모두 합해서 300년에 불과했습니다. 그 이유는 어디에 있을까요? 시인은 그 이유를 한마디로 갈파합니다. 국가의 흥망성쇠는 인사人事에 달려 있다고요. 천혜의 요새가 하는 역할은 없다고 말입니다.

후정화後庭花는 육조의 마지막 군주 진 후주陳後主가 지었다는 노래입니다. 훗날 망국의 노래로 간주되었습니다. 진 후주는 무능한 신하들에 둘러싸여 국정을 파탄으로 몰아넣었고, 수隋나라 장수 한금호韓擒虎가 성문 코앞까지 쳐들어왔는데도 장려화張麗華라는 당시 제일미녀와 연회나 즐기며 질탕한 놀음을 하였다고 합니다. 요즘 정치인들도 '인사가 만사'라고 외칩니다만 역사에서 진정 교훈을 얻는지 한번쯤 깊이 생각해봐야 하지 않을까 합니다.

아! 아들 녀석 행역 나가
밤낮 없이 걷고 있겠지

嗟! 予子行役, 夙夜無已

통신이 발달하지 않았던 시절, 군대나 전쟁터로 가족을 떠나보낸
사람들은 걱정으로 밤잠을 설치는 경우가 많았습니다. 철저하게
격리되고 통제된 병영 안의 상황을 도무지 알 수 없을 뿐 아니라
멀쩡했던 아들이 싸늘한 시체로 돌아오기도 하고, 장애인이 되어
돌아오기도 하는 기막힌 사고들이 심심치 않게 발생했으니까요.
다행스럽게도 요즘은 인터넷의 발달로 거의 실시간으로 소식을
주고받을 수 있고, 또 병사 가족을 배려한 각종 프로그램이 운용
되고 있다 하니 한시름 놓이긴 합니다. 그렇다고 해서 군 입대를
앞둔 자식을 가진 이 세상 부모들의 걱정이 씻은 듯 사라진 것은
아닙니다. 아직도 남북이 대치하고 있는 우리의 특수 상황을 고
려하면 언제 어디서 어떤 돌발 상황이 일어날지 모를 일이니까요.

여기 3000여 년 전 자식을 군에 보내놓고 걱정하는 가족의 마음을 읊은 시가 있습니다. 『시경·위풍魏風·척호陟岵』입니다. '척호'는 '산등성이에 올라'라는 뜻입니다.

저 초목 무성한 산등성이에 올라 아버지 계시는 고향땅 바라본다.
아버지 이렇게 말씀하시겠지
아! 아들 녀석 행역 나가 밤낮 없이 걷고 있겠지
부디 몸조심하고 오래 머물지 말고 꼭 돌아오너라.

저 민둥산 위에 올라 어머니 계시는 고향땅 바라본다.
어머니 이렇게 말씀하시겠지
아! 나의 막둥이 녀석 행역 나가 잠 한번 푹 자보지 못했겠지
부디 몸조심하고 전쟁터에 버려지지 말거라.

저 산등성이에 올라 고향땅 바라본다.
형은 이렇게 말하겠지.
아! 동생 녀석 행역 나가 밤낮 없이 고생하고 있겠지
부디 몸조심하고 죽지 말고 집으로 돌아오너라.

陟彼岵兮, 瞻望父兮. 父曰:
척 피 호 혜   첨 망 부 혜   부 왈

嗟! 予子行役, 夙夜無已. 上慎旃哉! 猶來無止!
차   여 자 행 역   숙 야 무 이   상 신 전 재   유 래 무 지

陟彼屺兮, 瞻望母兮. 母曰:
척 피 기 혜   첨 망 모 혜   모 왈

嗟! 予季行役, 夙夜無寐. 上慎旃哉! 猶來無棄!
차   여 계 행 역   숙 야 무 매   상 신 전 재   유 래 무 기

陟彼岡兮, 瞻望兄兮. 兄曰:
척 피 강 혜   첨 망 형 혜   형 왈

嗟! 予弟行役, 夙夜必偕. 上慎旃哉! 猶來無死!
차   여 제 행 역   숙 야 필 해   상 신 전 재   유 래 무 사

　　전쟁터에 나가 높은 산을 행군하던 중 병사는 고향 쪽을 바라
보다가 고향에 있는 가족을 생각하며 그들이 자신에게 소망하는
바를 추정하며 독백합니다. 자신에 대한 염려와 무사귀환을 바라
는 고향의 가족, 이는 병사의 그리움과 다르지 않습니다. 병사는
그리움이 절실한 자신의 마음을 직접 토로하지 않고 대신 가족
을 차례로 등장시켜 자신을 염려하는 것으로 묘사하고 있는 것입
니다. 경계, 즉 상황이 아주 핍진하고 말투가 대단히 생동감 있게
그려져 있습니다.

　　주체의 감정을 객관화시켜 관조의 대상으로 만들었지만 오히
려 고향을 그리워하는 감정이 강렬하고 풍부해졌습니다. 뿐만 아
니라 독자는 골똘히 고향땅을 바라보느라 넋이 나간 병사의 모습
을 직접 보는 듯합니다. 간절한 그리움을 형상화하는 이러한 창
작기법은 이후 중국 시의 전개에 깊은 영향을 끼쳤습니다. 두보
의 「월야月夜」는 이러한 기법을 계승한 명작 중의 명작으로 꼽을
수 있습니다.

월야月夜

오늘 밤 부주 하늘 위에 뜬 저 달님을,
아내는 규방에서 홀로 보고 있겠지.
가여운 자식들 아직은 어려
장안 그리는 엄마 마음 이해하지 못하리라.

촉촉한 안개에 아름다운 머리 젖고
맑은 달빛에 옥 팔뚝 차가우리라.

언제나 달님은 비추어줄까?
눈물 거둔 창가의 우리 모습을.

今夜鄜州月, 閨中只獨看.
금 야 부 주 월   규 중 지 독 간

遙憐小兒女, 未解憶長安.
요 련 소 아 녀   미 해 억 장 안

香霧雲鬢濕, 淸輝玉臂寒.
향 무 운 환 습   청 휘 옥 비 한

何時倚虛幌, 雙照淚痕乾.
하 시 의 허 황   쌍 조 루 흔 간

어떻습니까? 「척호」의 창작기법과 너무나 유사하지요? 두보는 상상 속의 아내 모습을 마치 직접 본 것처럼 생생하게 묘사해놓았습니다. 상상이 진실처럼 느껴지는 건 그만큼 관련 정서가 절실하다는 증거겠지요. 상상을 통한 우회 묘사는 시의 의미를 깊게 만들면서 시의 공간을 광활하게 확장시킵니다. 그 광활한 공간은 화자의 외로움을 부각시키면서 그리움을 심화시켜주고요. 두보의 시 「월야」도 안녹산의 난으로 가족과 헤어져 있을 때 지은 시입니다. 두보는 반란군에 잡혀 장안에 연금된 상태에서 위 시를 지은 것이지요. 내일을 기약하기 힘든 절박한 상황이기에 가족에 대한 그리움, 특히 아내에 대한 그리움이 절실했던 것 같습니다. 국가가 불행하면 시인은 행복하다는 말이 있지요. 즉 결핍과 고통이 불후의 명작을 탄생시킨다는 뜻입니다.

맑은 마음은
통치의 근본

清心爲治本

1990년대 우리의 안방극장을 사로잡았던 대만 사극 〈포청천包靑
天〉을 기억하는지요? 비리를 바로잡고 부패를 척결하는 명판관의
대명사였지요. "작두를 대령하라!"라고 외치던 그의 서슬 퍼런
호령은 범죄자의 간담을 서늘케 했지만 시청자들은 일말의 통쾌
함을 느꼈지요. 청렴결백하였기에 어느 누구 앞에서도 떳떳하게
소신껏 행동할 수 있었던 그가 오늘따라 더욱 그리워집니다.

　포청천의 이름은 포증包拯, 북송 사람입니다. 그의 청렴함을 말
해주는 유명한 일화가 있는데요, 사연은 이렇습니다. 포증의 환갑
때였습니다. 포증은 아들 포귀包貴에게 모든 선물을 사절하라고
일러두었습니다. 그런데 예상치 못한 일이 발생했습니다. 제일 먼
저 환갑 선물을 보내온 사람은 다름 아닌 인종仁宗 황제였습니다.

포귀는 매우 난처하여 선물을 가지고 온 태감에게 이 특별한 선물을 받아달라는 메모를 남겨주기를 부탁하였습니다. 태감은 일리가 있다는 생각이 들어 다음과 같은 메모를 남겼습니다. "德高望重一品卿, 日夜操勞似魏徵. 今日皇上把禮送, 拒之門外理不通." '그대는 덕망 높은 일품 관리, 밤낮으로 수고로움 아끼지 않으니 당나라 현신 위징 같은 존재라오. 황상께서 보내신 선물을 문 밖에서 거절하는 건 도리가 아닌 듯하오'라는 뜻이지요.

포증은 다음과 같은 답시를 써서 황제의 선물을 되돌려 보냈다고 합니다. "鐵面無私丹心忠, 做官不可念叨功. 操勞本是份內事, 拒禮爲開廉潔風." '철 같은 얼굴로 사심 없이 일편단심으로 충성을 다하였네. 관리가 공치사하는 건 아니 될 일. 노고를 아끼지 않는 건 관리의 본분, 선물을 거절하는 건 청렴한 풍조를 열기 위해서여라.' 황상께서 내리신 선물은 값어치를 따지기 전에 가문의 영광이라 할 수 있을 것입니다만, 즉석에서 그것을 되돌려 보낸 포증의 결기는 아무나 흉내 낼 수 없는 것이기에 이렇듯 두고두고 인구에 회자되는 것 같습니다. 만약 저였다면 넙죽 받아놓고 동네방네 자자손손 자랑거리로 삼았을 법한데 말입니다.

이제 포증의 시 한 수 소개할까 합니다. 제목은 '서단주군재벽書端州郡齋壁', 「단주의 관사 벽 위에 쓰다」라는 시입니다. 단주端州는 지금의 광동성 조경시肇慶市·운부시雲浮市 일대. 군재郡齋는 군수가 사는 관사를 의미합니다. 그러니까 이 시는 포증이 광동성 단주 군수로 재직할 때 관사의 벽에 써놓은 시입니다.

단주의 관사 벽 위에 쓰다 書端州郡齋壁

맑은 마음은 통치의 근본이요,

곧은 도리는 이 몸이 추구하는 것.

빼어난 나무는 끝내 동량이 되고,

훌륭한 강철은 낚싯바늘이 되지 않는 법.

창고가 가득하면 쥐와 참새가 기뻐하고,

풀이 모두 없어지면 토끼와 여우가 걱정하는 법.

역사책에 유훈이 있나니

후세 사람들에게 부끄러움 끼치지 말지어다.

淸心爲治本, 直道是身謀.
청 심 위 치 본   직 도 시 신 모

秀幹終成棟, 精鋼不作鉤.
수 간 종 성 동   정 강 불 작 구

倉充鼠雀喜, 草盡免狐愁.
창 충 서 작 희   초 진 토 호 수

史冊有遺訓, 毋貽來者羞.
사 책 유 유 훈   무 이 래 자 수

‘청심淸心’과 ‘직도直道’는 판관 포청천이 추구하는 덕목이었습니다. 아무리 훌륭한 인재라 할지라도 청심과 직도가 없으면 부도덕한 관리가 되기 때문입니다.

홀륭한 인재가 나라의 중요한 인물이 된다는 믿음은 예나 지금이나 마찬가지인 것 같습니다. 품질 좋은 나무기둥을 사람에 비유하면 어떤 사람일까요? 요즘 우리 사회는 공부 잘하고 일류대학 나온 사람을 흔히 엘리트라 칭하면서 선망의 대상으로 삼고 동량지재로 간주하지요. 하지만 다 그런 것은 아니지만 요즘 세상 돌아가는 것을 보면 수재형 인간들이 세상을 기만하고 사적인 이익을 취하는데, 역시 수재답게 상상을 초월하여 해먹고 있더군요. 그래서 포증은 ‘청심’과 ‘직도’를 인재의 전제조건으로 삼은 것입니다.

포증은 말합니다. 좋은 강철은 낚싯바늘이 되지 않는다고요. 그러니까 홀륭한 인재는 꼼수를 부려 낚아채는 그런 사람이 되지 않는다는 것입니다. 마음이 바르지 못한 관리가 먹이가 많은 곳간을 보면 쥐와 참새처럼 자기 배 불리기에 급급합니다. 그러나 청심과 직도를 체화한 관리는 황금을 돌같이 보는 것이죠.

명나라 사람 우겸于謙 역시 청백리로 유명한 사람이었습니다. 중국어에 ‘양수청풍兩袖淸風’이라는 말이 있는데요. 이 말의 출처는 원나라 사람 진기陳基의 시 “兩袖淸風身欲飄(양수청풍신욕표), 杖藜隨月步長橋(장려수월보장교)”입니다만, 여기에서 ‘양수청풍’

은 바람을 쐬면서 경쾌하게 걷는 것을 의미합니다. 양수청풍이 청렴한 관리라는 뜻으로 쓰인 것은 바로 명나라 우겸의 시에서부터 시작되었습니다. 한번 보실까요? 제목은 「입경入京」입니다.

손수건과 버섯과 선향은,

본래 백성들의 일용품이거늘 이 때문에 도리어 재앙이 되었구나.

맑은 바람 두 소매 가득 담고 황제 뵈러 가면,

백성들의 원성 사지 않으리라.

手帕蘑菇與線香, 本資民用反爲殃.
수 파 마 고 여 선 향　　본 자 민 용 반 위 앙
清風兩袖朝天去, 免得閭閻話短長.
청 풍 량 수 조 천 거　　면 득 려 염 화 단 장

우겸은 지방관찰어사나 순무의 직을 수행하였으므로 정기적으로 입경하여 천자께 상황 보고를 해야 했습니다. 때마침 조정에는 왕진王振이라는 환관이 있었는데 권력을 남용하면서 치부에 혈안이 되어 있었고, 지방 관료들은 그에게 잘 보이려고 뇌물을 바쳤습니다. 그러나 우겸은 늘 빈손으로 들어가 황제를 알현하였습니다. 이를 본 동료들이 그에게 권했습니다. 금은보화 같은 뇌물은 바치지 않더라도 지방 특산품 정도는 바치는 게 좋지 않겠느냐고 말입니다. 그럴 때마다 그는 두 손을 치켜들면서 말했답니다. 양 소매 가득 맑은 바람을 가져왔다고 말입니다.

정치권에서도 이른바 김영란법을 만들어 부패 척결을 위한 제

도적 장치를 마련했습니다만, 위에서 정책을 만들면 아래에선 대
책을 만들어낸다고 합니다. 정책보다 중요한 게 사람입니다. 돈
을 보배로 삼지 않고 청렴을 보물로 여기는 포증과 우겸이 많은
사회, 정녕 백일몽일까요?

제4부

늙음,
그 완성의 미학

저무는 황혼인생이라
말하지 마오

莫道桑榆晚

인간은 누구나 늙습니다. 그러기에 노년뿐만 아니라 청춘도 인생을 이해하기 위해 늙음이 무엇인지, 또 노인의 내면은 어떤지 이해해둘 필요가 있겠습니다. 이 세상에 늙는 것을 좋아하는 사람이 있을까요? 청춘의 질풍노도에 지쳐 빨리 늙고 싶다고 입버릇처럼 이야기하는 사람도 있긴 하지만 이 역시 푸념에 불과합니다.

늙음을 방지하기 위해 경주했던 인간들의 노력은 정말 대단했지요. 특히 권력이나 부를 지닌 사람들일수록 무병장수를 위해 각종 방법을 짜냈습니다. 불로장생약을 구하려고 혈안이 된 진시황의 심리를 이용해 한몫 단단히 챙겨 동자들을 이끌고 우리나라 제주도까지 왔고 그 후 어디론가 잠적한 희대의 사기꾼 서불徐市의 이야기는 두고두고 인구에 회자되잖아요. 평범한 보통 사람들도 각종 연단술과 신선술로 목숨을 연명하고자 했던 사례가 많았는데요. 당나라 시인들의 시를 보면 연단술을 익혀 실제로 단약를 복용하여 수명을 연장하려다가 오히려 건강만 망친 이야기를 읊은 내용도 많습니다. 그리고 지금도 그 노력은 현재진행형인 듯합니다. 몇 년 전 물의를 일으켰던 가짜 백수오 사건도 결국은 무병장수를 갈망하는 인간들의 심리를 반증한 것이라 할 수 있지요.

여기 늙어가는 이야기를 주고받은 옛 시인들이 있습니다. 백거이와 유우석은 아주 절친한 친구로, 백거이는 늘그막의 소원 가운데 하나가 바로 그와 자주 만나는 것이라고 할 정도였습니다. 시를 주고받으며 마음을 나눈 소울메이트였지요. 백거이가 먼저 친구인 유우석에게 늙음에 대해 시 한 수 읊어서 보냈습니다. 그래서 시 제목도 '영노증몽득詠老贈夢得', 즉 「늙음을 읊어 몽득(유우석의 자)에게 주다」입니다.

백거이가 먼저 늙어가는 소감을 친구 유우석에게 두런두런 펼쳐 보입니다. 늙으니까 우선 가장 눈에 띄는 현상이 눈이 뻑뻑해져 쉬 피곤함을 느낀다는군요. 그래서 밤이 오면 일찍 자리에 눕게 된다고요. 아침이면 일어나 세수하고 머리 빗질하는 것도 귀찮다고요. 요즘이야 모든 게 집안에서 해결되고 또 머리도 짧게 깎아 머리 손질을 별도로 할 일이 없지만, 옛날엔 모두 길게 길러 상투를 틀어 올리고 동곳을 꽂았잖아요. 얼마나 손질하기 불편했겠어요. 그런데다 바깥출입하는 것도 귀찮아 하루 종일 방에 콕 틀어박혀 있는 겁니다. 그러니 거울 들여다볼 일이 뭐 있겠습니까?

늙음을 읊어 몽득에게 주다 詠老贈夢得

그대도 나도 이제 모두 늙었노라.

스스로 묻는다, 늙으니 어떠한가를

눈은 뻑뻑해서 밤이면 먼저 눕고

머리 손질 게을러서 아침에도 빗지 않는다.

때로 지팡이 짚고 나가기도 하나

종일토록 문 닫고 처박혀 있다.

새로 닦은 거울 보지도 않고

깨알 같은 글자는 보지 않노라.

· 옛 친구 향한 정은 소중해지고

젊은 사람들과는 소원해진다.

오로지 도란도란 이야기하고 싶은 맘은,

· 그대 만나면 넘쳐나리라.

與君均老矣　自問老如何
여 군 균 로 의　자 문 로 여 하

眼澁夜先臥　頭慵朝未梳
안 삽 야 선 와　두 용 조 미 소

有時扶杖出　盡日廢門居
유 시 부 장 출　진 일 폐 문 거

懶照新磨鏡　休看小字書
라 조 신 마 경　휴 간 소 자 서

情於故人重　跡共少年疏
정 어 고 인 중　적 공 소 년 소

唯是閑談興　相逢尙有餘.
유 시 한 담 흥　상 봉 상 유 여

위의 시에서 볼 수 있듯이 백거이는 그나마 지식인의 습성이 몸에 배어 있기에 책을 보지 않으면 몸이 근질근질하여 책을 손에 들긴 합니다. 그러나 깨알처럼 작은 글씨는 못 읽는 거죠. 이 맛살 찌푸리고 책을 가까이 댔다 멀리 댔다 조절해가며 읽으려 해도 몽땅 뭉개져 보이는 글자 앞에선 속수무책입니다. 그리고 젊은 사람들과 어울리는 것도 부담스럽습니다. 세대 간의 갈등과 거리만 절감하기 때문이죠. 아…… 이렇게 살면 뭐하나…… 의기소침해집니다. 그래도 마지막 위안인 것은 마음 통하는 친구가 있다는 겁니다. 정말 만사 귀찮아 살 의욕이 없다가도 친구만 생각하면 신이 납니다. 마음 통하는 친구와 한담을 즐기는 건 생각만 해도 즐겁다는 것이죠.

이 시를 받아든 유우석은 어떤 반응을 보였는지 참 궁금하죠? '수낙천영로견시酬樂天詠老見示' 즉, 「낙천(백거이의 자)이 지은 영로시에 답하다」입니다.

유우석은 말합니다. 늙음은 누구나 다 꺼리는 것이며 늙은이를 불쌍하게 여겨주는 사람 역시 없다고요. 세월 앞에 장사 없는 법, 늙으면 사람들이 꺼립니다. 그래서 요즘 하는 말 있잖아요. 늙으면 입은 닫고 지갑은 열라고요. 그래야 그나마 사람들이 멀리하지 않는다고요. 몸은 비쩍 마르고 머리는 빠져 대머리가 되기 십상이지요. 그러니 갓인들 제대로 쓸 수 있겠어요? 시력은 날로 나빠지니 책 읽기를 그만두기 마련이고요. 몸은 어느덧 종합병원이 되어 약봉지는 갈수록 늘어가지요. 이게 바로 늙음이라고요.

낙천이 지은 영로시에 답하다 酬樂天詠老見示

누군들 늙는 것을 꺼리지 않으랴,

늙으면 누가 불쌍하게 여겨주랴.

몸은 야위어 허리띠 줄어들고

머리숱 적어져 갓은 절로 삐딱하네.

책 읽기 그만둔 건 눈이 시원찮아서요

자주 뜸을 뜨는 건 병치레 잦기 때문이라오.

인생경험 풍부하니 사리에 능통하고

산천을 환히 알 듯 사람을 꿰뚫어본다오.

가만히 생각하니 모든 것이 다행스러워,

금세 걱정 사라지고 유유자적하노라.

저무는 황혼인생이라 말하지 마오,

붉은 노을 되어 하늘 가득 물들였으니.

人誰不顧老, 老去有誰憐.
인 수 불 고 로   노 거 유 수 련

身瘦帶頻減, 髮稀冠自偏.
신 수 대 빈 감   발 희 관 자 편

廢書緣惜眼, 多灸爲隨年.
폐 서 연 석 안   다 자 위 수 년

經事還諳事, 閱人如閱川.
경 사 환 암 사   열 인 여 열 천

細思皆幸矣, 下此便翛然.
세 사 개 행 의   하 차 편 소 연

莫道桑楡晩, 爲霞尙滿天.
막 도 상 유 만   위 하 상 만 천

이렇듯 서글픈 늙은이의 신세만 늘어놓고 시가 끝난다면, 참으로 초라하기 짝이 없는 노년이지요. 그런데 "인생경험 풍부하니" 구절부터 반전이 일어납니다. 이제까지 늙음에 대한 부정적인 이야기만 늘어놓다가 발상의 전환을 하는 겁니다. 물리적인 노화현상은 막을 수 없지만 젊은이들이 따라올 수 없는 것을 오직 노인이기에 가지고 있다는 겁니다. 바로 풍부한 인생경험에서 우러나온 사리를 꿰뚫어보는 탁월한 지혜라는 것이죠. 황혼인생이라고 모든 게 끝장난 게 아니라는 거지요. 풍부한 인생경험에서 우러나온, 사람을 알아보는 지혜가 있습니다. 즉 늙은 말은 멀리 힘차게 달리지는 못하지만 길을 훤히 잘 아는 '노마식도老馬識道'와 같은 노련한 혜지가 있다는 것입니다. 또 인생을 겪을 만큼 겪고도 살아남았으며, 걱정이 있어도 절제하거나 승화시킬 수 있는 깊은 연륜도 있다는 것입니다. 나아가 해가 지기 전에 하늘을 벌겋게 물들이는 장관을 연출하듯, 노후의 삶을 그렇게 멋지게 연출할 수도 있다는 것입니다.

삼김三金의 마지막 생존자 김종필 씨도 그런 취지의 말을 한 적이 있는데, 아마 유우석의 이 구절 "莫道桑榆晚(막도상유만), 爲霞尙滿天(위하상만천)"에서 영향 받은 것 같습니다. 황혼이 하늘을 벌겋게 물들여 장관을 연출하듯, 인생은 노경老境에야말로 삶의 장관을 연출할 수 있다는 거죠. 이런 노후, 정말 멋지고 아름답지 않습니까?

몸아 너는 어찌
그리 태평하니?

心問身云何泰然

12월에는 지난 일 년을 돌아보면서 사느라 힘들었던 내 몸에게 칭찬 한번 해줘도 좋을 듯합니다. 아니라고요? 몸보다 마음이 더 힘들었다고요? 여기에서 유심론자와 유물론자가 극명하게 갈리는 것 같습니다. 유물론자는 고된 삶 묵묵히 헤치고 나를 지탱해준 몸이 더 수고했다고 칭찬해줄 것이고요. 유심론자는 팍팍한 일상을 살면서 마음이 더 고생했으니 마음에게 칭찬을 해줘야 한다고 할 것 같습니다. 여러분은 마음과 몸 중 어느 것을 더 칭찬해주시겠습니까. 당나라 시인 백거이는 어느 날 문득 이런 생각을 하다가 몸과 마음이 주고받은 시를 썼습니다. 제목은 '심문신 心問身', 「마음이 몸에게 묻는다」입니다. 한번 볼까요?

마음이 몸에게 묻는다 心問身

몸아 너는 어찌 그리 태평하니?

엄동설한에 따듯한 이불 덥고 해가 높이 뜰 때까지 잠자니 말이다.

너를 즐겁게 살게 해주는 내 은공을 아니 모르니?

아침 조회에 안 나간 지 벌써 십일 년이 됐으니.

心問身云何泰然 嚴冬暖被日高眠.
심 문 신 운 하 태 연　엄 동 난 피 일 고 면

放君快活知恩否 不早朝來十一年.
방 군 쾌 활 지 은 부　부 조 조 래 십 일 년

시라기보다는 일상 대화 같은 느낌이 들지요? 그저 글자 수와 운만 맞춘 글자놀이라 할 수 있습니다. 시 짓기는 지식인의 징표요 우월성을 드러내는 하나의 수단이었지요. 그냥 말로 해도 될 것을 이렇게 시로 표현했으니까요. 백거이는 이 시를 지을 당시 60세가 넘었습니다. 그 당시는 70세가 정년이었는데, 황제한테 밉보이지 않는 한 정년까지 가는 겁니다. 중앙관리로 있으면 골치 아프니까 백거이는 자청해서 낙양에 있었습니다. 일종의 파견근무인데요, 격무에 시달리지도 않고 월급은 꼬박꼬박 나오는 그런 자리였습니다. 출세욕이 강한 사람은 부나방처럼 권력을 향해 달려들지만 백거이는 권력 다툼에 진저리가 났습니다. 그리고 권력의 핵심에 있다 보면 언제 어떤 화를 당할지 모르는 상황이었습니다. 가늘고 길게 살자…… 그게 백거이 나름의 인생철학이었는데요. 이런 삶을 스스로 중은中隱(가운데-중中, 숨을-은隱입니다)이라 명명하고 즐겼습니다. 중은이라는 건 관직에 있지만 은거나 마찬가지의 삶을 영위하는 것입니다. 중은의 즐거움을 노래한 백거이의 시 몇 줄 소개하겠습니다.

"대은大隱은 조정에 사는 것, 소은小隱은 동산으로 들어가는 것, 동산은 너무나 쓸쓸하고 조정은 너무나 시끄러우니 중은中隱의 길을 택하여 관직에 있으면서 숨느니만 못하여라. 은퇴한 듯 아니한 듯 바쁘지도 한가하지도 않다. 심신을 수고롭게 하지도 않고, 배고픔과 추위도 면할 수 있다. 일 년 내내 하는 일도 없는데 다달이 때맞추어 봉급은 나온다."

네…… 이런 삶의 방식, 아무나 할 수 있는 것 아닙니다. 욕심을 줄인 사람만이 누릴 수 있지요.

다시 시로 돌아가봅시다. 엄동설한에 해가 중천에 뜨도록 따뜻한 이불 덮고 자는 것으로 신체의 편안함을 개괄적으로 표현했습니다. 이 이상 더 편안한 몸이 어디 있을까요? 그래서 몸한테 한번 재보는 겁니다. 이런 말 듣고 마음이 어떻게 반응했을까요? 다음 시는 몸이 마음한테 하는 말로 이루어져 있습니다. 「몸이 마음에게 알리다身報心」입니다.

마음은 몸의 왕이요 몸은 궁전이요.

그대 지금 내 궁전에 살고 있소이다.

그대 집 그대가 아껴야 하는 게 당연하지 않겠소.

그런데 무슨 일로 공치사를 하는 거요.

心是身王身是宮 君今居在我宮中.
심 시 신 왕 신 시 궁   군 금 거 재 아 궁 중
是君家舍君須愛 何事論恩自說功.
시 군 가 사 군 수 애   하 사 론 은 자 설 공

몸이 마음한테 항의를 하는군요. '마음아, 넌 내 몸에 거처하면서 뭔 공치사가 그리 심하냐'고요. 참 그럴싸한 항변입니다. 그랬더니 마음이 다시 몸에게 다음과 같이 답변합니다. 제목은 '심중답신心重答身', 즉 「마음이 다시 몸에게 답하다」입니다.

내가 세상물정 어둡고 게을러, 일찌감치 조회 나가는 것 그만두어

그대는 오래도록 안락함을 누리며 살게 되었지.

세상에서 고통스러운 사람 한도 끝도 없는 것

그대 한가롭게 놔두지 않으면 날 어찌하랴.

因我疎慵休罷早 遣君安樂歲時多.
인 아 소 용 휴 파 조　견 군 안 악 세 시 다

世間老苦人何限 不放君閑奈我何.
세 간 로 고 인 하 한　불 방 군 한 내 아 하

옛날 조정대신은 조회에 참석해야 했습니다. 조회는 새벽 다섯 시에 거행합니다. 대신들은 그래서 도성 안에 살면서 이른 아침 조회에 대비합니다. 새벽 다섯 시까지 가려면 일찍부터 서둘러야 합니다. 봄여름은 그나마 해가 일찍 뜨니 그렇다 해도, 특히 겨울엔 보통일이 아닙니다. 엄동설한에 일찍 출근하려면 그야말로 죽을 맛이지요. 그래서 이 시 첫머리에서 엄동설한에 늦잠 자는 즐거움을 먼저 노래한 것입니다. 마음이 몸한테 삐길 만도 하지요. 세상의 고통은 한도 끝도 없습니다. 그 고통은 모두 욕심에서 비롯되는 것이지요. 욕심부리다 보면 몸이 고달프기 짝이 없기에 일찍 관직에서 물러났다는 말을 하고 있는 겁니다.

날씨가 부쩍 추워지면, 따듯한 이불 속에서 꿈지럭거리며 일어나기 싫어지지요. 그럴수록 몸을 움직여야 건강에 좋다는 건 두말하면 잔소리겠지요? 『시경·제풍齊風·계명鷄鳴』의 남자는 '닭이 울었으니 일어나 조회에 나가라'는 아내의 보챔에 대답하기를

"닭 울음이 아니라 파리 소리일 거야"라고 농담하며 잠깐이라도 이불 속에 더 있으려 했다는군요. 예나 지금이나 달콤한 잠의 유혹이란…….

인생칠십고래희

人生七十古來稀

인생은 재방송도 녹화방송도 없는 일회성 삶이며, 백화점에서 물건 고르듯 필요한 시간과 공간을 선택하여 원하는 만큼 살 수도 없지요. 주어진 공간 속에서 딱 한 번만 존재할 수 있기 때문에 이루고 싶은 것도 많고, 하고 싶은 것도 많은 것 같습니다. 그리고 그 포부와 욕망이 원하는 대로 따라주지 않을 때 엉뚱하게도 시간을 탓하고 원망하면서 시계바늘을 접착제로 고정시켜놓고 싶다는 둥, 해님의 발목에 쇠사슬을 채워놓고 싶다는 둥 별 희한한 소리를 다하며 탄식하게 됩니다.

"해님을 매놓을 긴 끈도 없지만 청춘을 멈추게 할 명약도 없구나(既無長繩繫白日, 又無大藥駐朱顏)", "강물은 흘러가면 다시 돌아올 수 없고 사람은 한번 늙으면 다시 젊어질 수 없네(百川未有

回流水, 一老從無卻少人)", "머리에 흰머리 나고부터는 거울 닦고 얼굴 비춰보기 싫어졌네(自從頭白來, 不欲明磨拭)", "다만 두려운 것은 거울 속의 내 얼굴 어제보다 더 늙는 것(但恐鏡中顔, 今朝老於昨)", "인생은 길어봤자 백 년, 칠십까지 사는 이 몇몇이던가?(人生百歲期, 七十有幾人)".

백거이가 이런저런 시에서 늙음을 탄식한 구절입니다. 영원히 살 수만 있다면, 영원히 시간이 정지만 된다면 못 이룰 꿈도 희망도 없을 테니까요. 따라서 늙음을 탄식한다는 건 옛 시인들에게 있어선 인생이, 그리고 포부가 마음먹은 대로 풀리지 않는다는 것을 의미합니다.

'인생칠십고래희人生七十古來稀' 즉 칠십까지 사는 사람 드물다는 뜻을 나타내는 '고희'라는 말도 사실은 짧은 인생을 한탄한 데서 나온 말이지요. 오늘날 '고희' 하면 우리는 으레 칠순잔치를 생각하게 되지만, 이 말 속에는 시인 두보의 여의치 못한 삶의 신산이 묻어나는 단어랍니다.

'고희'의 출처인 두보의 「곡강曲江」을 소개하겠습니다. 758년, 두보 나이 46세 때 지은 시입니다. 「곡강」은 '곡강지曲江池'라고도 하는데요. 장안성長安城 그러니까 지금의 섬서성 서안시西安市 남쪽 주작교朱雀橋 동쪽에 있습니다. 당나라 장안성을 대표하는 명승지라고 할 수 있습니다.

그럼 시를 한번 볼까요?

곡강曲江

조정에서 돌아오면 날이면 날마다 봄옷 전당잡히고

매일매일 강가에서 술에 취해 돌아온다.

술 먹은 외상값 가는 곳마다 깔린 것은

칠십까지 사는 사람 드물기 때문이어라

꽃 숲을 뚫고 나는 호랑나비 그윽이 보이고

물 찍으며 나는 잠자리 느릿느릿하여라

봄빛이여 아름다운 풍광과 함께 머물러라

잠시나마 즐기도록 내 곁을 떠나지 마오.

朝回日日典春衣, 每日江頭盡醉歸.
조 회 일 일 전 춘 의   매 일 강 두 진 취 귀

酒債尋常行處有, 人生七十古來稀.
주 채 심 상 행 처 유   인 생 칠 십 고 래 희

穿花蛺蝶深深見, 點水蜻蜓款款飛.
천 화 협 접 심 심 견   점 수 청 정 관 관 비

傳語風光共流轉, 暫時相賞莫相違.
전 어 풍 광 공 류 전   잠 시 상 상 막 상 위

757년, 두보 나이 45세 때 안녹산의 난을 피해 촉으로 피난 간 당나라 현종을 이어 현종의 아들 이형李亨이 영무靈武라는 곳에서 제위에 올랐는데요. 이가 바로 숙종입니다. 가족을 데리고 봉선현으로 피난 갔던 두보는 그 소식을 듣고 영무로 가던 도중 안녹산의 포로가 되어 장안에 연금되었습니다. 이듬해 두보는 천신만고 끝에 반군의 손아귀에서 탈출하여 당시 봉상현에 있던 숙종에게 갔습니다. 장안을 수복한 숙종은 두보의 공로를 인정하여 좌습유左拾遺에 임명하였지요. 좌습유는 종팔품으로, 품계는 낮고 월급은 쥐꼬리만 하지만 명예와 프라이드는 대단한 자리였지요. 왜냐고요? 황제 측근에서 황제의 실책을 간언하는 직책이었으니까요. 새내기 관리치고 이 벼슬 하고 싶어 하지 않은 사람이 없었지요. 늘 황제를 직접 알현하고 이런저런 이야기를 기탄없이 말하여 국정에 반영할 수 있는 자리였으니까요.

46세에 종팔품 관리라면 참 늦깎이 벼슬길이라 할 수 있지요. 대부분 제과에 합격한 삼십대 초중반의 새내기 관리들이 임명되는 직책이었으니 말이죠. 그나마 황제의 총애를 받으면 모를까 이때 두보는 숙종이 무척 싫어하는 방관房琯이라는 사람을 변론해주다가 숙종에게 미운털이 잔뜩 박혔답니다.

이 시의 첫 구절 "조정에서 돌아오면 날이면 날마다 봄옷 전당 잡히고/매일매일 강가에서 술에 취해 돌아온다". 두보가 왜 이런 행동을 했는지 이젠 이해가 가시죠? 퇴근하고 돌아와서는 허구한 날 옷을 들고 전당포에 간 이유는 그만큼 살림이 어려웠다는 거지요. 그런데 옷을 전당잡힌 이유가 생활고를 해결하기 위한 게 아니라 술 받아먹기 위해서라니? 두보는 무책임한 가장이었을 까요? 날이면 날마다 술에 취하지 않으면 괴로워서 못살 만큼 뭔가 조정에서 하는 일이 잘 안 되었던 거지요. 앞에서 이야기했듯이 방관을 변론하다가 숙종의 눈 밖에 난 것입니다. 눈앞에 있는데도 본 척도 않고 관심도 안 가져주고 올리는 기안마다 모두 퇴짜 놓고 거들떠도 안 보니 정말 미칠 노릇이지요. 그래서 출근했다 집에 돌아오기만 하면 너무나 답답하고 또 고통스러워 술이라도 마셔야 했던 것이죠. 어느 정도로 마셔댔냐 하면 가는 곳마다 술 외상값이 있을 정도로요. 술 외상이 많다는 건 경제적인 어려움을 나타내며 경제적으로 어렵다는 건 정치적으로 불우했음을 의미합니다. 음주의 횟수와 양은 고통과 비례하는 거지요. 사람이 살면 얼마나 살겠어요. 칠십까지 사는 사람 드물 정도로 짧고도 허무한 인생입니다. 게다가 절망적이고 암울한 현실, 암담한 미래가 가슴을 조여옵니다. 에라 모르겠다, 마시자 술……. 그래서 두보는 술을 퍼마셨던 겁니다.

술을 마시다가 문득 강가의 늦봄 풍경을 바라봅니다. 꽃 숲을 뚫고 날아다니는 호랑나비가 눈 속에 그윽하게 들어옵니다. 여기서 '천穿'자의 쓰임이 아주 멋지군요. 뚫는다는 건 빽빽하기 때문에 간신히 지나갈 수 있다는 느낌을 전달해줍니다. 이 구절은 호랑나비의 모습뿐만 아니라 한가로운 정까지 전달해줍니다. 다음 구절 "물 찍으며 나는 잠자리 느릿느릿하여라" 역시 경치를 묘사한 것입니다. 개천이나 도랑물 위를 나는 잠자리를 보면 수면에 꽁지를 점 찍듯 담그다가 나지막이 느긋하게 날아갑니다. 두 구절 모두 한가롭고 자유로운 느낌을 주지요. 그런 호랑나비가, 잠자리가 부럽습니다. 아름다운 경치에 흠뻑 젖어 시름을 잊어보려 했던 거지요.

그러나 그 아름다운 봄도 이제 사라지려 합니다. 봄이 가면 세월도 흘러갑니다. 아직 하고 싶은 일도, 해야 할 일도 많은데 또 시간이 흘러가는 겁니다. 그래서 시인은 간절히 호소합니다. '제발 아름다운 풍광이여, 날 버리고 가지 말아다오.' 그런 절규가 강렬하면 할수록 우리는 그가 불우한 역경에 처해 있다는 것을 알 수 있습니다.

이제는 단순히 나이 칠십을 나타내는 말로 변해버린 고희, 그 뒤에 숨어 있는 두보의 쓰라린 인생 역정을 느낄 수 있겠지요?

나이 들어 늙으면
물러나야 하리

年高須告老

떠날 때 떠날 줄 아는 것, 일견 쉬워 보이지만 막상 실천하기란 쉽지 않습니다. 그것이 돈과 직위에 관련되어 있을 땐 더욱 그러합니다. 그것이 남의 일일 경우엔 시퍼렇게 비판의 칼날을 세우고 벌겋게 욕하기 쉽지만, 막상 자신의 문제가 되면 대부분 생각이 달라집니다.

정년! 평생 일해오던 직장을 하루아침에 떠난다는 게 어찌 그리 쉽겠습니까. 능력과 건강이 허락할 경우엔 더욱 그렇습니다. 마음은 아직도 이팔청춘이고 건강과 능력은 노익장을 과시할 수 있는데, 정년이라니! 그리하여 그간 쌓아온 경험과 경륜이 사회의 소중한 자산이 될 거라 자부하면서 떠나기를 주저합니다. 하지만 제도는 일정한 연령이 되면 떠날 것을 규정하고 있습니다.

건강한 삶의 터전을 보전하기 위해 신진대사가 필요하기 때문입니다.

당나라 때도 정년제도가 있었습니다. 옛날에는 정년퇴직을 '치사致仕'라 하였습니다. 임금으로부터 받은 벼슬을 돌려드린다는 뜻입니다. 그러니까 치사는 조정에서 통보해서 이루어지는 것이 아니라 당사자가 자발적으로 관직을 그만둔다는 취지의 제도입니다.

치사는 70세로 규정되어 있었습니다. 100세 시대인 요즘도 공무원 퇴직연령을 60세로 규정하고 있는 것을 감안한다면 참 넉넉한 편이라 하겠습니다. 그런데 본인이 원치 않을 경우 죽을 때까지 버틸 수도 있었습니다. 그럴 경우 인사 적체로 후배들의 앞길이 막힐 수 있어 양식 있는 관리라면 으레 70세 퇴임을 당연시하였습니다.

그러나 그렇게 해야 한다고 생각하면서도 막상 본인의 일이 되면 생각이 달라집니다. 잠시 양식을 외면하면 돈도 명예도 유지되거늘 뭘 그리 고지식하게 규정을 지키려 하는가. 두 눈 질끈 감고 두 귀 꽉 막아버리면 그만인 것을!

높은 이상을 품고 야심차게 일하던 젊은 날의 백거이, 그 시기 조정에는 정년을 지키고 떠나야 할 때 미련 없이 떠난 사람이 드물었던 모양입니다. 돈과 명예를 탐내는 퇴물들이 득실거렸습니다. 그리하여 백거이는 당시의 세태를 날카롭게 지적하여 이런 시를 남겼습니다. 「정년이 되었는데도 퇴직하지 않다니!不致仕」

정년이 되었는데도 퇴직하지 않다니! 不致仕

나이 칠십에 공직에서 물러나는 건, 예법에 명문화되어 있는 일.

저 영화를 탐내는 자들, 어찌하여 그 말을 들은 척도 않는가!

가련토다 나이 팔구십 되어, 이빨은 빠지고 두 눈은 흐리멍덩.

아침 이슬 내릴 때 명리를 탐내고, 석양이 질 때는 자손 걱정 하
　　누나.

관직 그만두려 하니 푸른 갓끈 생각나고, 관리에서 물러나려 하
　　니 타고 다니던 관용차 아까워라.

무거워라 번쩍이는 금도장, 곱사등이 하고서 대궐문 들어선다.

부귀 좋아하지 않는 사람 어디 있으랴? 임금님께 총애받기 누
　　가 싫어하랴.

나이 들어 늙으면 사직해야 하리, 명예를 이루었으면 퇴직해야
　　하는 법.

소싯적엔 늙다리들 비웃더니만, 나이 드니 그들과 똑같이 구는
　　구나.

현명하도다 한나라의 두 소씨여, 그들은 유독 어떤 사람이었던가?

적막하구나 동문의 길에는 그들의 발자취 잇는 사람 없으니.

七十而致仕, 禮法有明文.
칠 십 이 치 사   예 법 유 명 문

何乃貪榮者, 斯言如不聞.
하 내 탐 영 자   사 언 여 불 문

可憐八九十, 齒墮雙眸昏.
가 련 팔 구 십   치 타 쌍 모 혼

朝露貪名利, 夕陽憂子孫.
조 로 탐 명 리   석 양 우 자 손

掛冠顧翠綏, 懸車惜朱輪.
괘 관 고 취 유   현 거 석 주 륜

金章腰不勝, 傴僂入君門.
금 장 요 불 승   구 루 입 군 문

誰不愛富貴, 誰不戀君恩.
수 불 애 부 귀   수 불 련 군 은

年高須告老, 名遂合退身.
연 고 수 고 로   명 수 합 퇴 신

少時共嗤誚, 晚歲多因循.
소 시 공 치 초   만 세 다 인 순

賢哉漢二疏, 彼獨是何人?
현 재 한 이 소   피 독 시 하 인

寂寞東門路, 無人繼去塵.
적 막 동 문 로   무 인 계 거 진

퇴직 연한이 70세로 명문화되어 있는데 팔구십이 되어도 관직에서 물러나지 않는 늙은 관리들을 향하여 직격탄을 날리고 있는 시입니다. 이빨도 빠지고 귀도 잘 안 들리고 눈도 잘 안 보이는데 관직에서 물러나지 못하는 건 오직 명예와 돈이 탐나고, 자손대대로 잘 먹고 잘살게 하고 싶은 욕심 때문이라는 거죠. 명리와 부귀를 탐내지 않고 자손 걱정 않는 사람이 어디 있겠습니까만, 모두 양심과 법에 따라 자제하는 것이 양식 있는 사람이라는 거지요. 그 양심적인 인물의 전형으로 백거이는 한나라 때 두 사람을 꼽았습니다.

두 소씨(二疏), 바로 소광疏廣과 소수疏受입니다. 두 사람은 숙질 간인데 한나라 선제宣帝 때 태자의 스승인 태자태부太子太傅와 태자소부太子少傅를 역임하여 황제의 총애를 받았습니다. 당시 조정에서 이름을 드날려 두 사람과 알고 지내는 것을 영광으로 여길 정도였습니다. 5년 동안 중앙 관직에 있으면서 명예와 관록이 절정에 이르렀을 때 소광은 문득 노자老子의 말이 생각났습니다. 물러설 때 물러나지 않고, 그쳐야 할 때 그치지 않으면 욕되고 위태로운 일만이 기다리고 있다는 것을 말입니다. 조카인 소수에게도 이런 뜻을 전하자 흔쾌히 숙부의 의견에 동의하여 두 사람은 그날로 즉시 관직을 그만두고 고향으로 돌아갑니다. 황제는 매우 애석해하면서 두 사람에게 거금을 주고 석별의 정을 나눕니다. 고향으로 돌아온 소광은 황제로부터 받은 재물을 자손들에게 주지 않았습니다. 재물이 많으면 나태해져서 현자든 보통 사람이든 화만 자초할 뿐이라면서 고향 사람들과 친지들을 환대하는 데 소진하였습니다. 자손들에게는 딱 자력으로 먹고살 만한 토지만 남겨주고 말입니다.

그들의 행적은 대대로 칭송을 받았으며 천자문에 나오는 '양소견기兩疏見機'도 소광과 소수의 이 고사를 담은 것입니다. 견기란 조짐을 미리 안다는 뜻입니다. 그러니까 두 소씨는 물러설 때가 언제인지를 알았다는 거죠. 절정 뒤엔 쇠락과 위험이 기다리고 있다는 것을 말입니다.

노자는 말했습니다. 그칠 때를 알면 위험하지 않다고요. 큰 공을 이루고 그 자리에 머물지 않아야 공이 사라지지 않는다고요. 장량은 한 고조 유방을 도와 제업을 이루어주고 물러나 천명을 누릴 수 있었지만, 한신은 자리에 연연하다 비명횡사하였던 역사적 사실이 이를 웅변해줍니다. 우리 사회에 뿌리 뽑히지 않는 관행인 이른바 관피아, 교피아, 정피아 들도 따지고 보면 정년의 연장으로 그들만이 누리는 특권이라 할 수 있지요. 잘못된 특권의식은 사회 계층 간의 갈등을 유발하기도 합니다. 그칠 때 그칠 줄 알고 내려올 때 내려올 줄 아는 소광과 소수, 그리고 백거이 같은 사람들을 닮고 싶어 하는 사람들로 넘쳐나는 사회가 되었으면…… 그런 몽상을 해봅니다.

친구들이여 진정
날 걱정 마시게

交親不要苦相憂

여러분은 '음식남녀飮食男女'라는 말을 들어보셨을 겁니다. 유가 경전 가운데 하나인 『예기禮記』에 나오는 말입니다. 원문은 이렇습니다.

"飮食男女(음식남녀) 人之大欲存焉(인지대욕존언) 死亡貧苦(사망빈고) 人之大惡存焉(인지대오존언)."

음식과 남녀는 사람이 가장 바라는 것이고 사망과 빈곤은 사람이 가장 싫어하는 것이니, 식욕과 성욕은 인간의 본성이라는 뜻이지요.

먹는 것은 애당초 배만 채우면 그만이었습니다. 하지만 생활에 여유가 생기면 질을 따지기 시작하지요. 단순히 배고픔만 면하면 되는 게 아니라 이제는 맛을 따지고 즐기기를 원합니다. 식도

락을 탐하게 되는 것이죠. 성욕도 처음엔 단순히 본능만 채우면 되었습니다. 하지만 본능을 채울 수 있는 조건이 충족되면 대상을 따지게 됩니다. 그래서 돈 꽤나 많은 사람들 중에는 성性과 색色에 무척 까탈스럽게 구는 사람들이 많습니다. 어여쁜 여성만 골라서 살기를 원하며 산해진미만 골라 먹고자 합니다.

하지만 최고의 명품만 추구하던 명문귀족일지라도 일단 몰락하여 형편이 나빠지면 일반 서민과 다름없는 생활을 할 수밖에 없습니다. 과거에 호화스러운 삶을 영위하던 사람일수록 가난한 삶을 견디기 어려워합니다. 진부합니다만 '에쿠스 몰던 사람 티코는 못 탄다, 60평 살던 사람 지하 전세방 못 산다'는 말도 있지 않습니까. 그럴 경우 화려했던 옛날을 그리워하면서 고통스럽게 살다가 폐인이 되는 경우도 있습니다만, 개중에는 현재의 삶을 긍정하고 체념하면서 분수에 맞는 삶을 살아가려고 노력하는 사람도 있습니다. 안분安分의 삶, 지족知足의 삶을 살기 위해서는 일단 마음공부가 필요합니다. 마음 수양은 어떻게 보면 끊임없는 자기최면을 통해 현실을 인정하고 나아가 삶의 활력을 찾는 것이라 할 수 있습니다.

다음에 소개하는 시는 바로 그런 심리를 아주 잘 묘사하고 있군요. 『시경·진풍陳風·형문衡門』입니다.

초라한 집이어도 거처할 수 있으리라.
콸콸 솟는 샘물도 주린 배 채울 수 있으리라.

물고기를 먹는데 꼭 황하의 방어여야 하는가?

마누라를 얻는데 꼭 제나라 공주여야 하는가?

물고기를 먹는데 꼭 황하의 잉어여야 하는가?

마누라를 얻는데 꼭 송나라의 공주여야 하는가?

衡門之下, 可以棲遲.
형 문 지 하 　 가 이 서 지

泌之洋洋, 可以樂饑.
비 지 양 양 　 가 이 요 기

豈其食魚, 必河之魴?
기 기 식 어 　 필 하 지 방

豈其取妻, 必齊之姜?
기 기 취 처 　 필 제 지 강

豈其食魚, 必河之鯉?
기 기 식 어 　 필 하 지 리

豈其娶妻, 必宋之子?
기 기 취 처 　 필 송 지 자

　원문의 "형문衡門"은 나무막대를 가로질러 만든 대문입니다. 기능만 있을 뿐 장식이라곤 전혀 없는 소박한 대문입니다. 그러니까 아주 누추한 집이지만 비바람은 막을 수 있는 그런 집입니다. 과거 호화저택에서 살았던 사람이라면 이런 집은 불편하기 짝이 없습니다. 그러나 현실은 그런 집에서 살 수밖에 없습니다. 생목숨 그냥 끊어버릴 수 없을 바에야 현실을 긍정하고 살아야 합니다. 그래서 화자는 말합니다. 호화저택이 아니어도 비바람만 막아주

면 된다고, 고급생수가 아니어도 목만 축일 수 있으면 된다고, 꼭 명문귀족의 딸이 아니어도 장가만 가면 그만이라고, 꼭 황하에서 나는 진귀한 방어나 잉어가 아니어도 배만 채우면 족하다고요.

이런 안빈낙도 지족知足의 삶은 사실 아무나 실천할 수 있는 게 아니죠. 수양이 깊어야 행할 수 있는 것입니다. 이런 지족의 삶을 가장 잘 실행한 사람을 꼽으라면 전 백거이를 꼽겠습니다. 백거이의 자는 낙천樂天입니다. 낙천이란 운명에 순응하고 즐긴다는 뜻입니다. 일이 안 풀리거나 고통스러운 일을 당해도, 남을 원망하거나 하늘을 원망하지 않고 겸허히 받아들이는 것이지요. 백거이가 늙고 병들었을 때 지은 「병중오절구病中五絶句」는 지족의 삶을 나타낸 전형적인 시입니다. 병마에 시달리게 되면 만사 짜증나고 우울하여 부정적인 생각만 하기 쉽습니다만, 백거이는 역시 지족의 달인답게 행동하는군요. 병중에 지은 7언 절구 5수라는 뜻인데, 소개하고자 하는 시는 다섯 번째 시입니다.

백거이는 늘그막에 통풍에 시달려 걸음을 거의 걸을 수 없게 되었습니다. 친구들이 걱정하자 이 시를 지어 오히려 친구들을 위로한 것이죠. 산수유람은 다리로 하는 게 아니라 흥으로 하는 것이라고 말이죠. 꼭 두 발로 걸어 다니면서 구경해야 맛이냐고요. 땅에서는 가마 타면 되고 물에서는 배 타면 된다고요. 이 없으면 잇몸으로 씹는다는 낙관적인 생각으로 일체의 현상을 순순히 받아들이는 겁니다.

병중오절구病中五絶句

친구들이여 진정 날 걱정 마시게.

이따금 억지로 놀이라도 나간다면

흥만 있으면 족하지 다리가 무슨 소용 있겠소.

땅에서는 가마 타고 물에서는 배를 타면 되리라.

交親不要苦相憂 亦擬時時強出遊.
교 친 불 요 고 상 우 역 의 시 시 강 출 유

但有心情何用脚 陸乘肩輿水乘舟.
단 유 심 정 하 용 각 육 승 견 여 수 승 주

백거이는 또 눈이 어두워지게 되자 잠자기 편하다고 생각하였고, 다리가 떨려 걷지 못하게 되자 좌선하기 좋다고 생각했습니다. 눈이 어두워지니 굳이 눈감고 잠을 청하는 수고로움이 사라졌다는 것이죠. 다리가 아파 일어설 수 없으니 굳이 좌선하려 가부좌 틀고 앉지 않아도 된다는 것이죠. 이렇듯 신체의 불편함을 오히려 긍정적으로 생각한 시인은 그야말로 달관의 달인이라 할 것입니다. 이런 처세철학 배우고 싶다고 다 배워지진 않겠지만 노력이라도 해보면 좋지 않을까요.

또 다른 인생을
시작한 사람

別是一生人

우리는 흔히 정년 이후의 삶을 인생 제2막이라고 하는데, 또 다른 인생이라고도 할 수 있겠습니다. 아침에 일어나 직장으로 출근하던 일상에 엄청난 변화가 찾아온 것이죠. 옷차림도 호칭도 바뀐 낯선 삶, 딱히 갈 곳도 없고 만날 사람도 없이 관계빈곤에 시달리기 시작하죠. 그래서 인생 제2막은 새로운 자아를 정립하고 탐색해가는 과정이 필요하다고 합니다. 자신의 삶을 총체적으로 얼마나 훌륭하게 탐색하고 세팅하는지에 따라 인생 이모작, '제2의 성인기'를 성공적으로 보낼 수 있는지 여부가 판가름 난다는 것이죠. 여기 1200여 년 전에 인생 이모작을 시작한 백거이의 삶을 소개하려 합니다.

평생을 관리로 살아오면서 딱 4년간의 좌천 생활을 제외하고는 비교적 순탄하게 승진하였던 백거이, 그는 56세 이후부터 정쟁의 회오리에 말려들지 않고 명철보신明哲保身할 수 있는 삶의 방식을 추구하였지요. 백거이는 이런 삶을 스스로 '중은中隱'이라 명명하고 반관반은半官半隱 생활을 추구하였습니다. 이미 앞에서 소개한 적이 있습니다만, 백거이는 중책과 요직에 임명되는 것을 마다하고 지방 관리나 낙양 파견 근무를 주로 하였습니다. 한직에 있기에 격무에 시달릴 필요도 없고 나머지 시간은 친구들과 산수 유람하고 음풍농월하면서 유유자적한 삶을 향유하였지요. 그런 자신을 풍월노인風月老人이라 칭하면서 말이죠.

지금의 시각에서 보면 백거이는 어쩌면 정년 이후, 갑작스레 한가해질 삶에 대비하여 서서히 준비운동을 한 게 아닌가 싶습니다. 은퇴 이후의 느낌과 삶의 대책을 주제로 한 백거이의 시를 소개하려 합니다. 제목은 「작일복금진昨日復今辰」, '어제 또 오늘'의 뜻입니다.

시의 두 번째 구절 "길고 긴 일흔 번의 봄"은 백거이의 나이가 70세임을 나타냅니다. 인끈과 관복의 혁대를 풀어놓고 평민 옷으로 바꿔 입었다는 것은 새삼스럽지만 관직 생활에 종지부를 찍고 자연인으로 돌아왔다는 것을 의미합니다. 개인사에서는 아주 극적인 장면이 아닐 수 없습니다. 어떤 감회가 없을 수 없겠지요. "직책 없는 자리"란 보직 없이 직함만 유지하는 것이라 볼 수 있습니다. 요즘 정년을 앞둔 사람들에게 보직 없이 임금 피크제를 적용하는 것과 같은 것으로 보면 되겠습니다.

작일복금진昨日復今辰

어제 또 오늘

길고 긴 일흔 번의 봄

지난날 겪었던 수많은 일들

돌이켜 생각하니 전생처럼 아득하다.

직책 없는 자리에 있으니 유유자적하게 늙고

한가롭게 사니 깨끗하게 가난하다.

술잔에는 맛난 술 있고

외투에는 세속의 먼지 하나 없다.

인끈 풀고 관복에 매던 혁대 거둬들이고

이제는 평민 옷으로 바꿔 입었다.

옷차림과 호칭 모두 바뀌어

또 다른 인생을 시작한 사람.

昨日復今辰, 悠悠七十春.
작 일 복 금 진　유 유 칠 십 춘

所經多故處, 卻想似前身.
소 경 다 고 처　각 상 사 전 신

散秩優遊老, 閑居淨潔貧.
산 질 우 유 로　한 거 정 결 빈

螺杯中有物, 鶴氅上無塵.
나 배 중 유 물　학 창 상 무 진

解佩收朝帶, 抽簪換野巾.
해 패 수 조 대　추 잠 환 야 건

風儀與名號, 別是一生人.
풍 의 여 명 호　별 시 일 생 인

백거이는 사실 욕심을 부리기만 하면 중책에 임명될 수 있었고 더 많은 월급을 받을 수도 있었습니다만, 은퇴하기 십수 년 전부터 스스로 중은의 삶을 선택하여 정쟁에 휘말리지 않고 유유자적하며 유산완수遊山玩水의 삶을 영위했습니다. 그런 삶은 부귀영화와는 거리가 멀기에 "깨끗하게 가난하다"고 표현하였습니다. 그런데 이제 그런 중은의 삶마저 마감하고 퇴직을 한 것입니다. 다시 말해 관리의 상징이던 관복 대신 평민 옷으로 갈아입고, 호칭도 이젠 더 이상 직함으로 불리지 않습니다. 그야말로 평범한 이웃집 할아버지가 된 것이죠. 그래서 백거이는 "또 다른 인생을 시작"하였다고 한 것입니다. 이 시에서는 또 다른 인생을 과연 어떻게 살아갈 것인지, 구체적으로 언급하지는 않았습니다. 궁금하시죠? 이번에 소개하려는 시에서 백거이는 인생 제2막의 삶을 피력합니다. 제목은 「달재낙천행達哉樂天行」, '도통했구나 백낙천이여'입니다.

자기 스스로 자신을 도통했다고 평가한 것입니다. "도통했다 도통했어 백낙천이여!/낙양의 파견근무 무려 십삼 년/칠순 나이 차서 관직 그만두고/퇴직 후 반 월급 나오기 전에 타던 수레 반납했네."

어떻습니까? 어디서 많이 듣던 이야기 아닌지요. 시대를 초월하여 인생 제2막의 같은 스타일…… 그래서 좀 놀라기도 하고 반갑기도 할 것 같습니다.

도통했구나 백낙천이여 達哉樂天行

도통했다 도통했어 백낙천이여!

낙양의 파견근무 무려 십삼 년.

칠순 나이 차서 관직 진작 그만두고

퇴직 후 반 월급[半俸] 나오기 전에 타던 수레 반납했네.

때로는 상춘객과 어울려 봄나들이 가고

때로는 스님 따라 한밤중에 좌선한다.

이태 동안 집안일 까마득히 잊으니

뜨락 잡초 무성하고 부엌 연기 드무네.

아침엔 주방 아이놈이 쌀과 소금 떨어졌다 하고

저녁엔 하녀가 옷에 구멍 났다고 하네.

처자식 근심하고 생질들 답답해하지만

나는 거나하게 취해 누워 근심걱정 잊는다.

일어나 앉아 너희들에게 생계를 마련해주노니

많지 않은 재산 선후를 정해 처분하거라.

우선 남방南坊의 채마전 10무畝를 팔아치우고

그다음엔 동곽東郭의 5경頃 전답을 팔자꾸나.

그런 후에 이 집도 함께 처분하면

아마도 이삼천 냥은 마련할 수 있으리라.

반은 너희들 의식비용 충당하고

반은 내 술값 안주 값으로 쓰려고 한다.

내 나이 이미 일흔한 살

희미한 눈 허연 수염 머리는 어지럽다.

아마도 이 돈도 다 쓰지 못할 듯하니

이른 아침 이슬 맞고 놀러 가면 밤늦게나 돌아오리라.

돌아오지 않고 바깥에서 자는 것도 나쁘지 않으리니

배고프면 먹고 즐겁게 마시며 느긋하게 잠자리라.

이 목숨 이제는 살아도 그만 죽어도 그만

도통했다 도통했어 백낙천이여!

達哉達哉白樂天, 分司東都十三年.
달 재 달 재 백 낙 천 　 분 사 동 도 십 삼 년

七旬才滿冠已掛, 半祿半及車先懸.
칠 순 재 만 관 이 패 　 반 록 반 급 거 선 현

或伴遊客春行樂, 或隨山僧夜坐禪.
혹 반 유 객 춘 행 락 　 혹 수 산 승 야 좌 선

二年忘卻問家事, 門庭多草廚少煙.
이 년 망 각 문 가 사 　 문 정 다 초 주 소 연

庖童朝告鹽米盡, 侍婢暮訴衣裳穿.
포 동 조 고 염 미 진 　 시 비 모 소 의 상 천

妻孥不悅甥侄悶, 而我醉臥方陶然.
처 노 불 열 생 질 민 　 이 아 취 와 방 도 연

起來與爾畫生計, 薄産處置有後先.
기 래 여 이 획 생 계 　 박 산 처 치 유 후 선

先賣南坊十畝園, 次賣東都五頃田.
선 매 남 방 십 무 원 　 차 매 동 도 오 경 전

然後兼賣所居宅, 仿佛獲緡二三千.
연 후 겸 매 소 거 댁 　 방 불 획 민 이 삼 천

半與爾充衣食費, 半與吾供酒肉錢.
반 여 이 충 의 식 비 　 반 여 오 공 주 육 전

吾今已年七十一, 眼昏須白頭風眩.
오 금 이 년 칠 십 일 　 안 혼 수 백 두 풍 현

但恐此錢用不盡, 即先朝露歸夜泉.
단 공 차 전 용 부 진 　 즉 선 조 로 귀 야 천

未歸且住亦不惡, 饑餐樂飲安穩眠.
미 귀 차 주 역 불 악 　 기 찬 악 음 안 온 면

死生無可無不可, 達哉達哉白樂天.
사 생 무 가 무 불 가 　 달 재 달 재 백 낙 천

백거이의 인생 제2막론. 우선 그는 하고 싶었지만 그동안 제대로 하지 못했던 일을 한다고 하였습니다. 무엇을 하면 가장 행복할지 점검한 결과인 것입니다.

친구들과 어울려 봄나들이 가고 스님과 함께 좌선하기. 요즘 말로 하자면 취미 생활과 종교 생활을 한다는 것이죠. 봄나들이 가서 시정화의詩情畵意를 듬뿍 느끼고, 좌선을 통해 깨달음을 얻는 즐거움. 이런 취향과 그 충족은 집착과 욕심을 털어버려야 가능하고 또 털어버릴 수 있게 합니다. 그야말로 공리 추구가 아니라 의미 지향의 삶을 사는 것입니다.

그다음으로 가족의 생활 대책을 강구합니다. 퇴직을 하였기에 살림은 예전만큼 넉넉하지 못합니다. 대가족 사회였으므로 자신의 가족은 물론 가까운 집안 친척들까지 돌봐주어야 하는 상황이었기에 생질들의 생활 대책까지 언급합니다. 그가 생각해낸 방안은 재산을 선후경중을 따져 처분하는 겁니다. 하여간 가진 재산을 몽땅 처분해서 처자식과 조카들의 생활 대책으로 반 내놓고, 나머지 반은 자신을 위해 쓰겠다고 선언합니다. 자신이 쓰려는 용처는 술값, 안주 값, 레저비 등입니다.

다소 희화화되고 과장된 표현이긴 하지만, 이 대목에서 탄성이 절로 터져 나옵니다. 요즘 주변을 돌아보면 퇴직연금 아껴 써서 적금 들어 목돈 마련하는 사람들도 꽤 있다는군요. 남은 물론 자신에게조차 인색하게 굴면서, 조금이라도 더 모아 자식에게 물려주겠다고 말입니다. 끝없는 자식 사랑, 아니 숭고한 자식 사랑,

참 대단합니다. 게다가 자기 핏줄만 챙겨 자자손손 부를 대물림 해주겠다고 증여세, 상속세 등 각종 세금을 탈루하는 부유층들도 더러 있다지요. 탐욕스러운 자식 사랑…… 참으로 혀를 내두를 지경입니다. 그렇다고 자식이 부모에게 효도를 다하냐고요? 다 아시면서 뭘…… 네, 그런 부모의 마음 아랑곳 않고, 그 마음조차 축재와 양육의 한 수단으로 이용한다는 보도를 보고 개탄한 적이 있습니다. 또 부모는 부모대로 노후의 쓸쓸하고 적적한 마음을 달래고 핏줄에서 기쁨과 위안을 얻기 위해, 자식의 마음을 돈 주고 산다는 것이죠. 그리하여 효계약서까지 작성한다는군요. 탄식이 절로 나옵니다. 어쩌다 효조차 팔고 사는 계약의 대상이 되었는지 참 쓸쓸합니다. 그에 비하면 백거이는 참으로 존경스럽습니다. 제 자식만 챙긴 것이 아니라 사회의 약자를 위해 통 큰 기부를 한 것이죠.

백거이는 나이 73세 되는 해에, 사재를 털어서 마을 주민들의 목숨을 종종 앗아갔던 험난한 팔절탄八節灘 확장 공사를 벌입니다. 좁은 팔절탄을 파고 확장하여 암초를 제거하고 험난한 물살을 잔잔하게 만든 것입니다. 팔절탄 공사를 마치고 그 감회를 이렇게 읊은 적이 있습니다. 시 제목은 「개용문팔절석탄開龍門八節石灘」입니다.

일흔세 살 늙은이 언제 죽을지 모르는 몸
험난한 물길 순탄하게 넓혀주리라 맹세했지.

야밤 지나던 배 이제는 더 이상 전복되지 않을 거고

아침에 찬물 건너던 종아리 이제는 고통 면하리라.

십 리 울부짖던 거센 물결 은하처럼 고요해지고

감옥처럼 차가운 물결 봄날처럼 따듯해지리라.

내 몸은 없어져도 이 마음은 길이 남으리니

남몰래 자비 베풀어 후세 사람에게 주노라.

七十三翁旦暮身, 誓開險路作通津.
칠 십 삼 옹 단 모 신　서 개 험 로 작 통 진

夜舟過此無傾覆, 朝脛從今免苦辛.
야 주 과 차 무 경 복　조 경 종 금 면 고 신

十里叱灘變河漢, 八寒陰獄化陽春.
십 리 질 탄 변 하 한　팔 한 음 옥 화 양 춘

我身雖歿心長在, 暗施慈悲與後人.
아 신 수 몰 심 장 재　암 시 자 비 여 후 인

팔절탄은 낙양 용문산 부근에 있는 여울입니다. 워낙 물길이
좁고 험난하여 밤이면 이곳을 지나던 배들이 전복되기 일쑤고,
추운 겨울이면 이곳을 맨발로 건너는 사람들을 고통스럽게 하
였습니다. 백거이는 사회와 환경의 약자들을 방관하지 않고, 짐
짓 연민을 희석하지 않고, 드디어 자신의 것을 내어 이웃과 나누
는 나눔의 삶을 실천한 것입니다. 입으로만 떠드는 게 아니라 구
체적인 행동으로 사랑을 실천에 옮긴 것입니다. 물신주의에 젖어
끝 갈 데 없이 욕심부리는 사람들의 마음을 부끄럽게 만드는 대
목입니다. 고아한 삶의 향기와 지혜롭고 떳떳한 삶을 일깨워준
그는, 그야말로 노블레스 오블리주를 실천한 양식 있는 사람이었

던 것입니다.

그렇다면 백거이의 이러한 인생철학은 어디에서 온 것일까요? 네, 달관의 인생을 지향하는 마음의 여유에서 오는 것입니다. 집착하지 않고 현실에 순응하며 즐길 줄 아는 지혜, 인간에 대한 무한한 관심과 애정, 버리고 내려놓고 비우는 자세에서 온 것입니다. 우리는 처음에는 좀 거리가 있었던 백거이의 위 독백, "도통했다 도통했어 백낙천이여!"에 대해 이제 석연하게 미소 지으며 동의하고 다시 감동할 수 있겠습니다.

앞으로 펼쳐질 인생 제2막, 이런 삶 어떻습니까?

제5부

지난 여름의
추억

이글거리는 해
천지에 가득하고

赤日滿天地

하늘에 열 개의 태양이 나타나 이글거리기라도 하듯, 초록 나무
가 지쳐 늘어지고 펄펄 끓는 가마솥 대지가 숨통을 조여올 때면
저마다 피서법을 강구하여 잠시나마 폭염에서 탈출하고자 하지
요. 녹음 울창한 산이며 시원한 계곡, 하얀 파도가 철썩이는 일
망무제一望無際의 바다를 찾아 나서기도 하고, 냉방이 잘 갖추어
진 은행과 백화점 등을 찾아 잠시 더위를 피하기도 합니다. 피서
지에서 맛보았던 시원한 추억은 후덥지근한 여름을 버텨내는 청
량제이기도 했지요. 옛날에는 인구밀도도 낮고 대기 오염 배출도
적었기에 상대적으로 더 시원한 여름을 보내지 않았을까 하는 생
각이 들기도 합니다. 옛 사람들은 더위 앞에서 어떤 모습을 드러
내었는지 한번 볼까요.

송나라 시인 대복고戴復古는 천지를 도기를 굽는 큰 가마에 비유하였고, 이글거리는 태양을 석탄불에 비유해서 이렇게 읊었죠.

"천지는 하나의 큰 가마. 이글거리는 태양이 푹푹 삶아대는구나(天地一大窯, 陽炭烹六月)."

또 한유는 찌는 듯한 무더위 속에 있는 자신을 마치 펄펄 끓는 시루 안에 앉아 있는 것으로 비유하여 이렇게 읊었습니다.

"오월 무더위 속에 갇히고부터 깊은 시루 속에 앉아 펄펄 끓는 신세 되었다(自從五月困暑濕, 如坐深甑遭蒸炊)."

그 점잖은 두보도 일찍이 이렇게 외쳤습니다.

"관복 입고 있자니 발광할 듯하여라, 어떻게 하면 맨발로 얼음 밟을 수 있을까?(束帶發狂欲大叫, 安得赤腳踏層冰)."

송나라 시인 범성대는 "웬수 같은 더위를 물리칠 수 있기만 하면 늙음이 조수처럼 밀려와도 사양하지 않겠다(但得暑光如寇退, 不辭老境似潮來)"고 했습니다.

우리들의 예상과 달리 옛 시인들도 푹푹 찌는 폭염 때문에 신음을 했군요. 옛 시인들은 더위를 물리치기 위해 어떤 방법을 썼을까요? 먼저 왕유의 「고열행苦熱行」을 한번 보겠습니다.

첫 번째 구절에서 네 번째 구절까지는 폭염의 양상을 여러 각도에서 묘사했습니다. 이글거리는 태양, 불처럼 뜨거운 구름이 온 천지를 뒤덮어 초목은 타들어가고 시내와 못도 바닥을 드러냈다고 했습니다. 가뭄으로 인한 자연재해의 현상은 1000여 년 전이나 지금이나 달라진 게 없는 듯합니다.

고열행苦熱行

이글거리는 해 천지에 가득하고 불처럼 뜨거운 구름 산악을 이
　루었다.
초목은 모두 타들어가고 냇물과 호수도 다 말라버렸다.
가벼운 옷차림도 무겁게 느껴지고 빽빽한 나무숲도 그늘이 얇다.
대자리도 가까이 할 수 없으니 시원한 갈포 옷도 두세 번 빨아
　입는다.
우주 밖으로 나간다면 마음이 툭 트이고 청정하리라.
세찬 바람 만 리에서 불어와 강해의 무더위 몽땅 씻어버리리라.
근심 걱정은 내 몸에 있나니, 비로소 알았노라 아직도 깨달음을
　얻지 못한 것을.
홀연히 불법의 세계로 들어가면 청량한 즐거움 분명 느끼리라.

赤日滿天地, 火雲成山嶽.
적 일 만 천 지　화 운 성 산 악

草木盡焦卷, 川澤皆竭涸.
초 목 진 초 권　천 택 개 갈 학

輕紈覺衣重, 密樹苦陰薄.
경 환 각 의 중　밀 수 고 음 박

莞簟不可近, 絺綌再三濯.
완 점 불 가 근　치 격 재 삼 탁

思出宇宙外, 曠然在寥廓.
사 출 우 주 외　광 연 재 요 곽

長風萬里來, 江海蕩煩濁.
장 풍 만 리 래　강 해 탕 번 탁

卻顧身爲患, 始知心未覺.
각 고 신 위 환　시 지 심 미 각

忽入甘露門, 宛然淸涼樂.
홀 입 감 로 문　완 연 청 량 락

무더위 때문에 아무리 얇은 옷을 입어도 무겁게 느껴지는 것역시 변함이 없고요. 그래서 더위를 극복하기 위해 시인은 우선 물리적인 방법을 택해봅니다. 시원한 소재로 만든 갈포 옷을 서너 번씩 물에 적셨다가 입어봅니다. 그렇게 해야만 그나마 대자리에 엉덩이를 붙이고 앉을 수 있다고 했습니다. 땀이 차면 시원한 대자리에 앉아도 금세 쩔꺽 달라붙기 때문이죠. 더위에 안절부절 못하는 시인의 형상이 생동감 있게 그려졌습니다.

이 더위를 어떻게 탈출할 수 있을까? 시인은 문득 생각합니다. 우주 바깥으로 나가면 시원할 거라고요. 그러니까 지구를 탈출하면 시원할 거라는 상상을 해보는 겁니다. 상상하는 순간만은 더위를 잊을 수 있을 테니까요. 이렇듯 기발하고 멋진 상상을 하였습니다만, 시인은 곧 그런 자신을 한심하게 여깁니다. 이깟 더위에 이렇게 기진맥진하다니…… 늘 독실한 불교 신자라고 믿었던 자신. 그래서 현상에 집착하면서 허덕이는 자신을 반성합니다. 불법의 깨달음을 철저히 얻지 못한 자신을 말이죠. 모든 것은 정신과 마음에 달려 있는데……. 시인 중의 부처님이라 하는 왕유도 이러했으니 일반 사람들에게 정신력으로 더위를 극복해보라 하는 건 공염불이 아닐까요?

백거이 역시 「소서銷暑」라는 시에서 이렇게 읊은 적이 있습니다. "더위가 사라지는 건 마음이 고요하기 때문이요, 서늘함이 일어나는 건 방안을 비웠기 때문이어라(熱散由心靜, 涼生爲室空)."

역시 마음을 비우고 고요히 침잠하는 정신요법으로 더위를 잊으려 했음을 알 수 있습니다. 더울 때 덥다 덥다 아우성치면 더 더운 법이죠. 미처 피서를 떠나지 못했다면 왕유나 백거이의 수양법을 한번 시도해보는 건 어떨까요? 두 시인 모두 마음이 고요하면 절로 시원해진다고 했잖아요.

간간이 시원한 기운 느끼는 건
바람 때문이 아니어라

時有微涼不是風

무더위가 절정에 이를 때쯤이면 각 방송사에서는 더위를 쫓기 위해 각종 특집 프로그램을 편성하는데요. 그 가운데 단골 메뉴가 바로 납량특집이죠. 주로 괴기공포 영화나 연속극을 방영하곤 하였는데, 모골이 송연할 정도의 공포스러운 내용으로 보는 이의 간담을 서늘하게 만들어주죠. 제가 어렸을 적에는 텔레비전이 보급되지 않았기에 주로 라디오 연속극을 청취했는데요. 무시무시한 스토리며 음향효과 때문에 라디오 볼륨을 줄였다가도 내용이 궁금해서 귀를 떼지 못했던 기억이 지금도 생생합니다. 요즘은 납량과 괴기공포 영화가 등호 관계를 이루는 낱말이 되었는데요. 사실 납량納涼의 의미는 '바람을 쐰다'는 뜻입니다. 옛 시인들이 쓴 납량시는 모두 자연을 찾아 시원한 바람을 쐬는 내용으로 이루어져 있습니다. 앞에서 살핀 대로 왕유는 불법佛法의 정신수양으로 무더위를 잊고자 했지만, 역시 그것만으로는 안 되었던지 더위를 식혀줄 자연을 찾아 이렇게 읊었지요.

만여 그루 우거진 나무 숲,
맑은 시냇물 그 사이로 흐르네.
넓은 시내 앞에 섰노라니
시원한 바람 불어와 속이 확 트이노라.

喬木萬餘株, 淸流貫其中.
교 목 만 여 주   청 류 관 기 중
前臨大川口, 豁達來長風.
전 림 대 천 구   활 달 래 장 풍

왕유의 납량시 일부입니다. 더위에 지친 왕유, 성시를 떠나 교외로 나아갔고 기대한 대로 바람을 쐽니다. 넉넉하고 아름다운 자연 풍광, 강변에 부는 바람. 이 시를 정독해보니, 저도 작중 화자처럼 큰 소나무 숲 한가운데를 흐르는 넓은 시내 앞에서 솔 향 머금은 강바람을 쐬는 듯 시원해집니다. 납량을 읊은 시로 납량을 하였으니 말이죠. 이어서 소개하는 시는 송나라 시인 육유의 「교남납량橋南納涼」입니다.

지팡이 짚고 찾아나서 시원한 버들 숲에 이르러
아름다운 교각 남쪽 가에 의자 펴고 기대었다.

달빛 속에 흐르는 고적한 피리 소리.

바람 멎은 연못엔 연꽃 향기 그윽하다.

攜扙來追柳外涼, 畫橋南畔倚胡床.
휴 장 래 추 류 외 량   화 교 남 반 의 호 상

月明船笛參差起, 風定池蓮自在香.
월 명 선 적 참 치 기   풍 정 지 련 자 재 향

　시 첫 구절과 둘째 구절은 시원한 곳, 버들이 그늘을 이룬 숲을 찾아가 머무릅니다. 아름다운 교각이 있는 걸로 보아 연못과 냇물도 있다는 걸 알 수 있습니다. 그런 곳에서 안락의자를 펴고 기대어 앉아 해가 저무는 것을 보며 밤이 오는 것을 느낍니다. 달이 뜨고 어디선가 들려오는 피리 소리, 그 소리가 달빛 아래 울려 퍼지는데, 그윽한 연꽃 향기가 코끝을 스칩니다. 밤, 달빛, 피리 소리, 연꽃 향기, 이 상황을 관조하면서도 그 일부가 되어 고요히 침잠해 있는 시인, 시인에게 더위는 이제 문제가 되지 않는군요.

　다음은 송나라 시인 양만리의 시 「하야추량夏夜追涼」입니다.

　첫 구절 한밤중의 더위가 한낮의 더위와 같다고 한 걸 보면 열대야는 송나라 때도 있었던 모양입니다. 시인은 한밤중 더위에 잠 못 이루다가 드디어 대문을 열고 바깥으로 나왔습니다. 마침 밤하늘에는 달이 고요히 대지를 비추고, 깊은 대나무 숲, 빽빽한 나무숲에서 풀벌레 우는 소리가 들립니다. 그 속에 서 있노라니 절로 시원한 느낌이 드는데, 그건 바람 때문이 아니라는군요.

하야추량夏夜追涼

한밤중 무더위 한낮 더위나 다름없어

대문 열고 달빛 속에 잠시 서 있네.

깊은 대나무 숲 빽빽한 나무숲에서 들리는 벌레 울음소리

간간이 시원한 기운 느끼는 건 바람 때문이 아니어라.

夜熱依然午熱同, 開門小立月明中.
야 열 의 연 오 열 동　개 문 소 립 월 명 중

竹深樹密蟲鳴處, 時有微涼不是風.
죽 심 수 밀 충 명 처　시 유 미 량 불 시 풍

바람 한 점 없는 열대야에 무더위를 잊을 수 있는 건, 자연의 움직임을 고요히 느끼면서 이룬 편안하고 고요한 마음 때문이라는 것입니다. 이 시 역시 마음이 고요하면 몸도 절로 시원하다는 것을 주제로 하고 있습니다. 하루 종일 켜놓은 에어컨과 선풍기를 이제 잠시 끄고 마음을 고요히 가라앉힌 다음, 위의 시를 다시 음미해보세요. 시원한 기운은 바람에서 나오는 게 아니라 마음에서 나오는 것임을 느낄 수 있을 거예요.

당신의 품안 들락이면서
살랑살랑 바람을 일으켰지요
出入君懷袖, 動搖微風發

더위를 쫓고 모기를 쫓는가 하면 강렬한 햇살을 가리기도 하고 드물지만 얼굴을 가리는 데 사용하던 부채, 여러분은 부채 하면 무엇이 생각나는지요? 소동파의 글을 좋아하는 저는 부채 하면 늘 소동파의 붓 아래서 창조된 중국 삼국시대 주유周瑜의 형상이 떠오릅니다.

"관건綸巾 쓰고 깃 부채 부치며 담소하는 사이에, 막강한 적군은 연기 되고 안개 되어 사라졌노라."

소동파가 지은 「염노교念奴嬌」라는 시에 나오는 구절이지요. 동파 소식은 기라성 같은 삼국시대 인물 가운데서 주유를 가장 칭송했습니다. 조조의 막강한 군대를 물리치고 적벽대전을 승리로 이끈 장본인이라고 생각했기 때문이지요. 여기서 주유의 손에 부채가 들려져 있지 않았다면 주유의 유유자적하는 모습, 그리고 이 모습과 대비되는 긴박한 외부 상황이 잘 부각되지 않았을 것입니다. 그러니까 조조의 막강한 군사를 지략으로 가볍게 물리친 주유의 영웅적인 기상이 이 부채 하나로 극대화되었다고 할 수 있습니다. 갑옷 입고 중무장한 무장의 모습이 아니라 부채를 들고 두건을 쓴 문인의 모습으로 형상화하였기에 지장智將으로서의 영웅적 형상이 선명하게 드러났다고 할 수 있습니다.

또 중국 문학작품 중에는 부채를 제목으로 삼은 유명한 희극작품이 있는데요. 청나라 작가 공상임孔尚任의 『도화선桃花扇』이 바로 그것입니다. 이 작품에서 부채는 형형색색의 내용을 엮어냅니다. 사랑의 정표이기도 하고, 비극적 사랑의 결말을 암시하기도 하지요. 또 국가의 파멸을 상징하기도 합니다.

이렇듯 문학작품에서 부채는 선비나 영웅, 사랑의 정표, 비극적 사랑과 국가의 운명까지 형상화하고 심화시키는 데 활용되는 소품이었지요. 물론 우리나라 판소리에서도 부채는 중요한 역할을 하는 도구입니다. 춘향이가 매를 맞는 대목에서는 부채가 곤장이 되기도 하고, 심봉사가 길을 갈 때는 지팡이로 쓰이기도 하지요. 극적인 긴장감과 장면을 전환시킬 때 부채를 획 펼쳐들기도 합니다. 또 실제 사회사에도 출현합니다. 조선시대 천한 신분의 어떤 여자는 신분을 감추기 위하여 부채로 얼굴을 가리고 양반 부녀자 행세를 하다가 그것이 탄로나 장형杖刑에 처해졌다는 이야기가 있습니다. 철종 때 명서예가 김정희金正喜는 부채에 글씨를 써서 부채 장사에게 이득을 주었다는 이야기도 있고요.

이제 부채를 노래한 시를 직접 감상해보겠습니다. 우선 부채의
기능을 노래한 백거이의 시, 「백우선白羽扇」을 보실까요?

흰빛은 자연색, 둥글게 만들어 아름다워라.

쏴 하고 소나무에서 일어나는 바람, 학처럼 공중에서 펄럭인다.

한여름에는 녹지 않는 눈이요, 한 해 내내 끝없는 바람이어라.

가을바람 손안에 끌어들이고 둥근달 가슴속에 숨겨놓았다.

주미는 화려하여 짝할 수 없고 종려나무 이파리는 초라하여 함
　　께할 수 없어라.

어떤 사람이 이 부채와 잘 어울릴까? 수척한 몸 하얀 수염 늙은
　　이여라.

素是自然色, 圓因裁制功.
소 시 자 연 색　　원 인 재 제 공

颯如松起籟, 飄似鶴翻空.
삽 여 송 기 뢰　　표 사 학 번 공

盛夏不銷雪, 終年無盡風.
성 하 불 소 설　　종 년 무 진 풍

引秋生手裏, 藏月入懷中.
인 추 생 수 리　　장 월 입 회 중

麈尾斑非疋, 蒲葵陋不同.
주 미 반 비 필　　포 규 루 부 동

何人稱相對, 淸瘦白鬚翁.
하 인 칭 상 대　　청 수 백 수 옹

백거이가 찬미한 부채는 흰 깃털이 달린 둥근 부채인 것 같습

니다. 학처럼 공중에서 펄럭인다고 묘사하고 또 둥근달 가슴속에 숨겨놓았다는 구절에서 알 수 있습니다. 그 부채의 효능을 여러 방면에서 묘사했는데요. 우선 솔바람 소리 쏴 일어난다고 하였고, 한여름에도 녹지 않는 눈처럼 차갑고 서늘하다고 했습니다. 뻥이 좀 심하지만 부채의 시원한 효능을 부각시키기 위한 시적인 장치라고 볼 수 있습니다. 그 부채는 옛 청류명사들이 즐겨 사용하였던 주미麈尾와 비교하면 화려함에는 못 미친다고 했고요, 넓적한 종려나무 이파리는 이에 비교하면 너무 초라하다고 하였군요. 부채의 탄생은 아마도 처음에는 파초 잎처럼 나무의 잎을 사용하다가 가벼운 날짐승의 깃이나 날갯죽지를 사용하게 되었을 것입니다. 그러니까 백거이가 사용하고 있는 이 부채는 거의 원시적 부채에 가까운 것으로, 화려하지도 또 초라하지도 않은 부채라는 것이죠. 이런 부채는 그 누구보다 백거이 자신에게 썩 잘 어울린다고 했군요. 역시 중용의 미를 추구했던 백거이답습니다.

다시 부채를 읊은 시를 보겠습니다. 「원가행怨歌行」입니다.

이 시의 작자는 반첩여班婕妤로 알려져 있습니다. 한나라 성제成帝가 총애한 비였지요. 시 첫 구는 부채를 만든 재료, 희디흰 비단을 묘사했습니다. 이 비단의 명산지는 바로 제나라인데, 이 부채는 바로 그 명품비단으로 만들었다는 뜻입니다. 이 구절의 속뜻은 반첩여 자신이 명문가 출신의 규수라는 것을 암시합니다.

원가행怨歌行

새로 자른 하얀 비단, 눈처럼 희고 깨끗하여라.

사랑의 부채 만드니 명월처럼 둥글둥글하여라.

당신의 품안 들락이면서 살랑살랑 바람을 일으켰지요.

언제나 두려운 건 서늘한 가을바람 불어와

대나무 상자에 버려져 사랑이 식어버리는 것이었지요.

新裂齊紈素, 鮮潔如霜雪.
신 렬 제 환 소   선 결 여 상 설

裁爲合歡扇, 團團似明月.
재 위 합 환 선   단 단 사 명 월

出入君懷袖, 動搖微風發.
출 입 군 회 수   동 요 미 풍 발

常恐秋節至, 涼飆奪炎熱.
상 공 추 절 지   양 표 탈 염 열

棄捐篋笥中, 恩情中道絶.
기 연 협 사 중   은 정 중 도 절

이렇듯 눈처럼 희고 깨끗한 부채는 반첩여의 순결하고 고상한 인품을 시사합니다. 사실 반첩여는 한나라의 저명한 학자 집안 출신이지요. 반고, 반초, 반소의 고모할머니입니다. 좌조월교위左曹越校尉였던 반황班況의 딸이고요. 이름은 알 수 없고, 첩여는 일종의 내관 벼슬입니다. 황제에게 총애를 받은 후 첩여 벼슬을 받았으므로 반첩여라고 하는 것이죠. 숙종의 비가 되고 난 후, 장옥정을 장희빈이라고 불렀던 거나 다름없습니다.

이 부채는, 둘째 구절에서 묘사한 대로 "명월처럼 둥글둥글"합니다. 이 묘사에는 원만하고 단란한 애정생활을 갈구하는 뜻이 내포되어 있습니다. 이어지는 구절에서 가을바람은 새 사랑을 의미하고, 대나무 상자에 버려지는 부채, 즉 철이 지나 용도 폐기된 부채는 시인 자신의 궁중 유폐를 의미합니다. 이렇듯 반첩여는 명문가 출신의 반듯한 숙녀였지만 더 고혹적인 아름다움을 지닌 조비연趙飛燕과 조합덕趙合德의 출현으로 결국 황제의 사랑을 잃고 유폐되었지요.

우리는 이 시에서 그녀가 이미 자신의 운명을 예감하였다는 것을 알 수 있습니다. 반첩여의 이 시가 나온 이후, 부채는 총애를 잃은 여인의 슬픔을 나타내는 일종의 기호가 되어 '추선견연秋扇見捐'이라는 고사성어가 생겼지요. '견연'은 '버림받다'는 뜻입니다. 후대 문인들은 이에 빗대어 황제의 총애를 잃은 슬픔과 분노를 넌지시 읊기도 하였습니다.

선풍기는 부채가 진화한 것이라고 할 수 있지요. 그래서 선풍기를 '전선電扇'이라고 합니다. 폭염이 기승을 부릴 때면 인기가 천정부지로 솟구치지요. 그런 선풍기도, 선선한 바람 불어오면 컴컴한 창고 속에 처박히는 신세가 되지요. 매번 선풍기를 집어 넣을 때마다 마음이 짠해지는 걸 느낍니다. 우리 모두 적든 많든 부채의 신세와 많이 닮아 있는 인생을 경험하고 또 살아가고 있기 때문이지요.

긴 대롱 드리우고
맑은 이슬 마시며

垂綏飮淸露

이제는 다국적 매미의 대량 번식으로 개체수가 늘어난 매미, 도시의 생활 소음에 묻힐까봐 더 크게 시도 때도 없이 떼 창을 해대는 통에 구박 덩어리가 되어버렸지요. 하지만 토종 매미만 살던 옛날에 매미는 한여름 더위를 식혀주는 반가운 친구였습니다. 이제는 거의 모습을 감춘 장대처럼 높은 미루나무 꼭대기에서 맴맴맴 울었기에 그 모습을 보기도 쉽지 않았답니다. 옛 시인들은 매미를 어떻게 생각했을까요? 우선 당나라 시인 우세남虞世南의 「매미蟬」를 소개하겠습니다.

이 시는 일종의 영물, 즉 매미를 읊은 시입니다. 구절구절 매미의 속성을 묘사하였지만 한편 다른 뜻을 암시해주고 있습니다.

276

매미 蟬

긴 대롱 드리우고 맑은 이슬 마시며

높다란 오동나무에서 울음소리 울려 퍼진다.

높이 있기에 저절로 멀리까지 들리지

가을바람 덕분이 아니어라.

垂緌飮淸露, 流響出疏桐.
수 유 음 청 로 유 향 출 소 동

居高聲自遠, 非是藉秋風.
거 고 성 자 원   비 시 자 추 풍

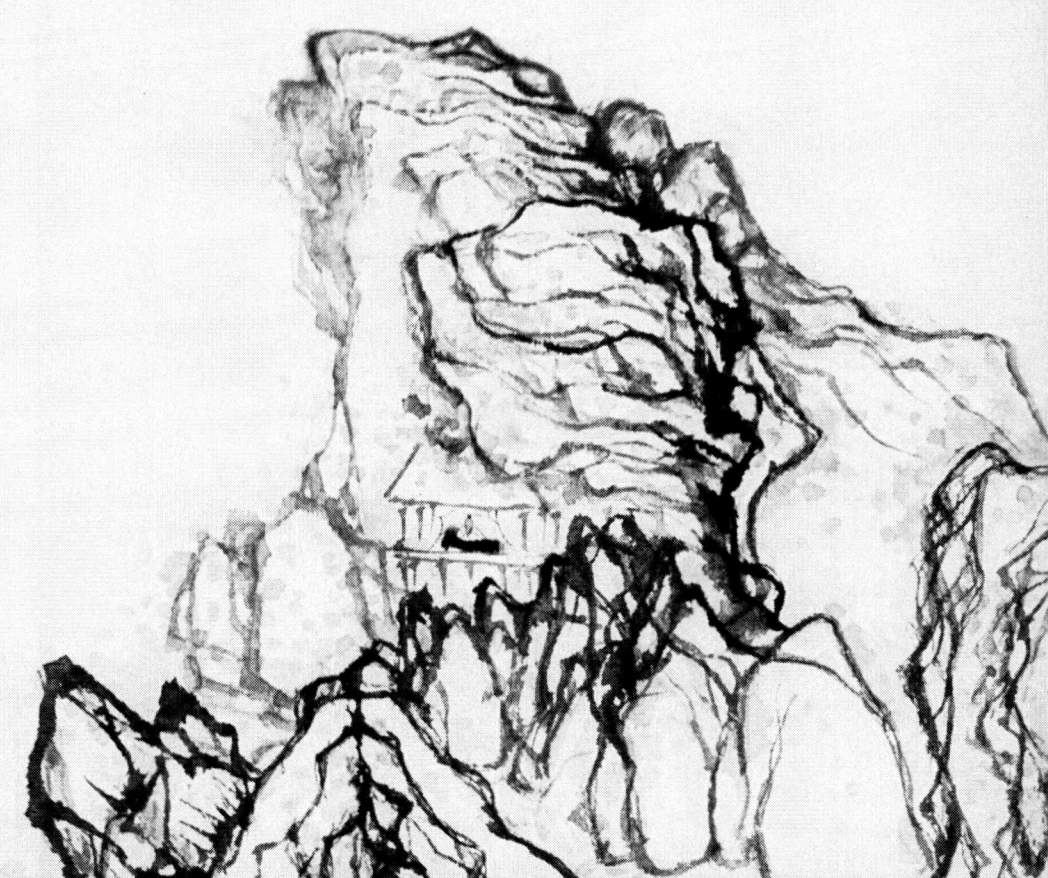

첫째 둘째 구절, 매미는 맑은 이슬을 마시고 높다란 오동나무에서 노래한다고 했습니다. 맑은 이슬을 마신다는 건 깨끗하게 산다는 것을 의미하고요. 높다란 오동나무에서 산다는 건, 뭇사람들과는 어울리지 않는 고고한 품격을 지녔다는 뜻이지요. 원래 오동나무는 봉황이나 고고한 군자, 은자가 사는 나무로 인식되었습니다.

셋째 넷째 구절은 매미 소리가 멀리까지 퍼져 나가는 건 높은 곳에서 소리를 내기 때문이지, 바람 덕분이 아니라고 했습니다. 이 시의 화룡점정이라 할 수 있습니다. 매미는 누군가의 도움으로 명성이 멀리 퍼져 나간 것이 아니라 스스로의 덕성과 인품과 재능으로 그렇게 되었다는 것입니다. 이 시의 작가 우세남은 당나라 태종을 도와 왕조의 기틀을 반석 위에 올려놓은 공신입니다. 당나라 개국 초기 왕조 설립에 혁혁한 업적을 이룩한 공신들의 화상을 능연각이라는 곳에 안치해두었는데, 도합 24명의 신하가 거기에 들어갔지요. 우세남은 황제에게 직간을 잘했으며, 당 태종과 함께 국정의 득실을 논하여 정관시대의 국정을 태평성세의 치세로 만드는 데 공헌하였습니다.

당 태종은 그를 오절五絶, 그러니까 다섯 가지에 뛰어났다고 극찬했는데요. 오절이란 덕행德行, 충직忠直, 박학博學, 문사文辭, 서한書翰을 지칭합니다. 당 태종은 우세남 같은 신하만 있으면 나라가 다스려지지 않을까 걱정할 일이 없을 거라고 했답니다. 한편 옛날에 임금님이 쓰던 모자인 익선관翼善冠을 보면 매미 날개가 달려 있는데요. 이건 매미처럼 깨끗하고 고아한 품격을 지닌 임금이 되라는 뜻이랍니다. 다른 시인이 읊은 매미를 한 수 더 보겠습니다.

> 본디 높은 곳에 살기에 배불리 먹기 힘드노니
>
> 부질없이 원망의 노래만 부르는구나.
>
> 새벽까지 끊어질 듯 울어대건만
>
> 푸른 나무 무정하게 아랑곳 않는구나.
>
> 미천한 벼슬아치 신세, 이리저리 떠도는 동안
>
> 고향은 이미 황폐해졌으리라.
>
> 그대 날 일깨워주느라 이렇듯 울어대지만
>
> 나 역시 온 집안 씻은 듯 청빈하여라.

> 本以高難飽, 徒勞恨費聲.
> 본 이 고 난 포　도 로 한 비 성
>
> 五更疏欲斷, 一樹碧無情.
> 오 경 소 욕 단　일 수 벽 무 정
>
> 薄宦梗猶泛, 故園蕪已平.
> 박 환 경 유 범　고 원 무 이 평
>
> 煩君最相警, 我亦舉家淸.
> 번 군 최 상 경　아 역 거 가 청

역시 제목은 「선선蟬」, '매미'입니다. 당나라 시인 이상은의 시입니다. 사람이 다르면 동일한 사물을 보고 느끼는 감정도 다르다는 것을 알 수 있습니다. 물론 이 시 역시 영물시詠物詩이기에 사물의 속성에 착안하여 감정을 읊습니다. 첫 구절은 매미가 높은 나무에서 우는 것에 착안했는데요. 앞에서 소개했던 우세남의 시와 달리 매미는 높은 곳에서 살기에 배부르게 먹을 수 없다 하였습니다. 이는 이상은의 신세와 암암리에 일치한다고 할 수 있습니다. 그리고 매미의 울음소리를 원망을 호소하는 것으로 보았는데요. 이 역시 곤궁한 생활에서 벗어날 수 없기 때문에 그렇게 읊은 것입니다. 이는 이상은 본인 역시 매미처럼 청고하기 때문에 가난한 생활을 면치 못하고, 또 힘 있는 사람에게 도와달라고 호소해도 아무런 도움을 얻지 못한다는 뜻을 내포하고 있습니다. 모두 시인의 체험과 처지와 암암리에 결합되어 나온 것입니다. 매미를 이렇게 읊는 건 어쩌면 매미 본래의 형상을 왜곡하는 것인지도 모릅니다. 하지만 시인은 그렇게 느낀 것이기에 이 역시 진실이라 할 수 있습니다.

세 번째 네 번째 구절에서는 아무리 고통을 호소하면서 새벽까지 울어대지만 아무도 동정하는 사람이 없다고 했습니다. 그리하여 시인은 이리저리 타향을 떠도는 신세가 되었다고 다섯째 여섯째 구절에서 노래하였습니다. 이상은은 평생 두 번 비서성에 들어가서 관리가 된 적이 있지만, 끝내 자신의 포부를 이루지 못하고 하급관리로 떠돌다 생을 마친 불우한 시인입니다. 그러기에 그의 「매미」 시는 황제의 총애를 입고 능연각에 족적을 남긴 우세남의 시와 이렇듯 큰 차이가 있는 것입니다.

7년간의 긴긴 땅속 생활을 청산하고 2주간의 바깥 생활로 일생을 마감하는 매미의 한살이 과정을 생각하면, 매미의 떼 창을 마냥 소음이라 타박하기에는 어쩐지 마음이 짠하군요.

시원한 바람 불어오는
가을이 되면

淸商一來秋日曉

한밤중 앵앵거리며 접근하는 모기 소리에 놀라, 불을 밝히고 눈 부릅뜨고 모기 사냥에 나선 경험 누구나 한 번쯤 있을 것입니다. 몸은 이미 가렵고 따끔거리고 툭 툭 여기저기 부풀어 올라 극도로 신경이 곤두서 있기에 오감을 열어젖히고 신경질적으로 모기의 행방을 추적합니다. 그리고 드디어 몸뚱이조차 움직일 수 없을 만큼 피를 빨아먹고 포만감을 즐기고 있는 모기를 찾아내어 온몸에 힘을 실어 일격을 가합니다. 피신 한번 못하고 선혈이 낭자한 채 죽은 모기 시체를 확인하고도 분이 안 풀려 씩씩거리던 기억, 이것이 제가 경험한 모기의 추억입니다.

송나라 명신 범중엄范仲淹은 시 「영문詠蚊」에서 피를 잔뜩 빨아먹어 핏빛이 서린 모기의 몸뚱이를 "실컷 먹으면 앵도처럼 묵중

하다"고 묘사한 적이 있습니다. 예쁜 앵도가 알면 기막힐 노릇이
지만요. 빨아먹은 피로 탱탱해진 모기 몸체를 본 사람이라면 고
개가 절로 끄덕여질 것입니다.

옛 시인들은 모기를 어떻게 대했을까요? 옛날이라고 해서 모기
가 순박하고 착했을 리 없겠지요. 당나라 시인 유우석은 모기에
물리고 물리다 못해 화가 나서 이런 시를 지었습니다. 제목은 「노
문요怒蚊謠」, 모기에게 물려 분기탱천하여 부른 노래죠. 시인은
아마 모기에 물려서 화가 난 게 아니라 모기만 보면 생각나는 그
무엇인가가 있기에 이렇듯 화가 난 모양입니다.

시의 앞 여덟 구절은 모기의 특성을 묘사하였습니다. 모기는
밝은 대낮에 활동하지 않고 어두운 밤을 틈타 비겁하게도 기세등
등하게 활개 칩니다. 이 시는 첫머리부터 어둠을 틈타 활동하고
암흑을 좋아하는 모기의 본성을 묘사했습니다. 모기는 암흑 속에
서 활동하기에 멍청한 사람은 알지 못하고 총명한 사람도 긴가민
가합니다. 그다음 모기의 특성은 떼 지어 날아다니며 앵앵거리는
것입니다. 여기에서 천둥소리로 모기 떼 소리를 비유한 것은 과
장이 지나친 감이 있긴 하지만 매우 생동감 넘칩니다. 이 구절은
『한서漢書·중산정왕전中山靖王傳』에 나오는 "衆煦漂山(중후표산),
聚蚊成雷(취문성뢰)" 대목을 암암리에 사용하였는데요. 이 말은
많은 사람이 입김을 모아 불면 산도 날릴 수 있고, 모기 떼가 모
여 날아다니면 천둥소리가 난다는 뜻인데요. 이는 나쁜 말을 하
는 사람이 많으면 생사람을 잡을 수 있다는 뜻입니다.

노문요 怒蚊謠

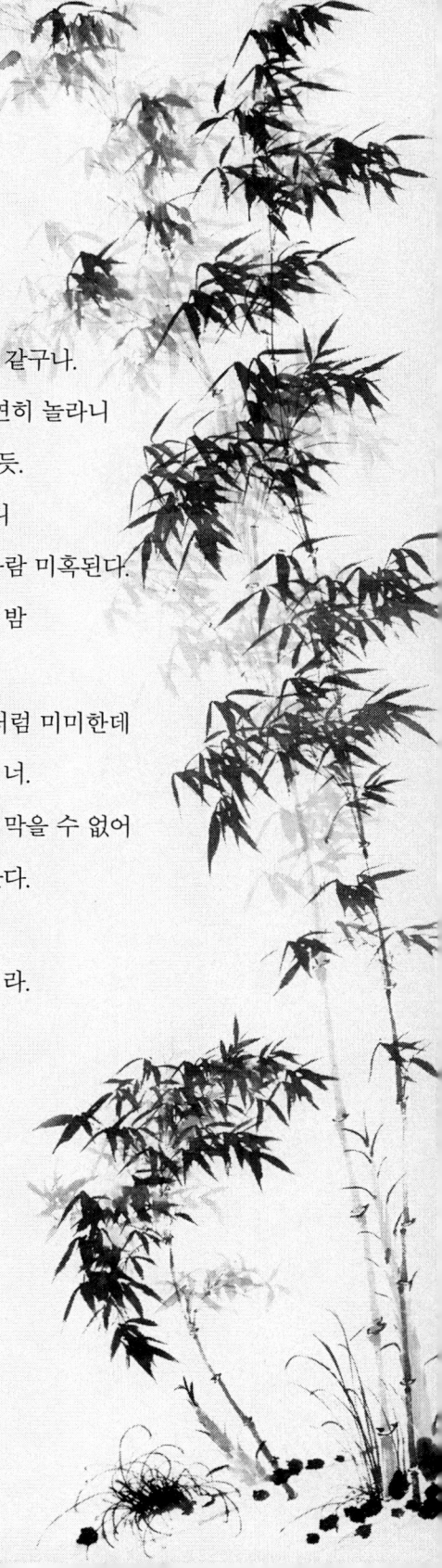

한여름 밤 고요한 대청 문 열리니
어두움 틈타 날아든 모기 천둥소리 같구나.
앵앵거리며 날아다니는 소리에 홀연히 놀라니
우르릉 쾅쾅 종남산에서 들려오는 듯.
시끌벅적 날아다니며 암흑을 즐기니
어리석은 자 알지 못하고 총명한 사람 미혹된다.
이슬 내리고 달님 떠오르는 한여름 밤
날카로운 입 다가와도 보이지 않네.
내 몸은 7척이고 네놈은 까끄라기처럼 미미한데
홀로 있는 나를 무리지어 물어뜯는 너.
하늘이 널 이때 태어나게 하였으니 막을 수 없어
널 피해 모기장 치고 침상으로 피한다.
시원한 바람 불어오는 가을이 되면
작디작은 네 몸통 반딧불 먹이 되리라.

沉沉夏夜閑堂開, 飛蚊伺暗聲如雷.
침침하야한당개　비문사암성여뢰

嘈然歘起初駭聽, 殷殷若自南山來.
조연홀기초해청　은은약자남산래

喧騰鼓舞喜昏黑, 昧者不分聰者惑.
훤등고무희혼흑　매자불분총자혹

露華滴瀝月上天, 利嘴迎人看不得.
노화적력월상천　이취영인간부득

我軀七尺爾如芒, 我孤爾衆能我傷.
아구칠척이여망　아고이중능아상

天生有時不可遏, 爲爾設幄潛匡床.
천생유시불가알　위이설악잠광상

淸商一來秋日曉, 羞爾微形飼丹鳥.
청상일래추일효　수이미형사단조

까끄라기처럼 미미한 모기이건만, 어둠을 틈타 떼지어 날아들어 몰래 습격하면 7척 장신 장대한 기골도 속수무책이라는 것이죠.

또 모기는 심보가 고약하고 치사하여 꼭 달빛 몽롱하고 이슬이 꽃을 적시는 밤중에 무방비 상태에 있는 사람을 공격하여 못 견디게 만든다는 것입니다. 이러한 성질은 모기의 특징일 뿐 아니라 부패한 조정 관료들의 특성이기도 하다는 것을 시인은 암암리에 일깨워줍니다. 그들은 정직한 사람을 해치기 위해 암중 활동하며 헛소문을 만들거나, 세를 규합해서 중상모략하여 선인善人들에게 불의의 일격을 가한다는 점에서 모기나 다름없다는 것이죠. 시인은 둘 사이의 공통점을 포착, 비유를 진행하여 독자들에게 작시의 의도를 선명하게 드러내었습니다. 모기의 꿈수 중 가장 참을 수 없게 만드는 것은 일제히 떼로 몰려와 물어뜯는다는 것이죠. 그야말로 중과부적인 셈입니다.

하지만 이 미물도 하늘이 태어나게 한 것, 그리고 기껏해야 한 여름 지나고 서늘한 바람 불어오면 사라지기 마련이니 중과부적일 땐 도망치는 게 상수, 바로 모기장 속으로 피신한다는 것이죠. 이 또한 의미심장한 구절이라 할 수 있습니다. 이 시를 지을 때 시인은 정적들에게 치명적인 일격을 당하여 정치적으로 고립무원의 열세에 놓여 있는 때였습니다. 조정은 모기 떼 같은 관료들이 전횡을 일삼고 있었습니다. 오지로 폄적되어 좌천생활을 하는 그로서는 그들과 맞설 힘이 없었던 것이죠. 그가 할 수 있는 일은 그저 잠시 피신하는 것일 뿐입니다. 지금은 어쩔 수 없이 조용히 죽어지내지만 가을바람 불어오면 반딧불이의 밥 신세 면치 못하는 모기처럼, 언젠가 청명한 시절 오면 부패한 관료들 역시 꺾이기 마련일 것이라는 낙관적인 생각을 하는 것이죠. 지금 아무리 힘든 상황에 처해 있어도 이 또한 지나가리라는 긍정적인 마음은 우리에게 많은 것을 시사해줍니다.

여름에는 지카바이러스를 옮기는 모기로 인해 세계가 모두 긴장하지요. 유해화학물질의 악몽 때문에 모기약 쓰는 것도 꺼려져 많은 사람들이 모기장을 찾는다고 하더군요.

추억의 모기장을 꺼내어놓고 그 옛날 아련한 시절의 향수를 더듬어보면 어떨까요?

제6부

옛 시절,
그 아련한 향기

동짓날 집집마다
팥죽을 쑤는구나

冬至家家作豆糜

일 년 중 밤이 가장 긴 날이 동지冬至이지요. 동지 하면 팥죽도 생
각나지만 황진이의 시조가 생각납니다.

> 동짓달 기나긴 밤을 한 허리 버혀 내여
> 춘풍 이불 아래 서리서리 너헛다가
> 어론님 오신 날 밤이여든 구뷔구뷔 펴리라.

일 년 중 가장 긴긴 밤, 그리운 임의 부재로 인한 슬픔을 간절
하게 그려냈지요. 홀로 지내는 길고도 지루한 밤을 잘라두었다가
임 오신 날 굽이굽이 펴겠다는 시상이 신선하고 기발합니다.

동지는 주지하다시피 태양이 적도 이남 23.5도의 동지선(남회

귀선), 그러니까 황경黃經 270도의 위치에 있을 때를 이른다고 하죠. 그래서 양력 12월 22일에 동지가 흔히 들어 있지요. 동지가 되면 온통 음기로 꽉 차 있던 상황에서 양의 기운이 처음으로 생겨난다고 합니다. 그래서 옛 사람들은 동지가 비록 추운 계절 한가운데 있지만 봄이 올 날이 머지않았다고 생각했습니다.

중국 주周나라에서는 이날 생명력과 광명이 부활한다고 생각하여 동지를 설로 삼기도 하였죠. 당나라 역법서曆法書인 『선명력宣明曆』에도 동지를 역曆의 시작으로 보았고요. 『역경易經』에도 복괘復卦에 해당하는 11월을 자월子月이라 해서 동짓달을 일 년의 시작으로 삼았지요. 위로부터 5개의 음효(--)가 있고 맨 아래에 하나의 양효(—)가 있는 것이 복괘(䷗)입니다. 「단전象傳」에서 이르길 "음기가 쌓여 있는 속에 양기 하나가 돌아와 다시 생하는 데에서 천지가 끊임없이 만물을 낳으려는 마음을 볼 수 있다"고 했습니다. 동지와 부활이 같은 의미를 지닌 것으로 판단하였음을 알 수 있습니다. 민간에서는 동지를 흔히 아세亞歲 또는 작은설이라 하였습니다. 태양의 부활이라는 큰 의미를 지니고 있어서 설 다음가는 작은설로 대접하기도 하였지요. 이 관념은 오늘날에도 여전해서 "동지를 지나야 한 살 더 먹는다" 또는 "동지팥죽을 먹어야 진짜 나이를 한 살 더 먹는다"라는 말이 전해지지요.

이제 동지를 노래한 시를 소개하려 합니다. 두보 시인데요. 동지 바로 전날 지은 시입니다. 그래서 제목이 「소지小至」, 그러니까 '작은 동지'입니다.

계절도 인간사도 삽시간에 흘러가,

어느덧 동지 되어 봄이 또 오려 한다.

해 길어지니 오색 자수실 더 늘어나고,

피리 구멍에 넣어두었던 갈대 재는 이미 날아갔다.

강기슭은 동짓달 가기 기다렸다가 버들가지 늘어지게 하고

산은 추위 물리치고 매화꽃 피우려 한다.

고향은 아니지만 세시 풍광 똑같으니

아들에게 술잔 가득 술 따르게 하노라.

天時人事日相催, 冬至陽生春又來.
천 시 인 사 일 상 최   동 지 양 생 춘 우 래

刺繡五紋添弱線, 吹葭六琯動浮灰.
자 수 오 문 첨 약 선   취 가 육 관 동 부 회

岸容待臘將舒柳, 山意沖寒欲放梅.
안 용 대 랍 장 서 류   산 의 충 한 욕 방 매

雲物不殊鄉國異, 教兒且覆掌中杯.
운 물 불 수 향 국 이   교 아 차 복 장 중 배

이 시를 보면 당나라 시인들도 동지를 봄을 예고하는 절기로 인식했던 것을 알 수 있습니다. 첫 구절에서 어느덧 계절이 바뀌고 시간이 흘러 동지가 되었다고 했습니다. 동지는 양기가 처음으로 생겨나기에 바깥 날씨는 추워도 마음은 벌써 봄을 바라보고 있는 거지요.

셋째 구절 "해 길어지니 오색 자수실 더 늘어나고"는 동지가 지나면 낮이 점점 길어져 낮이 길어진 만큼 자수를 놓는 시간도 길어진다는 뜻이지요. 날이 길어진 것을 일상사를 통해 묘사하여

생동감을 더했습니다. 이어지는 구절 "피리 구멍에 넣어두었던 갈대 재는 이미 날아갔다". 옛 음악의 율려律呂에서 양陽의 음률을 나타내는 것을 육율이라 했는데요. 옥으로 만든 피리는 구멍이 여섯 개입니다. 그 여섯 개 구멍에 갈대 줄기의 엷은 막을 재로 만들어서 구멍 속에 넣어두었는데 절기가 변할 때마다 하나씩 불어서 날려 보냈다고 합니다. 그러니까 피리의 육율로 양기가 태동하였음을 알려주는 것으로, 동지가 왔음을 나타냅니다. 눈과 몸으로 체감하는 계절은 아직 추운 겨울이지만 동지가 지난 순간부터 봄의 숨결이 서서히 느껴지는 거지요. 겨울 뒤에 숨어 있던 봄의 옷자락이 보이기 시작하는 겁니다.

이 시를 지을 당시 두보는 고향 떠나 사천성 기주夔州에서 생활하였죠. 절도사로 있는 친구 엄무嚴武의 도움으로 그의 인생 중 드물게 행복한 날을 보냈던 시절이기도 합니다. 고향 떠나 타향살이를 하고 있지만 서서히 다가오는 봄의 숨결을 감지하면서 고향으로 돌아갈 꿈을 꾸어보는 것이지요. 만물이 얼어붙은 긴긴 겨울 끝에 양기가 태동하듯 꿈도 꿈틀거리며 기지개를 폅니다.

이번에는 조선 세종대에 집현전 대제학을 오랫동안 지낸 문인 변계량卞季良이 지은 「동지」라는 시를 한번 보겠습니다.

이 시의 첫 구절 "繡紋添線管灰飛(수문첨선관회비)"는 두보의 시 「소지」 "刺繡五紋添弱線(자수오문첨약선), 吹葭六琯動浮灰(취가육관동부회)" 구절을 압축해놓은 것으로 볼 수 있습니다.

동지

비단 수놓느라 수실 더 많이 들고, 옥피리 구멍의 재 모두 다 날

  아가니

동짓날 집집마다 팥죽을 쑤는구나.

양의 기운 어디에서 생기는가?

매화의 남쪽 가지 하얀 꽃망울 터트렸다.

繡紋添線管灰飛　冬至家家作豆糜.
수 문 첨 선 관 회 비　동 지 가 가 작 두 미

欲識陽生何處是?　梅花一白動南枝.
욕 식 양 생 하 처 시　매 화 일 백 동 남 지

동지가 지나고 나면 해가 더 길어져 아가씨들은 해가 길어진 만큼 수를 더 많이 놓을 거라는 거죠. 그리고 옥피리 구멍 재 날아간다는 것은 앞에서 이미 말했듯이 양의 기운이 태동하는 것을 의미합니다. 동지의 절기 특색을 먼저 묘사한 거지요. 그다음 둘째 구절에서는 집집마다 팥죽 쑤어먹는 세시 풍속을 노래했고요. 마지막 두 구절은 동지 지나면 양의 기운이 더 많아져 봄이 머잖아 오는데, 양의 기운을 제일 먼저 느끼고 꽃망울을 터뜨리는 꽃이 매화라면서 봄이 오고 있다는 것을 노래하고 있네요. 터지는 매화의 꽃망울은 그야말로 봄의 전령사인 것이죠. 봄기운을 눈으로 확인하면서 앞으로 팍팍팍 터질 매화 소리 상상하며 희열을 느끼는 겁니다.

여기서 재미있는 건 동짓날 우리나라에서는 팥죽을 먹는데, 중국 남방에서는 팥을 넣은 찰밥을 먹습니다. 죽이냐 밥이냐 차이는 있지만 이날 모두 팥을 먹은 것은 다음과 같은 이유에서였습니다. 옛날 중국 아득한 상고시대에 물의 신 공공씨共工氏에게 온갖 나쁜 짓을 일삼는 아들이 있었는데 동짓날 죽었답니다. 죽어서도 역귀가 되어 계속 백성들을 괴롭혔다는데, 이 역귀가 가장 무서워하는 게 팥이었답니다. 그래서 사람들은 이날 팥밥을 지어먹어 역귀를 쫓고 병을 예방하였다고 하는군요. 중국 남방에서는 팥 찰밥을 먹었는데, 우리나라에서는 팥죽에 찹쌀 새알을 넣어먹었습니다. 왜 우린 죽을 먹었을까요?

저무는 해, 골짜기로 기어가는 뱀과 같아라

欲知垂盡歲, 有似赴壑蛇

"까치까치 설날은 어저께고요 우리우리 설날은 오늘이래요."

어렸을 적 설이면 흥겹게 부르던 동요입니다. 까치설은 바로 섣달그믐밤이죠. 바로 제야除夜인데요. '제除'자는 '바뀌다'는 뜻으로 해가 바뀌는 밤이라는 뜻이죠. 그러니까 제야는 밤 하나에 두 해가 연결되어 있는 셈이지요. 새해와 묵은해가 말입니다. 제야에는 밤을 지새우는 풍습이 있는데요. 밤을 지새우는 풍습이 왜 생겼는지 잠깐 소개하겠습니다.

밤을 새우는 것은 수세守歲, 즉 '지킬-수守' '해-세歲'라고 하는데요. 민간에서 전래되는 전설에 따르면, 아득한 태곳적 깊은 산림에 연年이라는 괴물이 살았습니다. 이 괴물은 흉악한 모습에 성격도 잔인하고 포악하여 온갖 곤충 동물 다 잡아먹는데, 매일 입

맛을 바꿔가면서 잡아먹었답니다. 그리하여 마지막엔 사람까지 잡아먹었다고 합니다. 사람들은 이 괴물의 활동을 자세히 살피고 나름대로 성향을 파악하였는데, 해마다 삼백육십오 일 마지막 밤에 사람들이 주거하는 곳으로 쳐들어와서 새벽닭이 울면 간다는 것을 알아냈습니다. 그래서 사람들은 매해 마지막 밤 온 집안 문을 꼭꼭 걸어 잠가놓고, 밖에는 불을 환히 밝히고, 모두 함께 모여 저녁밥을 먹었습니다. 어쩌면 이 밤이 최후의 한 끼가 될지도 모르기 때문이지요.

그날 먹는 밥을 '니엔예판年夜飯'이라고 합니다. 온 가족이 모여 단란한 한 끼를 먹는데, 밥 먹기 전에 꼭 조상에게 제사를 지내면서 이 밤을 무사히 보내게 해달라고 비는 것이었습니다. 식사를 끝낸 후에는 무서움을 잊기 위해 모두 함께 모여 앉아 이런저런 이야기를 하며 떠들썩하게 밤을 지새웠다고 합니다. 이렇게 하여 '수세'의 풍습이 생겨났다고 하는데요. 그런데 이렇게 잘 방비를 하다 차츰 경계가 소홀해진 틈을 타서 섣달그믐에 이 괴물이 어느 마을을 습격했습니다. 온 마을 사람들이 잡아먹혔는데 오직 붉은 커튼에 붉은 옷을 입은 신랑신부만 무사했고, 또 그 집 아이들이 폭죽놀이를 하는 데 놀라 괴물이 달아났다는 것입니다.

사람들은 이 사건을 통해서 '연'이라는 괴물이 빛을 무서워하고 붉은색을 무서워하며 폭죽 소리를 무서워한다는 것을 알았습니다. 그 후 그믐밤 자정을 기해서 폭죽을 터뜨리는 풍속이 생겼다는군요.

'수세'에 대한 기록은 서진西晉시대 주처周處가 지은 『풍토지風土志』에 나옵니다. 수세의 풍습은 남조시대에 매우 흥기했다고 하더군요. 우리나라도 고려시대에 폭죽을 터뜨리는 습관이 있었는데요. 고려 말 당대를 풍미한 이규보의 시 「수세守歲」를 보면 잘 알 수 있습니다.

> 대문 위에 복숭아나무 가지 꽂는 것 얼마나 터무니없는가.
> 뜰 안에서 폭죽 터뜨리는 것도 근거 없도다.
> 벽온단 먹으면 장수한단 말도 헛말이긴 마찬가지.
> 가득 넘치는 술잔만은 사양하지 않겠다.
>
> 門上揷桃何詭誕, 庭中爆竹奈支離.
> 문 상 삽 도 하 궤 탄　정 중 폭 죽 내 지 리
> 辟溫丹粒猶虛語, 爲倒深杯故不辭.
> 벽 온 단 립 유 허 어　위 도 심 배 고 불 사

첫 구절 "대문 위에 복숭아나무 가지 꽂는 것 얼마나 터무니없는가"에서 복숭아나무는 무얼 의미하는지 한번 알아볼까요? 민간에서 정월 초하루가 되면 신도神茶와 울루鬱壘라는 고대 전설상의 신인神人의 형상을 만들어 대문 앞에 나열해 세움으로써 악귀를 쫓았다고 해요. 신도와 울루는 형제로서 악귀를 잡는 신이라는군요. 『풍속통의風俗通義』에는 이 둘이 도삭산度朔山 위의 복숭아나무 아래에 버티고 서 있다가 온갖 귀신들을 찾아내어 잡았다고 기록되어 있습니다. 이 때문에 후대 사람들은 두 신인의 모습을 그려 대문에 붙여서 악귀를 쫓았다고 하지요.

또 『산해경山海經』에는 다음과 같은 기록이 있습니다. 동해의 도삭산에 큰 복숭아나무가 있는데, 가지의 길이가 무려 3000리, 그중 낮은 가지가 동북쪽으로 향해 있다는군요. 이를 '귀문鬼門'이라고 하는데 모든 귀신들이 출입한다고 해요. 이곳을 지키는 신이 둘 있는데, 하나는 신도이고 하나는 울루랍니다. 이들이 악귀를 잡아서 호랑이에게 먹인다는군요. 이에 황제黃帝가 문 위에 복숭아나무 판자를 세우고 그 위에 둘의 모습을 그려 악귀를 쫓아냈다고 합니다. 이것이 도판桃板의 유래인데요. 왼쪽의 것이 신도이고, 오른쪽의 것이 울루라는군요. 새해 첫날에 대문에 붙인답니다.

두 번째 구절 "뜰 안에서 폭죽 터뜨리는 것도 근거 없도다"에서 폭죽을 터뜨리는 것은 바로 '연年'이라는 괴물이 폭죽 소리와 빛을 제일 싫어하므로 그를 쫓기 위해 터뜨리는 것이죠. 그런데 이규보는 이러한 풍습을 모두 근거 없는 미신으로 치부하는 겁니다. 세 번째 구절에 나오는 "벽온단" 역시 정월 초하루 새벽에 벽온단辟溫丹을 먹으면 일 년간 온역瘟疫에 걸리지 않는다는 풍속이 있는데, 이 역시 허무맹랑한 일이라고 부정합니다. 그러니까 이규보는 제야에 행해지는 일련의 풍습을 모두 근거 없는 일이라고 부정하는 거지요. 냉철한 이성이 번뜩이는 이규보의 모습을 보여주는 시라고 할 수 있습니다. 부적 살 돈도 폭죽 살 여유도 없는 가난한 백성들에게는 정말 큰 위안을 준 시죠.

수세守歲

저물어가는 한 해, 골짜기로 기어가는 뱀과 같아라.

긴긴 몸통 거의 다 사라지려 하니, 가는 것을 누가 막으랴.

꼬리를 묶어 잡아두려 해도 헛수고일 뿐이라는 걸 어찌 알까?

아이들은 억지로 밤을 지새우느라 웃고 떠들며 시끌시끌하구나.

새벽닭이여 부디 울지 말거라. 시간을 알리는 한밤중 북소리 두
렵구나.

이제 등불도 다 사그라지고 북두칠성도 비스듬히 기우는구나.

내년이라고 어찌 새해가 없을까, 헛된 세월 보낼까 두렵구나.

오늘 밤을 소중하게 여겨야 하리, 소년은 세월을 헛되이 보내지
않으리라.

欲知垂盡歲, 有似赴壑蛇.
욕 지 수 진 세   유 사 부 학 사

修鱗半已沒, 去意誰能遮.
수 린 반 이 몰   거 의 수 능 차

況欲繫其尾, 雖勤知奈何.
황 욕 계 기 미   수 근 지 내 하

兒童強不睡, 相守夜讙譁.
아 동 강 불 수   상 수 야 환 화

晨雞且勿唱, 更鼓畏添撾.
신 계 차 물 창   경 고 외 첨 과

坐久燈燼落, 起看北斗斜.
좌 구 등 신 락   기 간 북 두 사

明年豈無年, 心事恐蹉跎.
명 년 기 무 년   심 사 공 차 타

努力盡今夕, 少年猶可誇.
노 력 진 금 석   소 년 유 가 과

위의 시는 소식蘇軾의 작품인데요, 제목은 역시 「수세守歲」입니다. 그러니까 '해를 지킨다'. 가는 해를 지키면서 새해를 맞이하는 것이죠.

세월이 슬금슬금 흘러가는 것을 뱀이 기어가는 것으로 형상화한 것이 참 신선하네요. 이 시의 내용은 세 단락으로 나누어 볼 수 있습니다. 첫째 구절부터 셋째 구절까지는 저물어가는 한 해의 끝자락을 잡을 수 없다는 것을 대단히 형상적으로 묘사했어요. 구멍으로 기어들어가는 뱀의 긴 몸통이 이젠 꼬리만 남았는데, 그 꼬리를 묶어두려 해도 이젠 속수무책이라는 것이죠. 세월의 끝자락을 묶어두려 해도 부질없는 것임을 그렇게 묘사한 것입니다.

넷째 구절에서는 제야의 풍습을 묘사했군요. 어렸을 적에 눈썹 셀까봐 잠 못 잤던 그 시절의 풍습을 천년 가까운 시공을 거슬러 올라가 확인하니 참 재미있네요.

이어지는 마지막 네 구절에서는 이제 한 해의 마지막 시간을 보내는 아쉬움, 그리고 새해를 맞이하는 각오가 묘사되어 있습니다. 우리는 한 해를 보내고 새해를 맞이할 때면 언제나 시간을 헛되이 보내지 말아야지, 하고 각오합니다. 잔뜩 반성하고 또 심기일전하여 다가올 해를 열심히 살겠다고 마음먹지만, 제야가 되면 늘 후회와 아쉬움이 밀려오곤 하지요. 시시포스가 떨어진 바윗돌을 또다시 산꼭대기로 올라가 굴리는 반복의 일상이 기다리고 있다 해도, 우리는 묵묵히 그리고 열심히 한 해를 살아가야 하겠지요.

중국에서는 섣달그믐밤 온 가족이 모여앉아 저녁을 함께 먹는 풍습이 있습니다. 풍성한 요리 가운데 빠질 수 없는 요리가 바로 생선요리입니다. 생선은 중국어로 '鱼(yú, 위)'인데요. '위鱼'는 '남을-여餘(yú)'자와 음이 같기에 '여유 있다' '넘친다'는 의미를 지니기 때문에 풍족한 새해가 되라는 의미에서 생선을 먹었답니다. 또 북방에서는 만두를 먹는데 만두의 모양이 '원보元宝'라고 부르는 옛날 돈과 비슷하기 때문에 이 역시 돈 많이 벌라는 의미를 지닙니다. 아울러 만두의 발음 쟈오쯔(饺子, jiǎozi)는 신구교차의 의미를 지닌 쟈오쯔交子(교차할-교, 십이간지-자)와 음이 같으므로 송구영신을 의미합니다.

이제 제야를 노래한 시 한 수 더 소개할까 합니다. 청나라 시인 동사공董思恭의 시 「수세守歲」입니다.

음기의 끝자락 12월
새 향기 열리는 오늘밤
겨울의 끝자락을 재촉하면
새해가 열리고 해는 길어지리라.
얼음 녹아 거울 같은 물 흐르고
매화 향기 바람 타고 들어오리라.
시종 즐겁게 이야기하면서
술잔 기울이며 첫 햇살을 기다리노라.

歲陰窮暮紀 獻節啓新芳.
세 음 궁 모 기　헌 절 계 신 방

冬盡今宵促 年開明日長.
동 진 금 소 촉　연 개 명 일 장

氷消出鏡水 梅散入風香.
빙 소 출 경 수　매 산 입 풍 향

對此歡終讌 傾壺待曙光.
대 차 환 종 연　경 호 대 서 광

　동사공은 청나라 초기의 시인인데요. 96세 천수를 누린 장수 시인입니다. 선하고 어질고 근검하면서 또 겸손했던 사람으로 알려져 있습니다. 인재를 양성하고 특히 인문교육 방면에 힘을 썼는데요. 월급의 대부분을 학교를 세우는 데 썼다고 합니다. 대개 한 해의 마지막 날 밤이면 서글픔과 함께 후회가 밀려오기 마련인데 동사공은 매우 낙관적이며 긍정적으로 새해를 기다리고 있습니다. 그인들 어찌 미련이 없고 후회가 없었겠습니까. 분명 좌절도 있고 슬픔도 있었을 겁니다. 그러나 한 해의 마지막 날 밤, 그는 밝고 희망에 찬 새해를 고대하면서 기다립니다. 꽁꽁 얼었던 강물은 거울 같은 모습을 드러내며 졸졸 흐를 것이고, 그윽한 매화 향 바람 타고 흩날릴 거라는 기분 좋은 상상을 합니다.

　시 전체가 아주 밝고 경쾌합니다. 한 해의 마지막 날 밤을 이렇게 긍정적으로 희망에 찬 생각을 하는 것도 참 좋은 일이군요. 어차피 뚜벅뚜벅 걸어가야 하는 게 인생길이거늘 부정보다 긍정을, 비관보다 낙관적인 생각으로 걸어야 발걸음이 한결 가볍지 않을까요? 그리고 그 길을 사랑하는 사람과 함께 걷는다면 훨씬 즐

거울 것입니다. 지금 눈앞에 있는 사람이 가장 소중한 사람이랍
니다.

인파 속을 천번 만번
임 찾아 헤매다가

衆裏尋他千百度

정월 대보름날이면 어렸을 적 한밤중까지 불놀이를 했던 기억이 지금도 생생합니다. 놀이기구가 없던 그 시절, 대보름 불놀이는 고적한 겨울밤에 떠들썩한 흥겨움을 불어넣어주는 신나는 놀이였습니다. 깡통 가득 판자조각을 집어넣고 불을 붙여 철사에 매달아 빙빙 돌렸는데요. 멀리서 보면 둥근 테두리가 마치 보름달 형상을 하고 있었지요. 그런데 이제는 도시의 불빛에 파묻혀 교교한 빛의 아름다움을 잃어가고 있는 달님처럼 대보름 명절도 일상의 우리 생활에서 명절로서의 모습을 잃어가는 것 같아 아쉽습니다.

정월 대보름은 새해 들어 처음으로 맞이하는 보름달이기에 옛 선조들은 많은 의미를 두었습니다. 달은 풍요의 상징이고, 불은 모든 부정과 사악을 살라버리는 정화의 상징이지요. 때문에 새해에 처음으로 뜬 보름달에게 풍년을 기원하고 건강한 일 년을 살게 해달라는 의미에서 불과 관련된 각종 세시 풍속이 생겨난 것 같습니다. 예컨대 쥐불놀이, 등불놀이 등을 들 수 있고요. 건강과 관련된 세시음식으로는 부럼, 귀밝이술, 오곡밥 등등이 있습니다.

중국에서도 정월대보름을 원소절元宵節 혹은 상원절上元節이라 하여 아주 큰 명절로 여겼는데요. 이미 2000여 년 전 진秦나라 때부터 시작되었다고 합니다. 『세시잡기歲時雜記』에 의거하면 도교道教에서는 정월 15일을 상원절이라 칭하고, 7월 15일을 중원절中元節이라 칭하며, 10월 15일을 하원절下元節이라 칭하는데 합칭하여 삼원三元이라고 했답니다. 그런데 상원절은 천관天官이 태어난 날로 천지만물에게 복을 주는 날이고, 중원은 지관地官이 태어난 날로 각종 죄를 용서해주는 날이고, 하원은 수관水官이 태어난 날로 각종 액을 물리쳐주는 날이랍니다. 천관·지관·수관은 도교에서 말하는 하늘과 땅, 물의 세 신神으로 삼관대제라 불립니다. 따라서 원소절은 바로 상원절 밤이라는 뜻으로, 새해 첫 보름날 밤을 의미하는 겁니다.

중국의 역대 왕조마다 대보름 행사가 달랐는데요. 특히 공전의 번영을 구가하였던 당나라 때부터 화려한 등으로 만든 각종 조형물, 예컨대 나무 기둥 수레 등이 화려하게 밤을 수놓았다고 해요. 그리고 송나라 때는 광란의 축제로 발전하였다고 합니다. 부녀자도 거리로 몰려나와 밤부터 새벽까지 남녀가 함께 어울려 즐겼다는군요. 성리학적 이데올로기로 여성의 바깥출입조차 자유롭지 못했던 그 시절, 이날만은 맘대로 외출해서 새벽까지 즐겨도 괜찮았으니 그야말로 청춘남녀에겐 절호의 기회였지요. 그래서인지 송나라에서 새로 발전한 시의 형식인 송사宋詞를 보면 원소절을 배경으로 청춘남녀의 사랑과 이별을 읊은 노래가 많은데, 모두 음악과 환성으로 어우러진 축제의 밤이 무대입니다. 이제 그 노래를 소개할까 합니다.

신기질辛棄疾의 「청옥안靑玉案·원석元夕」입니다. 청옥안은 사패詞牌인데요. 사패란 곡조의 명칭을 의미합니다. 송사는 노래로 불려졌기에 곡조 명을 부칩니다. 이 사詞에는 '원석元夕' 즉 '정월 대보름 밤'이라는 제목이 별도로 붙어 있습니다.

시의 첫머리부터 정월 대보름 축제의 밤을 소재로 읊었음을 한눈에 알 수 있습니다. 이날 밤 등꽃 축제가 벌어집니다. 형형색색의 등을 길거리에 달아놓지요. 첫 구절 "봄바람 야밤에 천 그루 나무마다 활짝 꽃을 피웠네"는 나무마다 걸려 있는 오색찬란한 등불로부터 꽃을 연상한 것입니다. 또 꽃에서 나아가 반짝이는 별로 다시 형상화해놓았군요.

이와 더불어 축제 무드로 가득한 공간이 펼쳐집니다. 아름다운 수레를 타고 길 가득 향기를 뿌리며 지나가는 여인들, 그윽한 퉁소 소리, 슬슬 굴러가는 옥 항아리 같은 달, 춤추는 등불 행렬…….

청옥안青玉案 · 원석元夕

봄바람 야밤에 천 그루 나무마다 활짝 꽃을 피웠네

바람에 날려 떨어져 비처럼 쏟아져 내린 영롱한 별이어라.

아름다운 수레 지나가니 길 가득 향기, 퉁소 소리 그윽이 울리고

옥 항아리 하얀 달님 서서히 굴러간다.

밤새워 어룡들 춤을 춘다.

머리에는 황금색 실로 만든 아아와 설류,

웃으면서 말하는 곱디고운 자태, 그윽한 향기 지나간다.

인파 속을 천번 만번 임 찾아 헤매다가

문득 고개 돌려 보았더니

그 사람은 저어쪽 희미한 등불 아래 있더군요.

東風夜放花千樹, 更吹落, 星如雨.
동 풍 야 방 화 천 수   경 취 락   성 여 우

寶馬雕車香滿路. 鳳簫聲動,
보 마 조 거 향 만 로   봉 소 성 동

玉壺光轉, 一夜魚龍舞.
옥 호 광 전   일 야 어 룡 무

蛾兒雪柳黃金縷, 笑語盈盈暗香去.
아 아 설 류 황 금 루   소 어 영 영 암 향 거

衆裏尋他千百度, 驀然回首,
중 리 심 타 천 백 도   맥 연 회 수

那人卻在燈火闌珊處.
나 인 각 재 등 화 란 산 처

정월 대보름의 축제 무드를 이어서 곱게 단장한 여인들의 머리가 조명되는군요. 그러니까 축제날 환상적인 풍경과 아름다운 여인들의 모습과 흥취가 묘사되고 있습니다. "머리에는 황금색 실로 만든 아아와 설류/웃으면서 말하는 곱디고운 자태, 그윽한 향기 지나간다"에서 알 수 있듯이 말입니다.

그런데 아니, 시의 화자는 인파 속에서 누군가를 끊임없이 천만 번 찾아 헤매고 있네요. 이제 보니 화자는 정작 바깥 풍경과는 상반되는 애타는 심정으로 거의 필사적으로 임을 찾아 헤매고 있었군요. 수없이 두리번거리며 찾아보았건만 보이지 않습니다. 낙담하는 그 순간, 불현듯 고개를 돌려보니 그가 찾던 그녀는 저어기 흐릿한 등불 아래 있었습니다. "문득 고개 돌려 보았더니/그 사람은 저어쪽 희미한 등불 아래 있더군요." 노래는 여기서 문득 끝이 납니다. 그녀는 어떤 여자일까? 그의 그 희열은 어떠한지 한마디 언급도 않고요. 독자더러 그 나머지를 상상해보라는 주문이지요.

이 노래에서 "衆裏尋他千百度(중리심타천백도), 驀然回首(맥연회수), 那人卻在燈火闌珊處(나인각재등화란산처)" 이 구절은 천고에 회자되는 명구입니다. 현재 중국 당대 최고의 포털 검색사이트 '바이두'의 한자어는 '百度'인데요, 이 사이트의 이름 역시 이 사詞의 뒷부분에 나오는 '衆裏尋他千百度'에서 나왔답니다. 최첨단 인터넷 사이트의 명칭을 고전시가에서 찾아다 쓰는 문화적 역량, 참 대단하고 부럽습니다.

청명이라 가랑비
자욱이 날리는데

淸明時節雨紛紛

청명절은 동지로부터 105일째 되는 날인데요. 중국에서는 오늘날 한식과 청명절을 함께 쉽니다. 우리는 청명이 먼저고 한식이 바로 그 다음날로 되어 있지요. 청명은 계절적으로 날씨가 따뜻해지고 강우량이 증가하여 나무 심기에 좋은 날이지요. 그래서 우리도 4월 5일을 식목일이라 하여 온 국민이 식수를 했던 기억이 납니다. 지금은 공휴일에서 제외되었지만요. 청명절이든 한식이든 모두 개자추介子推를 기념하기 위한 데서 유래되었지요.

개자추는 춘추시대 진晉나라 사람입니다. 진나라 공자公子 중이重耳가 국외로 망명 갔을 때, 19년간이나 고난을 함께했던 신하죠. 중이가 망명 생활을 하던 도중 한번은 먹을 것이 떨어져 굶주렸을 때 개자추가 자신의 허벅지 살을 떼어서 바친 적이 있었습니다. 중이는 훗날 오랜 망명 생활을 끝내고 귀국하여 왕위에 올랐는데, 그가 바로 진 문공晉文公입니다. 진 문공은 왕이 되고 난 후 고락을 함께했던 신하들에게 상을 주었는데, 개자추만이 논공행상에서 제외되었습니다. 이에 개자추는 노모를 모시고 산속으로 들어가 은거해버렸습니다. 진 문공은 뒤늦게 개자추를 떠올리고 그 길로 즉시 개자추에게 벼슬을 줄 터이니 산에서 내려오라고 하였습니다. 하지만 개자추는 끝끝내 내려오지 않았지요. 진 문공은 산에 불을 놓으면 개자추가 산불을 피해 내려올 것이라고 생각하였지만, 개자추는 산속에 있는 버드나무를 부여잡고 그대로 타 죽었다고 합니다. 진 문공은 그의 죽음을 애도하기 위하여 그날만은 불을 사용하지 못하게 하였고, 아울러 그가 끌어안고 죽었던 그 버드나무를 베어서 신발을 만들어 늘 신고 다니면서 "족하足下 족하足下" 하면서 그를 추모하였다고 합니다. 이로써 '족하'는 상대편을 높여 부르는 말이 되었습니다.

한편 개자추의 시신을 거두어 입관하려 할 때 나무 구멍 속에서 혈서가 발견되었는데, 그 혈서에는 "허벅지 살을 왕께 바쳐서 충성을 다한 것은 왕께서 항상 청명淸明하시기를 바랐기 때문입니다"라고 적혀 있었다고 합니다. 진 문공은 개자추를 기념하기 위해 그날을 한식날로 제정하여 불 피우는 것을 금지하고 찬 음식을 먹게 했다지요. 그 이듬해 진 문공이 신하들과 함께 산에 올라 제사를 지내다가 그 버드나무가 다시 소생한 것을 보고 청명버들이라는 이름을 하사하여 천하에 알렸으며, 한식 다음날을 청

명절로 제정해서 그의 충성을 기념하였다고 합니다.

이 고사를 보면 한식이 먼저고 청명절이 그 다음날임을 알 수 있는데요. 중국에서도 왔다 갔다 하다가 이제는 같은 날 한식과 청명을 지내고 있다 합니다. 서론이 길었습니다. 이제 청명 시 중에서 가장 많이 인구에 회자되는 두목杜牧의「청명淸明」을 소개하겠습니다.

"청명이라 가랑비 자욱이 날리는데/길 가는 나그네 외로움에 넋이 끊어질 듯." 첫 구절은 청명절의 날씨를 묘사했군요. 청명淸明, 글자대로라면 맑고 쾌청해야 하건만 아이러니하게도 가랑비가 부슬부슬 내리고 있군요. 시의 화자는 고향을 떠난 길손입니다. 날씨가 쾌청해도 이맘때면 고향 생각에 마음이 흐릴 터, 그런데 하필 부슬비가 내리는군요. 인간은 환경의 영향을 강력하게 받지요. 그렇지 않아도 고향 생각에 마음이 울적한데 비까지 겹친 것입니다. 가랑비가 온통 몸과 마음을 적십니다. 이럴 때 술 생각 간절해지는 건 인지상정이지요. 술은 현실을 잊게 해주니까요. 그리고 주막에는 넉넉한 품을 가진 주모도 있고요. 그런데 길손은 도무지 이 동네 사정을 잘 모르는 겁니다. 그래서 마침 길 가던 목동에게 물어보았죠. 이 근처에 술집이 어디에 있느냐고. 목동은 대답 대신 손가락으로 먼 곳을 가리킵니다. 손가락 끝을 따라 가보니 살구꽃 피어 있는 마을이 아득히 보이는군요. 살구꽃 피어 있는 마을, 푸근하고 아늑하고 행복한 추억이 서려 있는 곳이지요. 그저 바라만 보아도 향수가 풀릴 것 같은 그런 곳이지요.

청명 清明

청명이라 가랑비 자욱이 날리는데

길 가는 나그네 외로움에 넋이 끊어질 듯.

이 근처 어디에 주막이 있지요?

목동은 저 멀리 살구꽃 마을 가리킨다.

清明時節雨紛紛 路上行人欲斷魂.
청 명 시 절 우 분 분　노 상 행 인 욕 단 혼

借問酒家何處有? 牧童遙指杏花村.
차 문 주 가 하 처 유　목 동 요 지 행 화 촌

주막의 소재를 묻는 나그네에게 목동은 말 대신 손가락으로 그 곳을 가리킵니다. 말 대신 동작과 그림으로 나타내기에 함축과 여운이 깊이 여울집니다.

이 시에서 행화촌은 산서성 분현(汾縣)에 있는 마을입니다. 이곳은 바로 분주(汾酒)라는 술의 생산지로 유명한 곳이지요. 그래서 분주를 담은 도자기 술병에는 말 탄 목동이 살구꽃 마을을 가리키는 그림이 그려져 있고 "借問酒家何處有(차문주가하처유)? 牧童遙指杏花村(목동요지행화촌)"이라는 시구가 멋드러진 붓글씨로 쓰여 있답니다. 혹 중국을 여행할 기회가 있다면 분주 한잔 하시지요. 분주 병에서 두목의 시구를 만나보는 즐거움이 술맛 못지않으리라 생각합니다.

아버지 날 낳으시고
어머니 날 길러주셨네

父兮生我, 母兮鞠我

"아버님 날 낳으시고 어머님 날 기르시니 두 분 곧 아니시면 이 몸이 살았을까? 하늘같이 높고 큰 은덕을 어디 대어 갚사오리."

송강 정철의 시조입니다. 우리 귀에 익숙한 위의 시조는 알고 보니 『시경』의 다음 시와 아주 유사하더군요.

아버지 날 낳으시고 어머니 날 길러주셨네.

언제나 사랑으로 보살펴주시고 날 키워주셨네.

나갈 때도 들어와서도 날 안고 다니셨어라.

그 은혜 보답하려면 저 높고 넓은 하늘처럼 다함이 없으리라!

父兮生我, 母兮鞠我.
부 혜 생 아   모 혜 국 아

314

拊我畜我, 長我育我.
부 아 휵 아 장 아 육 아

顧我復我, 出入腹我.
고 아 복 아 출 입 복 아

欲報之德, 昊天罔極!
욕 보 지 덕 호 천 망 극

　이 시는 『시경·소아小雅』에 나오는 「육아蓼莪」편의 구절입니다.
원래 첫 구부터 "아버지 날 낳으시고" 이렇게 시작하는 게 아닙
니다. 여러분한테 일단 그 시구를 소개하기 위해 일부러 앞에다
배치한 것입니다. 이 시는 보시다시피 돌아가신 어버이를 생각하
면서 살아생전 효도를 다하지 못한 통한을 노래한 시로, 어버이
의 은혜를 노래한 모든 시의 원조인 셈이죠.

　당나라 시인 맹교孟郊도 「유자음遊子吟」이라는 시에서 어머니의
은혜를 이렇게 노래한 적이 있지요.

　"인자하신 어머니 손에 들려 있는 실은 길 떠나는 아들 몸에 걸
칠 옷이라네. 떠나기 전 촘촘히 박음질하는 뜻은 행여 더디 돌아
올까 걱정되셔서이리. 그 누가 말했던가, 풀처럼 작은 마음으로
도 봄볕 같은 어머니 은혜 보답할 수 있다고."

　어머니의 자식에 대한 깊은 사랑을 바느질하는 손길로 형상화
한 이 시는 봄볕처럼 따사로운 햇살로 모진 풍파와 역경을 헤치
고 나온 자식의 맘을 쓰다듬고 보듬어주는 어머니의 은혜를 찬미
한 천고의 절창이지요. 이제 『시경·육아』편을 정식으로 소개하겠
습니다.

시경 · 소아小雅 · 육아蓼莪

저 크고 미끈히 자란 쑥을 보라

맛좋은 약쑥인 줄 알았더니 못 먹는 제비쑥이구나.

아 애달프고도 애달픈 부모님이여

날 낳으시느라 고생고생 하셨도다.

저 크고 길게 자란 약쑥을 보라

맛좋은 약쑥인 줄 알았더니 못 먹는 제비쑥이구나.

아 애달프고도 애달픈 부모님이여

날 기르시느라 등골이 휘셨구나.

두레박이 바닥을 드러내고 있으니

오로지 항아리의 수치여라.

고독하게 살면 무엇하리오

차라리 죽어 없어지는 게 나으리라.

아버지 안 계시니 누구에게 의지하리오,

어머니 안 계시니 누구를 믿으리오.

집 밖에 나가도 마음 가득 슬픔이요,

집안에 들어와도 막막하도다.

蓼蓼者莪，匪莪伊蒿．
육 육 자 아　　비 아 이 호

哀哀父母，生我劬勞．
애 애 부 모　　생 아 구 로

蓼蓼者莪，匪莪伊蔚．
육 육 자 아　　비 아 이 울

哀哀父母，生我勞瘁．
애 애 부 모　　생 아 로 췌

瓶之罄矣，維罍之恥．
병 지 경 의　　유 뢰 지 치

鮮民之生，不如死之久矣．
선 민 지 생　　불 여 사 지 구 의

無父何怙？無母何恃？
무 부 하 호　　무 모 하 시

出則銜恤，入則靡至．
출 즉 함 휼　　입 즉 미 지

『시경』의 창작 기교는 세 가지가 있는데, 비比·부賦·흥興이 바로 그것입니다. 비는 비유법, 부는 직서법, 흥은 연상법입니다. 『시경』의 시들은 대부분 이 세 가지 창작 기교를 운용하였지요.

이 시는 비比의 기법을 사용하여 서두를 열고 있습니다. 죽죽 자란 쑥, 쑥은 몸에도 좋고 맛좋은 식용식물입니다. 지금도 봄이 오면 봄 향기 가득한 쑥국을 끓여먹기도 하지요. 그런데 식물 중에는 모양은 쑥과 비슷하지만 아무짝에도 쓸모없는 잡풀인 것도 있습니다. 이 시는 쑥과 비슷한 모양을 지닌 잡풀의 속성을 이용하여, 효자인 줄 알았더니 불효자라는 것을 넌지시 비유하고 있습니다.

"두레박이 바닥을 드러내고 있으니/오로지 항아리의 수치여라" 역시 비比의 기법입니다. 두레박으로 물을 가득 담아 퍼 올려야 항아리에 물을 길어 넣을 수 있는 것입니다. 그렇지 않으면 항아리에 물을 채울 수 없죠. 두레박과 물 항아리의 관계가 그러하듯이 부모도 자식이 못나면 역시 초라하기 마련입니다. 아버지 어머니 모두 돌아가시고 나면 믿고 의지할 데 없으며 고독하고 쓸쓸하기 마련입니다. 집 밖을 나와도 마음이 휑하니 슬프기 짝이 없습니다. 집에 들어가도 인사드릴 부모님이 안 계시므로 어디에다 발길을 둘지 모릅니다. 언제나 집안을 든든히 지키고 계셨던 부모님, 부모님의 빈자리가 얼마나 큰지 돌아가시고 나서야 비로소 절실히 느껴지는 것입니다. 고향집도 부모님이 계셔야 그립고 정겨우며, 친정도 부모님이 살아계셔야 비로소 친정답습니다. 부모님 안 계시는 고향집은 남의 집이나 마찬가지요, 부모님 안 계시는 친정 역시 남과 비슷합니다.

　3000여 년 전에 지은 시지만 돌아가신 부모님에 대한 절실한 그리움과 회한의 정이 오늘을 사는 우리의 심금을 울리면서 깊은 공명을 자아내는군요.

　공자는 이렇게 말했습니다. "父母之年(부모지년) 不可不知(불가부지) 一則以喜(일즉이희) 一則以懼(일즉이구)"라고요. 부모님의 나이는 반드시 알아야 하니 지금까지 살아계신 것을 생각하면 기뻐서이고, 또 앞으로 사실 날이 얼마나 될지 생각하면 두려워서 그렇다고 했습니다.

　혹시 부모님 연세를 잊고 살지는 않는지요? 부디 부모님께서 좋은 게 무엇인지 느끼고 즐거워하실 때 잘해드리세요. 그런 소리 말라고요? 요즘 친지로부터 부모님 부고 소식 받으면 '축사망'이라고 하는 사람도 있다고요? 참으로 개탄스러운 현실입니다.

거리마다 씨름 시합
나무마다 그네 뛴다
街街爭角觝, 樹樹颺秋千

음력 5월 5일은 단오端午입니다. '단오' 하면 무엇이 가장 먼저 생각나는지요? 저는 유네스코 무형문화제 선정을 둘러싸고 벌어졌던 중국과 우리나라의 갈등이 생각납니다. 중국 사람들은 단오는 원래 중국 고유의 명절인데 한국이 훔쳐갔다면서 격분하였고, 우리는 무슨 소리냐 강릉 단오제는 우리 고유의 명절 의식이라고 맞섰지요. 우여곡절이 있었지만 어쨌든 강릉문화제는 세계 유네스코 무형문화제로 선정되었습니다.

중국이나 우리나 모두 농업 국가였기에 절기를 매우 중시하였습니다. 그러나 민족과 영토가 달랐기에 절기마다 형성된 문화는 차이가 있었습니다. 중국의 단오절 행사는 주로 애국시인 굴원屈原의 죽음을 애통해하면서 추모하는 데에 방점을 찍었다면, 우리의 단오 행사는 굴원을 추모하는 것과는 거리가 멉니다. 주로 건강하게 여름을 나게 해달라고 기원하는 풍습이 주류를 이루었습니다. 창포菖蒲에 머리를 감는다든가 쑥을 뜯어 말려서 약으로 쓰고, 씨름놀이를 하고, 그네를 타고, 집안의 평안과 오곡의 풍년, 그리고 자손의 번창을 비는 단오고사端午告祀를 지내기도 했지요.

단오의 단端은 '초, 처음'이라는 뜻이고요, 오午는 '다섯-오五' 자와 통하므로 단오는 초닷새를 뜻합니다. 단오는 일 년 중 양기陽氣가 가장 왕성한 날이라 하여 큰 명절로 여겨왔지요. 그러니까 단오는 태양의 축제라고 할 수 있습니다. 이때부터 본격적으로 여름이 시작되고 해충들도 본격적으로 활동하는 시기입니다. 단오는 해충을 방지하고 사악한 기운을 막는 일련의 행사가 있는데요. 그래서 창포를 썰어서 술에 넣어 마신다든가 창포 잎으로 머리를 감기도 했습니다. 창포는 모양이 칼처럼 생겼기에 그것이 있으면 사악한 기운이 범접하지 못한다고 생각해서 대문에 걸어놓기도 했지요. 피부병 또한 많이 발생하기 때문에 난초를 담근 물에 목욕을 하기도 했습니다. 이렇듯 본격적으로 시작되는 여름의 각종 질병에 대비해서 건강을 챙기는 행사를 했던 것은 중국이나 우리나 마찬가지였습니다.

하지만 다른 일면이 있음을 다음의 시를 통해서 알 수 있습니다. 우선 단오절 경축행사로 중국은 용주龍舟대회가 있는데, 우리는 그네뛰기, 씨름경기가 있지요. 조선 시기의 문인이자 형조판서, 호조판서, 병조판서 등을 역임했던 소세양蘇世讓[1486년(성종

17)~1562년(명종 17)]이 지은 「단오」라는 시를 소개하겠습니다.

오늘은 단오,

젊은이들 모여서 한바탕 논다.

거리마다 씨름 시합

나무마다 그네 뛴다.

술잔에는 창포 띄워 따뜻하게 데우고,

대문에는 쑥을 엮어 걸어놓았다.

노옹은 무슨 일로 소일하는가?

종일토록 책으로 얼굴 덮고 잠자노라.

今日是端午. 戲遊群少年.
금 일 시 단 오   희 유 군 소 년

街街爭角觝. 樹樹颺秋千.
가 가 쟁 각 저   수 수 양 추 천

酒泛蒲觴暖. 門編艾虎懸.
주 범 포 상 난   문 편 애 호 현

老翁何所事? 終夕掩書眠.
노 옹 하 소 사   종 석 엄 서 면

단오를 맞이하여 거리마다 씨름 시합을 하고 나무마다 그네를
뛰는 정경이 펼쳐집니다. 당시에는 주로 남자들이 씨름을 하고,
여성들이 그네를 탔습니다. 여름을 맞이하여 더위를 이길 체력을
길러둔다는 의미이지요. 다음 구절은 창포주를 마시고 쑥을 대문
에 걸어놓아 나쁜 기운을 제거하고 방비한다는 뜻입니다. 그러니
까 체력도 기르고 예방 접종을 하여 여름 준비를 단단히 한다는

뜻으로 읽을 수 있겠습니다. 시적 화자 노옹, 즉 소세양은 자신을 노옹으로 표현하여 이제 살 만큼 살았으니 종일토록 책을 들고 누워서 자다 깨다 하였다는군요. 참으로 느긋하고 여유가 넘쳐흐르는 단오 풍경입니다.

다음은 중국 시인이 읊은 단오 관련 시를 보겠습니다. 송나라 시인 매요신梅堯臣이 지은 시 「오월오일五月五日」입니다.

이 시는 단오가 전국시대 애국시인 굴원의 죽음을 애도하고 추모하는 날임을 보여주고 있습니다. 주지하다시피 굴원은 초나라 회왕懷王의 신임을 받아 삼려대부三閭大夫에 임명되기도 하였고, 강성한 초나라를 만들기 위해 좋은 계책을 바쳤으나 간신들의 말을 들은 초 회왕이 그를 멀리하여 상강湘江 가로 쫓아냈습니다. 기원전 278년, 초나라가 진秦나라와의 전쟁에서 대패하고 수도가 함락되었다는 소식을 들은 굴원은 먹라수汨羅水에 몸을 던져 자살하였다고 합니다. 굴원은 강물에 투신할 때 돌덩이를 몸에 품고 뛰어들었다는군요. 그만큼 죽음에 대한 결의가 굳건하였음을 보여줍니다. 굴원의 자살 소식을 전해들은 백성들은 물고기의 밥 신세가 될 굴원을 안타까워해서 물고기를 쫓으려고 배를 타고 북을 두드리면서 강물 위를 오갔다고 합니다. 이것이 훗날 용주龍舟 시합으로 발전했습니다. 그리고 또 대나무통에 쌀을 넣어 강물에 투척하여 물고기들이 굴원의 시신을 먹는 것을 방지하였다고 합니다. 이것은 훗날 쫑쯔粽子로 발전하여 단오의 세시 음식이 되었습니다. 쫑쯔는 대나무 잎에 찹쌀과 각종 소를 넣어 만듭니다.

오월오일 五月五日

굴원은 이미 강물에 빠져 죽었건만,

초나라 사람들 슬퍼하며 받아들이지 못하네.

어찌하여 비방을 받으면서도

교룡을 물리치고자 하였는가.

생전의 한을 씻어주지 못해,

죽은 후의 자취를 추종하는구나.

상수의 푸른 물결 속에는

천 개의 산봉우리 비치리라.

屈氏已沉死, 楚人哀不容.
굴 씨 이 침 사   초 인 애 불 용

何嘗奈讒謗, 徒欲卻蛟龍.
하 상 내 참 방   도 욕 각 교 룡

未泯生前恨, 而追沒後蹤.
미 민 생 전 한   이 추 몰 후 종

沅湘碧潭水, 應自照千峰.
원 상 벽 담 수   응 자 조 천 봉

이렇듯 매요신은 단오는 애국시인 굴원의 죽음을 애도하는 날로 인식하였음을 알 수 있습니다. 그러나 중국 민속학자들은 굴원 시대 이전부터 용주시합이 존재했으므로 단오의 기원이 굴원을 추모하는 데서 기원했다는 설에 의문을 제기하였습니다. 예전에 존재해왔던 단오 세시 풍속에 봉건 통치자들이 충군애국 정신을 선양하기 위해 굴원까지 슬쩍 끼워 넣었다는 것이지요. 이 외에 오나라의 충신 오자서伍子胥 추모설, 효녀 조아曹娥 추모설 등도 있습니다.

충신 오자서 추모설의 유래는 이렇습니다. 춘추시대 오왕 부차夫差를 도와 패업을 완성하려 했던 오자서는 월나라를 패망시키려 했습니다만, 오왕은 간신 백비伯嚭의 말을 받아들여 월왕 구천을 포로로 잡았다가 풀어주었습니다. 뿐만 아니라 월나라가 오나라를 약화시키기 위해 획책했던 미인계에 걸려들었습니다. 그 유명한 절세가인 서시였는데요. 간신 백비가 이를 저지하지 않고 부추겼습니다. 반면 오자서는 서시를 받아들이지 말라고 적극 간언하였습니다. 이를 계기로 오왕 부차와 관계가 소원해진 오자서는 홀대를 받았고 사사건건 백비와 충돌했으며, 결국 오왕으로부터 자진하라는 명을 받습니다. 오자서는 자신이 죽거든 두 눈을 파내어 성문에 걸어두어 오나라가 월나라에게 망하는 꼴을 꼭 보겠다는 모진 말을 남기고 자결을 하기에 이릅니다. 악에 받친 부차는 오자서의 시신을 가죽에 꽁꽁 싸서 강물에 던져버리라고 하였는데, 그날이 바로 5월 5일이라고 합니다. 백성들은 오자서를 추모하기 위해 강가에 사당을 세워 그의 충절을 기렸습니다.

한편 효녀 조아 추모설의 사연은 이렇습니다. 한나라 때 효녀 조아의 아버지는 물의 신을 맞이하는 무당이었는데, 신을 맞이하는 행사를 거행하다가 강물에 빠져 죽었답니다. 조아는 죽은 아버지의 시신을 찾으려고 강에 뛰어들었고, 닷새 만에 아버지 시신을 끌어안은 채 강물 위로 떠올랐다고 합니다. 조아가 아버지를 구하기 위해 강물에 뛰어든 그날이 바로 5월 5일이었죠. 조아의 효심에 감동한 사람들이 그녀의 효심을 기리기 위해 사당도 짓고 비석도 세워주었다고 합니다.

이 세 가지 전설 중에서 결국 굴원 추모설이 가장 많은 공감대를 형성하였던 셈입니다. 단오와 관련하여 당나라 시인 유우석은 「경도곡競渡曲」이라는 시를 지어 용주시합을 하는 장면을 생동감 있게 묘사했고요. 송나라 시인 육유陸游는 「을묘중오乙卯重五」라는 시에서 단오에 쫑쯔를 먹고 각종 약초로 질병을 예방하는 세시 풍속을 읊기도 했습니다.

본격적으로 여름이 시작되면 온갖 바이러스가 횡행할 것이고, 우리 몸은 더위로 인해 각종 질병에 노출될 것입니다. 우리 모두 에어컨이나 선풍기를 잠시 끄고 한 번쯤 선조들이 물려준 비방을 실천해보면 어떨까요? 그네나 씨름은 쉽게 못한다 해도 그 대신 걷기를 일상화하면 좋을 듯합니다. 창포주는 쉽게 못 마신다 해도 지천 가득한 쑥 뜯어다가 쑥떡도 해먹고 대문 앞에 걸어놓으면 어떨까요? 건강한 여름을 나기 위하여!

천 리 밖에서도 아름다운
저 달님 함께할 수 있기를

但願人長久, 千里共嬋娟

"명절 때면 가족이 곱절이나 그리워라(每逢佳節倍思親)." 당나라 시인 왕유의 시구입니다.

그렇지요. 평소에는 눈코 뜰 새 없이 바쁜 삶을 사느라 가슴속 깊이 꾹꾹 눌러놓았던 집 생각이 명절 때가 다가오면 조수처럼 밀려오곤 하지요. 더구나 추석은 일 년 중 달이 가장 둥글고 아름답잖아요. 지금이야 도시의 불빛에 가려 달빛의 교교함이 상대적으로 빛을 잃었습니다만, 아득한 옛날, 칠흑처럼 어두운 밤하늘에 두둥실 하얀 달님 떠오르면 그리운 얼굴들도 하나하나 떠올랐을 테지요.

중국 고전시가에는 그리움을 노래할 때 으레 달님이 주된 이미지로 등장합니다. 잊을 수 없는 숱한 추억이 아름다운 달빛 아래서 만들어졌기 때문이 아닐까요. 추석을 맞아 고향에 가서 그리운 가족을 만날 수 있는 사람은 그나마 행복하지요. 명절 때가 되어도 고향으로 향할 수 없는 사람들은 그저 달님만 바라보면서 그리움을 달랠 수밖에 없지요.

이제 소개하려는 시는 바로 추석날 밤, 귀양 간 곳에서 휘영청 밝은 달님 홀로 바라보면서 멀리 있는 아우를 그리워하며 쓴 소동파(소식)의 「수조가두水調歌頭」입니다.

현재에도 추석이 되면 중국 사람들의 입에 가장 많이 오르내리는 말이 바로 이 시 속에 있습니다. 이 시의 마지막 구절 "但願人長久(단원인장구), 千里共嬋娟(천리공선연)"입니다. '다만 우리 모두 오래오래 살아서 천 리 멀리 떨어져 있어도 아름다운 저 달님과 함께할 수 있기를…….' 추석날 밤 홀로 명절을 보내야 하는 서글픈 심사와 함께 보고 싶어도 볼 수 없는 아우 소철蘇轍에 대한 그리움을 그 특유의 낙천적이고도 긍정적인 사고로 달래고 있는 것이지요.

이때 소식은 산동성 밀주현의 관리로 재직하고 있었습니다. 다 그런 것은 아니지만 지방 관리로 있다는 건 정치적 입지가 여의치 않음을 의미합니다. 당시의 송나라 조정은 혁신 정치를 주장하는 신당新黨과 신당의 정치에 반대하는 구당舊黨의 견해가 첨예하게 대립하고 있었습니다. 어느 당을 지지하느냐에 따라 당의 운명과 함께 정치적 부침을 겪어야 했습니다.

수조가두 水調歌頭

밝은 저 달님은 언제부터 있었을까?

술잔 들고 저 푸른 하늘에게 물어본다.

하늘나라 궁궐은

오늘 저녁 어느 해일까?

바람 타고 하늘 궁궐 돌아가고 싶지만

아름다운 옥 누각

저 높은 곳 추울까 두려워라.

춤추며 맑은 그림자 너울거리니

어찌 이 세상에 사는 것만 하랴.

(달님은) 붉은 누각 돌고 돌아

아름다운 창가에 다가와

잠 못 이루는 사람 비춘다.

달님은 나하고 원한이 없으련만

어이하여 언제나 헤어져 있을 때 둥근 걸까?

인간에게는 이별의 슬픔과 만남의 기쁨이 있고

달에게는 맑고 흐리고 둥글고 이지러질 때가 있는 것처럼

인생이란 자고로 좋은 일만 있기 어려운 법.

다만 우리 모두 오래오래 살아서

천 리 밖에서도 아름다운 저 달님 함께할 수 있기를.

明月幾時有? 把酒問靑天.
명월기시유　파주문청천

不知天上宮闕, 今夕是何年.
부지천상궁궐　금석시하년

我欲乘風歸去, 又恐瓊樓玉宇, 高處不勝寒.
아욕승풍귀거　우공경루옥우　고처불승한

起舞弄淸影, 何似在人間!
기무롱청영　하사재인간

轉朱閣, 低綺戶, 照無眠.
전주각　저기호　조무면

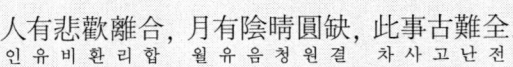

不應有恨, 何事長向別時圓?
불응유한　하사장향별시원

人有悲歡離合, 月有陰晴圓缺, 此事古難全.
인유비환리합　월유음청원결　차사고난전

但願人長久, 千里共嬋娟.
단원인장구　천리공선연

이 노래를 지을 당시 소식이 지지했던 구당은 세력 다툼에서 신당에 밀렸습니다. 소식은 그 지긋지긋한 당쟁의 소용돌이에서 벗어나고자 스스로 외직을 자청하여 산동성 밀주현 자사로 왔던 것입니다. 땅 설고 물 선 타향에서 맞이하는 쓸쓸한 추석, 정치적으로 여의치 못한 그런 현실이었던 것입니다.

1절에서는 그런 감회를 서술하고 있습니다. 술잔을 들었다는 건 울적한 마음을 달래기 위한 것이지요. 달을 보면서 소식은 달나라를 동경합니다. 그곳 월궁은 이 세상과는 다르겠지…… 힘든 이 현실을 떠나 월궁에 가서 살면 어떨까? 잠시 그런 생각을 해봅니다. 하지만 금세 고개를 절레절레 흔듭니다. 아니야, 힘들어도 이곳 인간 세상이 그래도 더 좋은 게지…….

"바람 타고 하늘 궁궐 돌아가고 싶지만/아름다운 옥누각/저 높은 곳 추울까 두려워라"는 표면적으로는 달나라를 동경하는 것입니다만 그 생각도 잠시, 아무리 아름답다 하더라도 그곳은 어쨌든 신선이 사는 곳, 인간은 인간답게 인간 세상에서 희로애락의 애환을 겪으며 사는 게 인간적인 것이지…… 그런 생각을 하는 겁니다. (여기엔 다른 숨은 뜻이 있습니다. '옥누각'은 황제의 궁전을 의미합니다. 그곳은 바로 치열한 권력투쟁이 벌어지는 곳이지요. 따뜻한 곳이 아니라 추운 곳입니다. 정말 으스스한 곳이지요. 민주사회라는 요즘도 고위층은 으스스한 곳입니다. 정권만 바뀌면 이른바 대검의 포토라인에 서는 고위 관리들의 모습을 보게 되지요. 예나 지금이나 고위층은 그런 곳입니다.)

"춤추며 맑은 그림자 너울거리니/어찌 이 세상에 사는 것만 하랴"는 잠시 갈등하다가 역시 인간 세상에서 자유롭게 사는 게 더 좋다고 생각하는 것입니다. (여기엔 조정에서 명쟁암투明爭暗鬪로 피 말리는 생활을 하는 것보다 차라리 귀양살이가 배짱 편하다는 자조의 마음이 들어 있습니다.) 현실에 대해 낙관적이며 긍정적인 태도를 지닌 소식의 모습을 볼 수 있습니다.

2절은 달의 움직임을 집중 묘사하고 있습니다. 꼬박 밤을 지새우면서 달을 바라보고 있는 거죠. 달을 바라보면 그 속에 그리운 가족의 얼굴이 하나하나 그려집니다. 둥근 달은 둥그런 식탁을 연상시키고, 오순도순 둥그렇게 둘러앉은 가족을 떠올려줍니다. 뿔뿔이 흩어졌던 가족이 모두 모여 앉아 식사를 합니다. 그걸 중국 사람들은 '퇀위안판團圓飯'이라고 합니다. 소식의 고향집 단란한 식탁은 지금 한 자리가 비어 있는 것입니다. 달은 저렇게 둥글건만, 식탁 한 자리는 일그러져 있는 것이지요. 그 현실이 원망스럽습니다만, 소식은 금세 낙관적인 생각으로 여의치 못한 현실을 긍정적으로 받아들입니다. 인생살이라는 게 원래 기복과 굴곡이 있는 법, 다만 건강하게 오래오래 살아만 있다면 언젠가는 만날 수 있으리라.

둥근 저 추석 달만큼이나 생각이 둥글고 환해서 참 좋은 시입니다. 올 추석에도 이런저런 사연으로 정겨운 고향집을 찾지 못하는 분들이 계실 겁니다. 이 시의 마지막 구절 "但願人長久(단원인장구), 千里共嬋娟(천리공선연)"을 조용히 읊조려보세요. 네, 건

강하게 살아 있기만 하면 언젠가는 저 보름달처럼 온 가족 단란

하게 모여 옛이야기 하면서 어디 하나 이지러지지 않은 아름다운

추석 보낼 날 올 거예요. 꼬옥 그날이 올 거예요.

명절 되면 가족이
갑절이나 보고파라

每逢佳節倍思親

오늘날 중양절은 이름만 남아 있을 뿐 명절로서의 역할이 사라진 지 이미 오래되었습니다만, 옛날에는 이날을 매우 큰 명절로 여겼던 모양입니다. 『서경잡기西京雜記』라는 책에 따르면, 이날 산수유를 머리에 꽂고 쑥떡을 먹으며 국화주를 마셨다고 해요. 산수유는 봄에 꽃이 피고 가을에는 빨간 열매를 맺는데요. 이것을 몸에 지니면 나쁜 기운을 막아준다는군요. 쑥떡 좋은 건 다 아시죠? 국화주 역시 그렇고요. 모두 몸에 좋은 것들입니다.

그런데 이날 산에 올라가서 산수유 꽃을 몸에 달았던 풍습의 유래에 대해 밝혀놓은 책이 있는데요. 남조시대 양梁나라 사람 오균吳均이 지은 『속제해기續齊諧記』가 바로 그것입니다. 이 책에 의거할 것 같으면 동한東漢 때에 여남汝南 사람 환경桓景이 역학대사

易學大師인 비장방費長房에게서 다년간 공부를 했는데 하루는 비장방이 환경에게 말하더랍니다. 9월 9일 집안에 큰 화가 닥칠 것이니 즉시 집에 가서 수유를 팔뚝에 매고 온 가족을 데리고 산에 올라가라고요. 과연 이날 환경의 집안에 남아 있던 가축들이 모두 죽었답니다. 환경 가족은 스승 비장방의 말을 들었기 때문에 화를 면할 수 있었던 것이죠. 그날 이후 중양절 하루 전날 저녁에는 산 가까이 사는 사람들이 화를 면하려고 모두들 산으로 올라갔답니다. 그런데 평원에 사는 사람들은 올라갈 산이 없잖아요. 그래서 산에 올라가는 대신 떡(糕, gāo)을 먹었는데 떡의 발음이 '높을-고高(gāo)'자와 같기 때문에 떡 먹는 행위로 산에 올라가는 행위를 대체했답니다. 그리고 삼각형 모양의 깃발이 수유꽃과 비슷하다고 해서 집안에 삼각기를 꽂아 수유를 대체했다는군요.

현대 중국에서는 1989년 이래로 음력 9월 9일을 노인절로 정하여 어르신들을 위한 축제의 날로 기념하고 있답니다. 왜 하필 중양절을 노인절로 정했냐고요? 숫자 9는 중국 음으로 '오랠-구久'자와 음이 같습니다. 그러니까 오래오래 건강하게 사시라는 의미에서 노인절로 삼은 것이죠. 문화대혁명을 거치면서 공자가 혹독하게 비난당하고 전통문화가 처절하게 박살났던 중국이 뒤늦게나마 이미지 쇄신을 위해, 옛 전통을 회복하려는 의미에서 이날을 기념일로 정한 것이지요. 중양절을 읊은 시로 가장 유명한 시는 역시 왕유가 지은 「구월구일억산동형제九月九日憶山東兄弟」, 곧 '구월구일 산동에 있는 형제를 그리워하며'라는 시입니다.

구월구일억산동형제九月九日憶山東兄弟

홀로 타향 땅 나그네 신세 되고 보니

명절 되면 가족이 갑절이나 보고파라.

고향집 형제들 저 멀리 높은 산에 올랐을 터

산수유 꽂은 형제들 중, 나만 홀로 빠졌으리라.

獨在異鄕爲異客, 每逢佳節倍思親.
독 재 이 향 위 이 객   매 봉 가 절 배 사 친

遙知兄弟登高處, 遍揷茱萸少一人.
요 지 형 제 등 고 처   편 삽 수 유 소 일 인

이 시 제목 아래에는 '이때 내 나이 열일곱 살'이라는 주가 달려 있습니다. 요즘으로 말하면 왕유는 그 당시 고등학교 1학년 청소년이었던 것이지요. 당시 그는 장안을 여행하면서 과거시험을 위해 견문을 넓히는 중이었습니다. 장안 땅, 주위를 둘러봐도 아는 사람이라곤 하나 없는 낯선 곳입니다. 평소에는 그냥 지나칠 수 있었던 외로움이 명절이 되니 더욱 깊어집니다. 가족끼리 중양절을 즐기는 장안 사람들을 보니 특히 더 그렇습니다. 그런 광경을 보면서 소년 왕유는 생각합니다. 아~ 우리 집도 오늘 형제들이 높은 산에 올라 중양절을 보내겠지……. 가족에 대한 그리움을 정면에서 묘사하지 않고 그 자리에 함께 있지 못한 자신의 빈자리를 보면서 자신을 생각할 형제들의 마음을 묘사하여 완곡하게 고향과 형제들에 대한 그리움을 심화시켰습니다. 집 떠나 명절이 되고 보니 가족이 더 보고 싶다는 소년 왕유의 마음, 조기 유학을 떠나 타국이나 타향에서 생활하는 요즘 청소년들도 가족과 고향을 그리는 마음은 기본적으로 같을 테지요.

그런데 나이가 들고 세상물정을 알아갈수록 명절에조차 가족과의 만남을 부담스러워하고 꺼리는 경향이 늘어나는 요즘 세태를 보면 참 많은 생각을 하게 됩니다. 명절날 가족 모임을 회피하기 위해 온갖 묘안을 짜낸다는 이야기가 심심치 않게 들리니 말입니다. 가족이 좋은 것은 기쁨과 슬픔, 어려움과 고통을 함께 나누고 상의하고 위로받을 수 있기에 그런 것 아닐까요? 언제부터인가 가족에게조차 민낯을 드러내기 싫어하는 풍조가 만연하기 시작했지만 그래도 명절에는 온 가족 모여 앉아 천륜의 즐거움을 누리는 게 소중한 일임을 나이 들수록 절감하겠더군요.

아무튼 명절이면 사람만 스트레스 쌓이는 게 아니라, 명절과 관련된 사물 역시 수난을 당하기 마련인가 봅니다. 중양절에는 주로 국화주를 담가 먹었으니까 국화가 수난을 당하는 시기였던 것이죠. 중양절이면 대부분의 시인들이 국화주 마시고 노는 즐거움을 노래하였는데, 이백은 역시 천재 시인답게 창의적이고 기발한 시선으로 국화를 바라보았네요. 시 제목은 「구월십일즉사九月十日即事」입니다.

어제 산에 올라 중양절 즐겼는데
오늘 아침 또 국화주 술잔을 들이킨다.
국화야 넌 어찌 이렇게 팔자가 사나워
중양절을 두 번씩이나 겪어야 하니?

昨日登高罷, 今朝更擧觴.
작 일 등 고 파　금 조 경 거 상
菊花何太苦, 遭此兩重陽?
국 화 하 태 고　조 차 량 중 양

시 제목에서 알 수 있듯이 9월 10일 눈앞에 벌어지는 풍경을 보고 읊은 시입니다. 중양절은 원래 9월 9일인데, 옛 사람들은 큰 중양절 작은 중양절 두 번을 쇠었다는군요. 그러니까 9월 9일 하루 즐기는 것만으로는 아쉬웠던지 9월 10일을 작은 중양절이라고

하여 하루 더 즐기며 놀았다는군요. 연 이틀 국화주 마셔대니 국화가 남아나겠습니까? 그런 국화의 신세를 이백은 애처로운 눈으로 바라봅니다. "국화야 넌 어찌 이렇게 팔자가 사나워/중양절을 두 번씩이나 겪어야 하니?" 모두들 국화주에 취해 있을 때, 이백 홀로 국화의 신세를 안쓰러워합니다. 위대한 시인은 사물을 보고 느끼는 감정 역시 비범합니다. 이렇듯 신선한 시선視線을 지녔기에 이백은 시의 신선인 시선詩仙이 되었는지도 모르겠습니다.

공자진龔自珍(1792~1841)

자는 슬인瑟人, 호는 정암定庵. 만년에 곤산의 우릉산관羽琌山館에 기거했다고 하여 우릉산민羽琌山民이라 불렸습니다. 청나라 사상가이자 시인·문학가. 관료 집안에서 태어난 그의 외가 역시 대학자 집안이었습니다. 외할아버지가 청대의 유명한 학자 단옥재段玉裁였으니까요. 시대의 병폐를 폭로하고 국가의 장래를 염려하여 국가 경제를 위협하는 현실 상황에 대해 대담하게 비판을 가하면서 개혁을 도모하였고, 이로 인해 이해 당사자들의 배척을 받았습니다. 그는 또 장서가로도 유명했습니다. 반면 그의 아들은 호부虎父에 견자犬子였습니다. 여자를 밝히는 것을 제외하고는 아무것에도 관심이 없었다고 합니다. 아들은 성격이 거만하고 행동이 방탕하기는 하였습니다만, 그렇다고 학식이 없었던 건 아니었답니다. 총명한 자질을 타고났으며 소싯적에는 장서에 취미를 가져 황제의 명으로 간행한 『사고전서』에도 수록하지 못했던 책을 많이 소장하고 있었습니다. 만년에는 경제 사정이 좋지 않아 조상 대대로 내려오던 글씨, 그림, 금석문 등을 팔아 썼다고 합니다. 이홍장이 그의 재주를 아까워하여 생활비를 보조해주었다는 이야기도 있습니다. 한때는 상해에서 영국인에게 협조하여 생계를 유지했다고도 하고요. 이렇듯 아버지는 애국자요 아들은 매국노로서 선명한 대조를 이루지만, 아버지 공자진 역시 청나라 황족의 측실 고태청顧太

淸과의 스캔들에 휘말려 곤혹을 치렀습니다. 이른바 당시 사회를 떠들썩하게 만든 정향화丁香花 사건이 바로 그것입니다. 평소 원매의 뒤를 이어 여성 제자 양성을 표방하였던 진문술陳文述이라는 사람이 있었습니다. 그는 문하에 있던 여제자들의 시문집을 간행하여 명성을 얻으려 하였습니다. 당시 문단에서 혁혁한 이름을 떨치고 있던 만주족 여성 시인 고태청의 재능을 흠모하던 진문술은 그녀의 시를 문집에 넣어 몸값을 올리려 했습니다. 마침 자기 며느리의 사촌언니가 고태청과 친하다는 것을 알고 고태청에게 시문을 부탁하게 하였으나 보기 좋게 거절당하자, 진문술은 고태청 이름으로 시를 지어 문집에 수록하였습니다. 문집의 이름은 『난인집蘭因集』인데 진문술은 특별히 시집 두 권을 고태청에게 보냈다고 합니다. 고태청은 자신의 이름으로 실린 시를 보고는 경악을 금치 못하여, 진문술의 야비함를 읊은 시를 지어 보냈습니다. 이를 본 진문술은 낭패감에 신음하였고, 이는 훗날 정향화 사건을 야기한 빌미가 되었던 것입니다. 정향화는 라일락꽃인데요. 공자진의 시에 꽃향기를 그리워하는 구절을 트집 잡아 고태청에게 흠모의 정을 드러낸 것이라면서 두 사람을 불륜으로 몰고 간 것입니다. 이 사건에 휘말려 곤혹을 치른 공자진은 결국 북경을 떠났습니다. 그러자 사람들은 이것이 불륜의 확증이라 우겼으며, 고태청 역시 집안에서 쫓겨나 말년 생활이 매우 비참했다고 합니다. 애국시인이요 교육사업에도 심혈을 기울였던 공자진은 결국 아들 교육도 제대로 시키지 못했고, 본인 역시 미인관美人關을 넘지 못하고 말았습니다.

→141~143쪽

당언겸唐彦謙(?~893?)

자는 무업茂業, 호는 녹문선생鹿門先生. 과거시험에 응시하였으나 10여 년

이 지나도록 합격하지 못했다고 합니다. 훗날 왕중영王重榮의 초빙으로 절도부사節度府使, 진주자사晉州刺史 등을 역임하였으나 왕중영이 몰락하자 그 역시 폄적당했습니다. 그 후 벽주자사 등을 역임하기도 했으나 만년에 녹문산에 은거했다고 합니다. 어려서 온정균에게서 시를 배웠으며, 7언시에 특히 뛰어났습니다.

→84쪽

도연명陶淵明(365~427)

자는 원량元亮, 동진東晉이 망하자 이름을 잠潛으로 바꾸었는데, 숨어 살겠다는 의미를 담은 것이지요. 세상에서는 정절선생靖節先生이라 불렀습니다. 지금의 강서성 구강 사람. 일찍부터 도가사상의 영향을 받아 자연을 좋아하였습니다. 관직에 나아가 웅지를 펼쳐보고 싶은 마음도 컸으나, 일단 관리가 되면 또다시 전원으로 돌아가고 싶은 모순된 마음이 시종일관하였습니다. 황혼녘 국화가 핀 동쪽 울타리에서 술을 마시는 은자의 형상으로 각인되어 은일시인의 조상으로 불립니다. 팽택 현령으로 재직하고 있을 때 군에서 행정 감독관을 파견하여 시찰하게 하였는데, 부하들이 관복을 갖춰 입고 맞이하라고 건의하자 저런 소인배한테 어떻게 굽신거리느냐면서 즉시 사표를 던지고 '귀거래사'를 읊으며 전원으로 돌아갔다고 합니다.

　한번은 군에서 관리가 파견되어 도연명을 보러왔는데 마침 술이 잘 익었다고 합니다. 도연명은 머리에 쓰고 있던 갈건을 벗어서 술을 걸러 마신 후 다시 머리에 쓰고 손님을 접대했다고 하는군요. 그에게는 또 줄 없는 금琴이 있었는데 술을 마시기만 하면 끌어안고 흥에 취해 연주했다고 합니다. 그리고 술에 취하면 '난 이제 자고 싶으니 그만 돌아가라'고 하였다는군요. 권세가에게 아부하지 않고 남의 눈치 보지 않는 주관이 뚜렷한 도연명의 풍모를 느낄 수 있는 일화들입니다. 훗날 많은 시인들이 도연명을 흠모하여 그의 작품에 화답하는 시를 지었는데, 그중 백거이와 소식, 이황, 정약용 등이 특히 유명합니다.

→13~17, 33~34, 49, 101쪽

두목杜牧(803~852?)

자는 목지牧之, 호는 번천거사樊川居士. 섬서성 장안 사람. 정치에 관심이 많고 재능이 출중하여 10여 세 때 『손자병법』을 읽고 주석서를 낼 정도였습니다. 당나라 황실의 골칫거리였던 번진토벌 계책을 당시의 재상 이덕유에게 바쳐 크게 성공을 거두었다고 합니다. 23세 때 「아방궁부」를 지어 시명을 드날렸다는군요. 26세 때 진사에 급제하여 관리로서 첫발을 내디뎠으나 정치 생애는 그다지 순조롭지 못했습니다. 중앙정부에서 말단 관리 노릇을 하였고 여러 차례 지방 외직으로 나가 근무하였지요. 출중한 재능에 비해 출세하지 못한 까닭을 당시 사람들은 당파 싸움에 희생되었기 때문이라고 평하기도 했지만, 세속에 구애받지 않는 경조부박한 그의 행동이 원인을 제공한 것이라고 평하기도 합니다.

기생과의 일화가 많이 전해지고 있습니다. 기생 장호호를 마음에 두었으나 친구가 이미 첩으로 맞아들여 헛물만 켰다는 이야기가 전해지기도 하고, 또 당시의 명기 두추랑의 노후의 처량한 신세를 노래한 시 「두추랑」이 인구에 회자되었습니다. 선주宣州의 서기書記로 있을 때 호주湖州에 미인이 많다는 소문을 듣고 일부러 호주자사에게 군중대회를 열어달라고 하였답니다. 거기서 10여 세 되는 여자아이에게 마음을 빼앗겨 10년 후에 첩으로 맞이하러 오겠다면서 만약 10년이 지나도록 오지 않으면 다른 데 시집가도 좋다고 하였다는군요. 그 후 여러 차례 호주자사로 발령받고 싶어 했으나 줄곧 뜻을 이루지 못하다가, 10여 년이 흐른 후 다시 호주를 찾았을 때 여자아이는 이미 아이 셋의 엄마가 되었다는 일화가 전해집니다. 세상에서는 그를 소두小杜라 칭하여, 노두老杜인 두보와 구별하였습니다.

→111~112, 115, 311~313쪽

두보杜甫(712~770)

자는 자미子美. 한때 공부원외랑·좌습유 등의 관직을 역임한 적 있으나, 그의 삶은 실의와 빈곤과 가난의 연속이었습니다. 치밀한 언어로 시대의 아픔과 병폐, 백성들의 고통을 노래한 대표적인 현실주의 시인이자 충군애국시인이기도 하지요. 공자로부터 이어지는 중국 휴머니즘의 전통을 문학에 구현하여 후세 사람들로부터 시의 성인[시성詩聖]이라는 이름을 얻게 되었습니다. 시련과 고난의 삶은 그를 위대한 현실주의 시인으로 만들어주었으며 예술적으로 완숙미를 더해주었습니다. 가난으로 어린 자식을 잃기도 했고, 가을 태풍에 초가지붕이 통째로 날아가기도 했습니다. 밤새 추위에 덜덜 떠는 와중에도 어떻게 하면 비바람에도 끄떡 않는 탄탄한 건물에서 천하의 가난한 사람들이 함께 모여 잘살 수 있을까, 라는 시구를 읊조리기도 하였습니다. 이렇듯 두보는 자신의 고통으로부터 남의 아픔과 고통을 미루어 짐작하는 천생 휴머니스트였습니다. 오랜 방랑 생활 끝에 장강 일대를 떠돌다가 한번은 홍수에 고립되었다가 구출된 후, 허겁지겁 밥을 먹다 급체로 죽었다고 전해집니다. 그의 나이 59세 때의 일입니다.

→41~44, 108~110, 205~207, 230~234, 260, 290~292쪽

매요신梅堯臣(1002~1060)

송나라 현실주의 시인. 자는 성유聖兪. 세칭 완릉선생宛陵先生. 안휘성 선성 사람. 농민 출신으로 가난한 환경 속에서도 독서를 무척 좋아하였답니다. 처음에는 음서제도 덕분에 동성주부桐城主簿에 임명되었고, 진안군절도판관鎭安軍節度判官을 역임하였지만 훗날 송 인종 황제 때 전시에 합격, 태상박사에 임명되었습니다. 『시경』과 『이소』의 전통을 강조하면서 시가 창작은 반드시 현실 체험을 바탕으로 써야 할 것을 주장하였습니다. 나이 삼십에 구양수歐陽修, 윤수尹洙 등과 더불어 시문개혁운동을 전개하였습니다. 훗날 구양수의 명성이 더 높아졌지만 처음에는 매요신이 영도적인 지위를 차지하였습니다. 북송 시인 구양수, 왕안석, 소식까지도 모두 매요신의 훈도를 받았고, 그들로부터 존경을 받았지요. 구양수는 매요신을 '시로詩老'라고 칭하면서 흠모의 정을 드러내었습니다. 남송 후기 시인 유극장劉克莊은 그를 송시宋詩의 개산조사開山祖師로 받들었습니다.

→323~325쪽

맹교孟郊(751~814)

자는 동야東野, 오언고시를 특히 잘 썼습니다. 나이 오십이 다 되어서야 겨우 진사시험에 합격하였으며, 한유 등의 추천을 여러 번 받았으나 벼슬은 말단인 판관에 그치고 말았습니다. 곡절 많은 인생살이와 가난에 찌든 삶으로 인해 그의 작품 경지는 좁고 답답한 느낌을 주었으며, 독자들의 마음을 슬프게 만듭니다. 기발한 구상으로 괴팍한 풍격의 시를 많이 썼습니다.

→122, 315쪽

문징명文徵明(1470~1559)

원명原名은 벽璧, 자는 징명徵明. 스물네 살 때부터 자로 행세했습니다. 조상이 형산 사람이어서 세상에서는 형산거사 혹은 문형산文衡山으로 불렸습니다. 시·서·화에 모두 능통하였습니다. 회화 방면에서는 심주沈周·당인唐寅·구영仇英과 더불어 오문사가吳門四家라 불렸으며, 시문 방면에는 축윤명祝允明·당인唐寅·서정경徐禎卿과 더불어 오중사재자吳中四才子로 불렸습니다. 관운은 불우하여 53세까지 과거시험에 합격하지 못하였고, 54세 되던 해에 공부상서 이윤사李允嗣의 추천으로 이부의 시험을 거쳐 미관말직인 한림원대조翰林院待詔에 임명되었다고 합니다. 이때 그는 이미 서화로 전국적으로 유명해지고 난 후여서 그에게 서화를 구하는 사람이 많았습니다. 이로 인해 한림원 동료의 질투와 배척을 받았고, 이를 못 견딘 문징명은 3년 만에 사직하고 낙향하였습니다. 겸손하지만 강직한 성품을 지녀 권력자에게 아부하지 않았고 그들을 위해서는 그림을 그려주지 않았다고 전합니다. 그의 어진 인품을 흠모한 영왕寧王 주신호가 초빙하였으나 병을 핑계로 가지 않았습니다. 만년에 더욱 유명해져서 그의 서화를 구하고자 하는 인사들로 문턱이 닳을 정도였습니다. 90세 가까이 될 때까지도 쉬지 않고 열심히 서화를 연마하였는데, 남의 묘지명을 쓰다가 앉아서 세상을 떴다고 합니다.

→69~70쪽

반첩여班婕妤(기원전 48~기원전 2)

이름은 전해지지 않습니다. 첩여는 한漢나라 성제成帝의 비빈이 된 후 내려진 품계. 중국 문학사상 시문으로 이름을 날린 여성 작가 중 한 명입니다. 『한서』를 지은 반고班固와 서역을 개척하여 제후의 반열에 오른 반초班超, 동한東漢의 여성 사학가이자 문학가인 반소班昭의 고모할머니입니다. 어려서부터 총명하고 문재가 출중하였으며 독서를 매우 많이 하였다고 합니다. 한나라 성제 때 궁에 들어가 처음에는 하급 궁녀였으나 오래지 않아 성제의 총애를 얻어 첩여라는 벼슬을 하사받았습니다. 성제는 반첩여와 한시라도 떨어지고 싶지 않아 특별히 두 사람이 앉을 수 있는 수레를 만들라고 명령하여 놀러갈 때 함께 타려고 하였습니다. 그러나 반첩여는 고대로부터 전해오는 그림을 보면 성군의 곁에는 명신이 있었고, 하은주 세 나라의 마지막 군주 걸왕과 주왕, 유왕만이 총애하는 여자를 곁에 두어 결국 망국의 군주가 되었다면서 만약 자신이 성제와 함께 수레를 타고 놀러간다면 똑같은 전철을 밟게 될 것이니 어찌 모골이 송연하지 않겠느냐면서 거절했다고 합니다. 그 이야기를 전해들은 황태후는 반첩여를 매우 기특하게 여겨, 옛날 춘추시대 초나라 장왕에게는 번희樊姬처럼 총명한 여자가 있더니 지금 이 나라에는 반첩여가 있다면서 크게 칭찬했다고 합니다. 그러나 조비연 자매의 출현으로 인해 황제의 총애를 잃게 되자 첩여는 스스로 장신궁으로 가서 황태후를 모셨고, 성제가 죽은 후에는 성제의 묘를 지키면서 일생을 마쳤다고 합니다. 중국 역사상 부녀의 도리를 가장 잘 지키고 실행한 여성의 전형으로 꼽힙니다.

→272~274쪽

백거이白居易(772~846)

자는 낙천樂天, 호는 향산거사香山居士. '거이'라는 이름처럼, '낙천'이라는 자처럼 편안하게 타고난 대로 안분지족의 삶을 살려고 노력하였던 사람. 이루어지지 못한 사랑을 하였고, 그 사랑 가슴에 묻고 다른 여성과 결혼하였습니다. 그가 체험한 사랑의 한을 당 현종과 양귀비의 사랑에 투사하여 노래한 「장한가」는 천고의 절창으로 인구에 회자되고 있습니다. 옛사랑한테 받은 비단신을 적소지까지 지니고 가서 이따금 꺼내보며 시를 읊조렸던 순정파이기도 합니다. 젊은 시절 야심찬 포부를 가지고 황제를 보필하여 요순시대처럼 백성들이 행복하게 살기를 바랐습니다. 사회 부조리를 고발하고 잘못된 정치를 비판하는 풍유시를 많이 지었습니다. 혁신 정치에 대한 황제의 의욕이 사라지자 정적들의 모함을 받아 44세 때 강주사마로 좌천되었습니다. 그 후 세속적 명철보신과 지족의 삶을 체화하면서 중은中隱의 삶을 표방하여 관리로서의 이점과 은자로서의 장점을 취하는 생활을 추구하였습니다. 하지만 끝내 백성들의 고통스러운 삶을 외면하지 않고 사재를 털어 수리 사업을 전개하여, 배가 전복되어 백성들이 목숨을 잃는 사고가 더 이상 발생하지 않도록 조처하였습니다. 나이 들어 건강이 여의치 않자 아끼던 번소와 소만 두 가기歌妓를 속량해준 휴머니스트. 나이 58세에 늦둥이 아들을 얻었으나 아들은 삼 년을 못 넘기고 요절하였습니다. 욕심 없이 살았던 그였지만 아들에 대한 집착은 대단했던 듯.

누구나 쉽게 이해할 수 있는 시를 짓는 게 평소의 소신이었으므로 시를 짓고 나면 이웃집 노파에게 보여준 후 그가 이해할 때까지 시구를 수정했다는 일화가 전해집니다. 민중시인, 대중시인이라는 칭호는 이러한 면모로 인해 주어진 이름이라 할 수 있습니다. 문학의 사회적 역할을 중시하여 '인생을 위한 예술'을 주장하였는데 그의 신악부 운동은 그러한 소신의 발현이었습니다. 그러나 그의 시적 명성을 높여준 것은 오히려 「장한가」나 「비파행」처럼 애절한 사연과 비애를 기탁하여 읊은 감성적 시였습니다.

→25~29, 31~34, 36~37, 90~92, 94, 154, 218, 220, 223~225, 230, 236~240, 244~256, 262~263, 271~272쪽

변계량卞季良(1369~1430)

조선 전기의 문신. 자는 거경巨卿 호는 춘정春亭으로, 이색·권근의 문하생입니다. 어려서부터 총명해 네 살에 고시의 대구對句를 외우고 여섯 살에 글을 지었다고 합니다. 이후 과거에 합격하여 여러 벼슬을 두루 역임하였습니다. 어느 날 가뭄이 심해 태종이 크게 근심하자, 하늘에 제사를 지내는 것이 예는 아니나 상황이 절박하니 원단圓壇에 기우제를 거행하기를 청하였습니다. 이에 태종이 그에게 제문을 짓게 하고 유정현을 보내 제사드리게 하니 과연 큰비가 내렸다는 일화가 전해집니다. 문장에 뛰어나 거의 20년간 대제학을 맡아 외교 문서를 작성하였습니다. 변계량은 옥사를 다룰 때 공정하고 정당하게 하였고, 죄수를 단죄할 때는 불쌍히 여기며 살릴 방도를 찾았습니다. 왜구들의 잦은 침범에 홀로 토벌을 주장하였고, 대규모 토벌이 성공한 후 왜노들이 두려워서 감히 변경을 침범하지 못했다고 합니다. 고려 말 조선 초 정도전·권근으로 이어지는 관인문학가의 대표적 인물로서 「화산별곡華山別曲」·「대행태상왕시책문大行太上王諡冊文」을 지어 조선 건국을 찬양하였습니다.

→292~293쪽

설도薛濤(768?~832)

자는 홍도洪度, 어려서 일찍 아버지를 여의고 의식주를 해결하기 위해 기녀가 되었습니다. 남성 위주의 사회에서 뛰어난 재능으로 뭇 남성 시인들을 압도한 대표적인 여성 시인입니다. 무원형, 위고, 단문창, 이덕유 등이 그녀의 재주를 무척 아꼈으며, 백거이, 왕건, 유우석, 원진 같은 당시 명사들과 교류하였습니다. 특히 연하의 원진에게 매력을 느껴 사랑에 빠지기도 하였습니다. 설도전薛濤箋이라는 예쁜 색지를 발명하여 거기에다 시를 쓰기도 했던 재원才媛입니다. 그녀의 탁월한 재능을 높이 평가한 당시 문인 위고는 황제에게 교서랑이라는 벼슬을 하사할 것을 건의하였습니다만, 황제가 여자에게 무슨 관직을 주느냐면서 거절했습니다. 당시 문인들은 그녀를 여교서女校書라고 불렀습니다. 청려하고 아름다운 주옥같은 시를 많이 썼습니다.

→87~88쪽

소세양蘇世讓(1486~1562)

자는 언겸彦謙, 호는 양곡陽谷·퇴재退齋·퇴휴당退休堂입니다. 조선 중기의 문신이자 조선 제일의 로맨티스트입니다. 명나라 사신과 시문으로 응답하여 문명文名을 떨쳤습니다. 율시에 뛰어났으며 글씨는 송설체를 잘 썼다고 합니다.

소세양은 황진이와의 사랑으로 널리 알려진 인물입니다. 소세양이 황진이의 소문을 듣고 '여색에 미혹되면 대장부가 아니다. 듣건대 개성에 천하일색 진이가 있다던데, 나 같으면 30일만 같이 살면 헤어질 수 있고, 추호도 미련을 갖지 않을 것'이라고 장담했다고 합니다. 이에 개성으로 황진이를 찾아간 소세양은 30일 동안 뜨거운 계약동거를 했습니다. 30일이 되어 약속대로 소세양이 떠나려 하자 황진이는 남루에 올라가 "내일 아침 임 보내고 나면 사무치는 정 물결처럼 끝이 없으리(明朝相別後 情與碧波長)"라고 시를 읊었습니다. 소세양은 탄식하며 "난 (호언장담했던) 그 사람이 아니라네, 그녀 때문에 다시 머무르니(吾其非人哉 爲之更留)"라 말하고 황진이 곁을 떠나지 못했다 합니다.

→321~322쪽

자는 자첨子瞻, 호는 동파거사東坡居士. 정치·문학·요리 등 다방면에 걸쳐 재능이 많았던 사람. 그가 태어난 해에 그의 고향에 있던 미산의 산천초목이 모두 말라죽었는데, 그가 죽자 다시 초목이 소생했다는 이야기가 전해집니다. 미산의 산천 정기를 한 몸에 타고났다는 것을 웅변해준다고 할 수 있겠습니다. 급진적인 정치 혁신을 주장하는 신당파에 반대하다가 정적들의 떼거지 공격으로 오대시안을 겪으면서 하옥되어 죽음의 문턱까지 가기도 했지요. 그러나 인재를 아낀 신당파의 영수 왕안석의 구명운동으로 옥에서 풀려나 황주자사로 좌천되었습니다. 당시 황주 지역에는 집집마다 돼지를 길렀는데, 맛있게 먹는 방법을 몰라 천시받던 돼지고기에 주목하여 동파육東坡肉이라는 요리를 개발하여 널리 보급시켰지요. 남송의 수도 항주에까지 이 요리가 확산되어 지금도 항주를 대표하는 요리로 느끼하지도 않고 입에서 살살 녹는다는 평을 받습니다. 소주자사로 재직 중에는 항주 서호에 제방을 쌓아 치수사업을 하였습니다. 지금도 서호에 가면 하늘거리는 수양버들과 화사한 복사나무가 줄지어 서 있는 소제蘇堤를 만날 수 있습니다. 소식의 애민愛民의 일단을 보여주는 사례라 하겠습니다.

사랑하는 아내 왕불과는 결혼 10년 만에 사별하였는데 아내의 죽음을 애도하면서 쓴 「강성자江城子」는 중국 전체 도망시悼亡詩를 압도하는 명작으로 인구에 회자됩니다. 호방하고 낙천적이며 긍정적인 성격의 소식에게 그렇듯 애틋한 정과 말랑말랑한 서정이 있다니…… 놀랍습니다. 아내 왕불에 대한 지극한 사랑 탓인지 소식은 아내와 사별한 후 또다시 왕씨 가문의 여성을 아내로 맞이하였고, 애첩 역시 왕씨 성을 지닌 여자였습니다. 정치적으로는 파란만장한 삶을 살았습니다. 지금의 해남도에서 유배 생활을 했을 때는, 그를 흠모하던 시종이 유배지까지 따라가서 수발을 하였다고 전해집니다. 곡절 많은 인생을 살았지만 낙관적이고 긍정적인 삶의 자세를 보여주었습니다.

→20~24, 35~36, 63, 269, 299~300, 328~332쪽

신기질辛棄疾(1140~1207)

자는 유안幼安, 호는 가헌稼軒. 산동 제남 출신. 걸출한 여성 작가 이청조와 더불어 제남 이안二安으로 불립니다. 이청조 역시 산동 제남 사람이고 호가 이안거사易安居士이기 때문이지요. 중국을 대표하는 애국시인입니다. 문무를 겸비한 지성인. 정치가로서의 탁월한 식견을 드러낸 「미근십론美芹十論」과 「구의九議」 등이 있습니다. 21세 되던 해, 금나라에 대항하기 위해 의병 2000명을 모집하여 항금 의병대장 경경耿京에게 귀순하였습니다. 46세 때, 금나라가 내분으로 세력이 약화되어 퇴각하던 중 의병장 경경이 반역자 장안국張安國에게 살해되었다는 소식을 듣고 50여 명의 병사를 이끌고 적의 군영을 습격, 장안국을 잡아 즉결에 처하도록 정부군에 넘겼다는군요. 그의 작품은 풍부한 학식과 깊은 인생 체험을 바탕으로 애국지사의 뜨거운 흉금과 시대의 울분을 역동적으로 그려내어 침통하고 비장한 격조를 형성하였습니다. 수차례 탄핵되어 배척받았지만 국토를 회복하고자 하는 굳은 신념은 결코 흔들리지 않았습니다. 남송 정국을 주도하였던 강화파와 의견이 맞지 않아 탄핵을 받고 관직을 떠나 은거하는 신세가 되었습니다.

→306~307쪽

양만리楊萬里(1127~1206)

자는 정수廷秀, 호는 성재誠齋. 남송의 저명한 애국시인이자 관료. 평생 2만여 수의 시를 지은 다산 작가로 유명합니다. 현존하는 시는 4200여 수. 주로 자연경물을 묘사하는 데 뛰어난 실력을 보였습니다. 육유陸遊, 우무 尤袤, 범성대范成大와 함께 '남송사대가南宋四大家'·'중흥사대시인中興四大 詩人'으로 불렸습니다. 광종光宗이 친히 '성재誠齋' 두 글자를 써서 하사하 여 학자들은 그를 성재선생이라 불렀습니다. 양만리는 성품이 강직하여 불의를 보면 참지 못하고 시대의 병폐를 거리낌 없이 지적하였기에 높은 벼슬에 발탁되지 못하였습니다. 부귀를 초개처럼 여겼으며 언제든 관직을 버리고 낙향할 준비가 되어 있었던 것이지요. 중앙관리로 있을 때는 언제 라도 고향으로 돌아갈 수 있도록 노잣돈을 준비해두고 행장을 꾸려놓았다 고 합니다. 집안사람들에게는 짐이 많으면 고향으로 돌아갈 때 방해가 되 니 짐을 늘리지 못하게 하였고, 늘 짐 상자를 침실에 두고 잠가놓았습니 다. 이렇듯 그는 언제라도 관직을 버리고 고향으로 돌아갈 마음의 준비가 되어 있었습니다. 그의 이러한 행동은 승진과 이해득실에만 집착하는 모 리배들과 선명한 대조를 이루었지요. 양만리는 그 시대의 대표적인 청백 리였습니다.

→113~115, 266~267쪽

왕건王建(768~830?)

자는 중초仲初. 당나라 시인. 한미한 가문 출신으로 일생 동안 가난과 궁 핍 속에서 살았습니다. 46세 늦은 나이에 소응현승昭應縣丞에 임명되었고 훗날 섬주사마陝州司馬를 지냈으므로 세상에서는 왕사마라고 부릅니다.

장적과 친했으며 두 사람 모두 악부시에 뛰어나 세상에서는 장왕악부張王樂府라고 칭했습니다. 이 밖에 궁중의 풍물과 궁중 여인들의 원망을 읊은 시를 많이 썼으므로 당나라 궁정생활을 연구하는 데 귀중한 자료를 제공해줍니다.

→177, 181쪽

왕안석王安石(1021~1086)

자는 개보介甫, 호는 반산半山. 북송시대의 저명한 사상가·정치가·문학가·개혁가. 21세 때 과거에 급제, 관직을 두루 역임하였습니다. 재상에 임명된 후 정치 개혁을 주도하였는데 수구파의 반대에 부딪혔습니다. 보수파가 득세하자 그가 힘써 실행한 변법이 모두 폐지되었지요. 고향에 돌아가던 도중 백성들이 변법에 대해 불만과 원망을 쏟아내는 것을 듣고 회한으로 고뇌하다 종산鍾山에서 병으로 서거하였습니다. 성격이 매우 집요하여 보살도 그의 마음을 돌리지 못한다고 하여 사람들은 그를 고집불통 상공[요상공拗相公]이라 불렀다는군요. 시호는 문文, 형국공荊國公에 봉해졌으므로 왕문공王文公이라 칭하기도 하고 왕형공王荊公이라 부르기도 합니다. 그는 천재지변은 두려워할 것이 없고, 전인들이 제정해놓은 구법과 제도는 맹목적으로 본받아서는 안 되며 유언비어는 신경 쓸 필요 없다고 하였습니다. 자신과 정치적으로 대립한 소식이 사형 위기에 처해 있을 때 당파를 초월하여 소식 같은 훌륭한 인재를 죽여서는 안 된다며 구명운동을 벌인 일화는 귀감이 될 만하다고 하겠습니다. 소신이 뚜렷하고 과감하게 개혁을 시도하였던 것도 이러한 성향에서 비롯된 것이라 할 수 있습니다.

왕안석은 매우 소박하고 청렴하였는데, 다음과 같은 일화가 전해집니다. 한번은 며느리 집안의 친척 소공자蕭公子가 상경하여 왕안석을 방문하

였는데, 첫날에는 그를 식사에 초대하였다고 합니다. 다음날, 소공자는 성
찬을 고대하면서 의복을 갖춰 입고 식사 초대를 기다렸으나, 때가 지나도
록 아무런 기별이 없었습니다. 그러던 중 밥 먹으러 오라는 전갈이 와서
가보니 식탁 위에는 전병 두 쪽, 고기 네 조각, 야챗국 한 그릇이 놓여 있
더랍니다. 소공자는 전병 안에 들어 있는 소 일부만 먹고 나머지는 젓가락
도 대지 않았습니다. 왕안석은 먹다 남은 전병을 집어들고 깨끗이 먹어 치
웠다네요. 그 모습을 본 소공자는 부끄러워 허둥지둥 자리를 떴다는군요.
한번은 부인 오씨가 남편을 위해 첩을 들였습니다. 첩이 퇴근하여 집에 돌
아온 왕안석을 맞이하려 앞으로 나아가자 왕안석은 누구냐고 물었습니다.
관가에 빚을 져서 빚을 갚기 위해 첩으로 들어왔다고 했더니 당장 빚을 갚
아줄 터이니 집으로 돌아가라고 했다는군요. 휴머니스트의 일면을 보여
주는 사례라 할 수 있습니다. 왕안석은 옷차림과 용모에 전혀 신경을 쓰지
않는 나쁜 습관이 있었다고 합니다. 그의 행색은 늘 구질구질하고 수염과
머리카락은 헝클어진 채였는데, 독서에 열중하느라 미처 세수하고 다듬을
새가 없었다는군요.

→24, 149~151쪽

왕유王維(699?~759)

자는 마힐摩詰, 호는 마힐거사摩詰居士. 세상에서는 이백은 천재天才, 두보
는 지재地才, 왕유는 인재人才라고 평하기도 하고, 각각 시선詩仙, 시성詩
聖, 시불詩佛이라 칭하기도 합니다. 시·서·화·음악에 능통하였습니다. 문
학적으로는 산수전원시를 많이 창작하였고, 그림 방면에서는 중국 남종
화의 비조로 추앙되지요. 음악에도 정통하였습니다. 한번은 웬 사람이 악
기를 연주하는 그림을 얻었는데 도대체 무엇을 연주하는 그림인지 몰랐다

고 합니다. 왕유는 그림을 보자마자 그건 「예상우의곡」의 제 몇 번째 부분을 연주하는 것이라고 대답했다고 합니다. 악사를 청해 연주해보니 과연 왕유의 말 그대로였습니다. 소식은 왕유의 시에는 그림이 있고, 그림에는 시가 있다고 말하기도 하였습니다. 회화성이 뛰어나고 선취禪趣가 풍부한 산수전원시를 많이 썼습니다. 안녹산 반군에게 잡혀 반강제적으로 관직을 맡았다가 난이 평정된 후 전력을 문제 삼아 하옥되어 죽을 뻔하였으나, 동생 왕진의 적극적인 구명운동으로 풀려나 태자중윤으로 강직되었습니다. 그 후 다시 승진을 거듭하여 상서우승까지 이르렀지요. 독실한 불교신자였던 어머니의 감화를 받아 불교에 귀의하였으며, 40여 세 때 장안 남쪽 남전현에 있는 망천 별장을 입수하여 친구 배적과 더불어 반관반은半官半隱 생활을 하면서 자연에서 노니는 즐거움을 시로 읊었습니다.

→53, 55~56, 68~69, 83, 260~263, 265, 327, 335~337쪽

왕창령王昌齡(698~755?)

자는 소백少伯. 서른 살에 진사에 합격하였으나 관리 생활은 평탄치 못했습니다. 칠언절구는 두보와 자웅을 겨룰 정도로 훌륭하여 칠언절구의 명수로 칭송됩니다. 규원시와 변새시로 이름을 날렸습니다. 안녹산의 난 때 고향으로 돌아와 있던 중, 자사 여구효에게 미움을 사서 살해되었습니다.

→103쪽

우겸于謙(1398~1457)

자는 정익廷益, 호는 절암節庵. 명나라 명신. 청백리로 이름을 날렸던 인물입니다. 하남과 산서 순무사에 임명되었을 때 부임하자마자 지역의 어르

신들을 방문하여 지역의 시급한 현안과 혁신해야 할 일을 조정에 보고하였고, 수재와 한재 같은 재해가 발생하면 즉각 보고하여 해결하려는 노력을 하였습니다. 당시 조정에는 이른바 삼양으로 불리는 양사기楊士奇·양영楊榮·양부楊溥가 요직에서 우겸을 적극적으로 도와서 민원을 해결해주었다고 합니다. 그러나 이들이 모두 세상을 뜨자 태감 왕진王振이 권력을 장악하여 위세를 떨쳤는데, 왕진은 뇌물을 좋아하여 대신들이 다투어 뇌물을 바치고 그의 환심을 사고자 하였습니다. 그러나 우겸은 조정에 들어갈 때마다 언제나 빈손으로 갔습니다. 이를 본 사람들이 우겸에게 금은보화는 못 바치더라도 지방 토산품 정도는 바쳐야 하지 않겠느냐고 충고를 했더니, 우겸이 양손을 치켜들면서 두 소매 가득 청풍을 가지고 왔다[청풍양수淸風兩袖]고 했답니다. 훗날 입조한 후 우겸은 왕래王來와 손원정孫原貞 같은 인물을 조정에 추천하였습니다. 평소 우겸을 못마땅하게 여긴 태감 왕진은 우겸이 장기간 승진하지 못한 데 앙심을 품고 멋대로 사람을 추천하여 자신의 세력을 확대하려 한다고 사법부에 무고하였고, 그는 사형을 선고받아 3개월여 감옥에 갇혀 있었습니다. 이 소식을 들은 백성들이 분노하여 황제에게 연명하여 상서를 올렸습니다. 왕진은 이에 평소 자기와 원한관계에 있던 사람의 이름도 우겸인지라 그 사람인 줄 착각하여 옥에 가두었다는 핑계를 대고 풀어주었다고 합니다. 우겸은 석방은 되었지만 강직되어 산서성 감옥에 하옥되었습니다. 수천 명의 백성들이 연일 궁궐로 몰려가 상서를 하였고 지방에 있던 번왕들도 가세하여 진언하자, 우겸은 다시 석방되어 순무사에 임명되었다고 합니다. 이렇듯 우겸은 당시 백성들의 추앙을 받았고, 백성들은 진정 그의 '빽'이 되어주었던 것입니다. 우겸은 강직한 성격으로 인해 원로대신과 황실 친척들에게 원한을 샀으며 앙심을 품은 이들의 모함으로 결국 사형에 처해졌습니다. 그가 죽고 난 후 집을 압수 수색하러 가보니 생활용품 이외 재산이라곤 아무것도 없었다고 전해집니다. 훗날 우겸은 명예를 회복하고 황제로부터 충숙忠肅이라는 시호를 받았으며, 국가에서 그의 제사를 받들었습니다.

→211~213쪽

우세남虞世南(558~638)

자는 백시伯施. 당나라의 저명한 서예가·문학가·정치가. 성정이 침착하고 욕심도 적었지만 의지가 굳고 열심히 공부하였기에 역대 제왕들로부터 총애를 받았습니다. 당나라 건국 이전 육조시대 진陳나라에서 건안왕의 법조참군을 지낸 적이 있습니다. 수나라에서는 비서랑·기거사인 등을 역임하였고, 수나라 멸망 후 두건덕竇建德이 황문시랑에 임명하였습니다. 당나라 태종 이세민이 두건덕을 멸망시킨 후 우세남을 기실참군·홍문관학사 등에 임명하였고, 태종 정관 연간에 저작랑·비서감 등의 직책을 역임하였습니다. 훗날 영흥현공永興縣公에 봉해져서 우영흥虞永興, 우비감虞秘監 등으로 통합니다. 겉으로 보기엔 매우 유약해 보이고 관복을 걸치기도 힘들 정도로 몸이 약했지만, 성정이 강직하고 직언을 서슴지 않아 특히 당나라 태종의 존경을 받았습니다. 당 태종은 그를 오절, 즉 다섯 가지에 뛰어난 인물이라고 칭송하였는데 덕행德行, 충직忠直, 박학博學, 문사文詞, 서한書翰 등이 그것입니다.

　박학과 관련하여 이런 일화가 전해집니다. 하루는 당 태종이 우세남에게 병풍에 열녀전을 써달라고 부탁했습니다. 당시에 참고할 저본이 없었으므로 우세남은 외워서 써넣었는데, 훗날 맞추어 보니 한 글자도 틀리지 않았다고 합니다. 또 한번은 당 태종이 행차를 나가는데, 관원이 서적과 공문의 부본副本을 수레에 싣고 갈 것을 청했습니다. 그 말을 듣고 태종은 우세남 머릿속에 다 들어 있는데 그런 게 무슨 필요가 있느냐고 하였답니다. 그야말로 한번 눈으로 스캔하면 모두 뇌 속에 저장되는 암기의 달인이었던 것입니다.

→276~280쪽

원진元稹(779~831)

자는 미지微之. 백거이와 절친한 친구로 백거이가 주도한 신악부 운동에 적극 호응하여 시론과 시풍 모두 백거이와 비슷합니다. 두 사람은 진사시험에 합격한 후 함께 전시를 준비하면서 예상문제를 출제하고 답안지를 작성하기도 하였습니다. 당시 막강한 힘을 행사했던 환관에게 잘못 보여 좌천당하기도 했지만, 훗날 다시 환관과 결탁하여 높은 벼슬을 지내기도 했습니다. 백거이와 절친이긴 하였지만 정치적 행보에서는 다른 성향을 보였습니다. 원진은 시인들 중에서 드물게 소설 분야에서도 이름을 날렸는데 소설 『앵앵전』이 그의 작품입니다. 『앵앵전』은 원진의 실제 경험을 소설화한 것인데요. 원진은 혼전에 부잣집 딸이기는 하나 정치적 인맥이 없는 앵앵과 사랑에 빠졌습니다. 그러나 정치적 야심이 많았던 원진은 당시 경조윤(오늘날 서울시장) 위하경韋夏卿을 알게 되었고, 위하경은 장래가 촉망되는 원진을 사윗감으로 찍었습니다. 이에 원진은 옛사랑을 버리고 명문 집안을 선택하여 위하경의 딸 위총과 결혼하였습니다. 첫사랑에 대한 아련한 그리움과 미련, 자책감 때문에 훗날 원진은 두 사람의 러브스토리를 소설화하였다고 합니다.

→154~156, 158쪽

유우석劉禹錫(772~842)

자는 몽득夢得. 백거이의 장년 이후, 시를 알아주고 격려하는 소울메이트
였습니다. 백거이는 젊은 날의 절친 원진이 작고한 후 유우석과 함께 시를
읊조리고 술잔을 기울이며 세월을 보냈습니다. 백거이가 늘그막의 세 가
지 소원을 노래한 시를 보면 태평한 세상, 건강한 신체, 그리고 세 번째가
유우석과 자주 만나는 것이라고 하였습니다. 젊은 날, 정원 연간의 정치
혁신운동에 참여하였다가 개혁이 실패로 끝나면서 23년간 장강 이남으로
좌천되어 오지를 떠돌아다녔습니다. 불우한 인생이 작품을 더욱 단련시켜
백거이와 함께 '유백劉白'으로 병칭됩니다. 민가의 창작기법을 배워서 애
틋하고 순박한 감정을 자연스럽고 정치하게 표현했습니다. 깊은 뜻을 기
탁하여 당시 사회의 부조리를 우회적으로 고발한 우언시 역시 새로운 지
평을 열었습니다.

→94, 191~193, 198~201, 218, 220~222, 282~283, 326쪽

유종원柳宗元(773~819)

자는 자후子厚, 유주자사柳州刺史를 지낸 적이 있으므로 세상에서는 유유
주라 부릅니다. 관료 집안에서 태어난 그는 일찍부터 총명한 재주로 이름
을 날렸으며, 스무 살 약관의 나이에 진사과에 합격하였습니다. 왕숙문
이 주도하는 정치 개혁에 적극 참여하여 예부원외랑에 임명되었으나, 서
른두 살 되던 해에 정치 개혁이 실패함에 따라 소주자사邵州刺史로 좌천되
었고 그해 11월에 다시 영주사마永州司馬로 좌천되었습니다. 장안을 떠난
지 10년 만에 경사에 돌아왔으나 곧 유주자사에 임명되어 다시 장안을 떠
났습니다. 유주자사를 지내면서 선정을 베풀어 현지 주민들로부터 존경

을 받았습니다. 46세를 일기로 임지인 유주에서 세상을 떠났습니다. 주민들은 그의 죽음을 몹시 애통해하였으며 사당을 지어 그를 수호신으로 받들어 모셨습니다. 한유와 더불어 산문 작가로 쌍벽을 이루며, 시보다는 산문을 많이 지었고 문학적 성취 역시 산문이 더 컸습니다. 문장의 외형적인 아름다움만을 추구하는 변려문을 배척하는 이른바 고문운동을 한유와 함께 주도하였습니다. 예리한 필봉으로 당시의 세태와 정치를 신랄하게 풍자하였으며 특히 산수기행문으로 유명합니다. 그의 산수기행문은 탁월한 경치 묘사와 더불어 깊은 우의를 기탁하였으며, 철리성이 강한 논설문을 남기기도 하여 철학자로서도 상당한 지위를 차지하고 있습니다. 한유, 구양수, 소순, 소식, 소철, 왕안석, 증공과 더불어 당송팔대가로 지칭됩니다.

→118~119쪽

육유陸遊(1125~1210)

자는 무관務觀, 호는 방옹放翁. 남송南宋시대 사학가이며 애국시인. 육유의 어머니가 꿈에서 북송의 명시인 진관秦觀을 보고 나서 아들의 이름을 유遊라고 지었다는 설이 있습니다. 혹자는 『열자列子』의 "무외유務外遊, 부지무내관不知務內觀(바깥에서 노는데 정신이 팔려 안으로 살피는 데 힘쓸 줄 모른다)"에서 이름과 자를 취했다고 주장합니다. 관觀과 유遊 두 글자는 통상 함께 연용되는 글자로서 의미적으로 상통하는 면이 있지요. 옛 사람은 이름을 지을 때 이름과 자의 내재적 연관을 고려하였지요. 육유는 강남 명문거족의 예로서 도가적인 가풍이 농후하였기에 『열자』의 이 말에서 각각 이름과 자를 취했다는 설도 있습니다. 북송이 멸망하던 때에 태어나 어려서부터 애국사상의 훈도를 깊이 받았지요. 고종 때 예부에서 실시하는 과거시험에 응시하였으나 금나라와 강화를 주장하였던 재상 진회秦

檜의 배척을 받아 벼슬길이 순조롭지 못했습니다. 효종이 즉위한 후 진사 출신을 수여받고 이런저런 관직에 임명되었으나 금나라와 맞서 싸울 것을 주장하다가 여러 차례 배척받았습니다. 효종孝宗·광종光宗의『양조실록兩朝實錄』과『삼조사三朝史』의 편찬을 주관하였습니다. 장기간 고향 산음에 칩거하다「시아示兒」, 즉 아들에게 주는 시를 남기고 세상과 하직하였습니다. 외적을 물리치고 고국의 산하를 회복하는 날 반드시 제사를 지내어 알려달라고 아들에게 당부하는 내용이 들어 있지요.

육유의 결혼 생활은 순탄치 않았습니다. 사촌동생 당완唐琬과 결혼하였는데 둘의 금슬이 너무 좋아 아들 공부에 방해가 된다고 생각한 어머니의 강요로 아내와 헤어졌습니다. 당완은 그 후 조사정과 재혼하였고 육유 역시 왕씨와 재혼하였지요. 어느 봄날 홀로 심원沁園에 놀러가 전처 당완과 우연히 재회하게 된 육유는 이별의 아픔과 회한을 읊은「채두봉釵頭鳳」을 지어 심원 담장에 적었다고 합니다. 그 사를 본 당완 역시 집으로 돌아와 이에 화답하는 사를 쓰고 슬픔을 가누지 못해 시름시름 앓다가 죽었습니다. 육유는 그 후 해마다 봄이 오면 심원을 찾아 당완을 추모하면서 세상을 뜨기 직전까지 그녀에 대한 추모의 정을 읊었습니다. 이혼은 하였으되 변함없이 전처를 사랑하였던 육유, 사랑의 모순과 질곡에 시달렸던 그, 그리고 그 불행을 선택해야 했던 그의 비극이 1000여 년이 지난 지금도 가슴을 아리게 만듭니다.

→265~266, 326쪽

이규보李奎報(1168~1241)

자는 춘경春卿, 호는 백운거사白雲居士. 고려 후기의 문신·학자·문인입니다. 만년에는 시, 거문고, 술을 좋아해 삼혹호선생三酷好先生으로 불렸다고 합니다. 글 쓰는 재능이 뛰어났고, 형식적인 과거시험용 글보다 틀에 벗어난 자유분방한 글쓰기를 좋아했습니다. 죽림칠현 모임에 참석해서 기성 문인들과 교유하기도 하였습니다. 과거에 급제했지만 관직을 받지 못하자 천마산에 들어가 시문을 짓는 등 세상을 관조하며 지냈습니다. 다시 개경으로 돌아와 관직을 구하는 편지를 여러 차례 썼고, 결국 32세 때 최충헌이 주최한 시회에 참석하여 그를 국가의 대공로자로 칭송하는 시를 짓고 나서야 비로소 관직에 임명되었습니다. 그 후로 여러 관직을 거쳤습니다. 왕실王室의 부패와 무능, 관리들의 방탕함과 관기의 문란함, 백성들의 피폐와 농민폭동 등을 목도하고 사회·국가의식이 크게 촉발되어 「동명왕편」을 짓기도 했습니다. 그러나 최씨 정권 아래에서 현실적으로 출세하는 길을 좇아 평생을 살았다는 평가를 받기도 합니다.

→297~298쪽

이백李白(701~762)

자는 태백太白, 호는 청련거사青蓮居士. 두보와 쌍벽을 이루는 당나라 시인. 야심찬 웅지를 품고 정치에 입문하고자 하였습니다. 대부분의 지식인들이 과거시험을 통해 관리가 되고자 했던 것과는 달리, 이백은 종남첩경終南捷徑, 즉 종남산에 은거하여 명성을 떨쳐 조정에 발탁되기를 기다리는 방식을 택했습니다. 소년 시절에는 공부에 관심 없이 협객을 흉내 내기도 하고, 호탕하고 자유분방하게 행동했습니다. 그러다가 어느 날 머리가 하얗게 센 할머니가 집 앞에서 굵은 쇠몽둥이를 숫돌에 갈고 있는 모습을 목격하였다고 합니다. 그 이유를 묻자 수놓는 바늘을 만들려고 갈고 있는 중이라는 답변을 듣고 대오각성하여 그 길로 집에 돌아와 학문에 전념했다는 일화가 전해집니다. '철저마성수화침鐵杵磨成繡花針'이라는 고사성어는 이렇게 만들어진 것입니다. 꾸준히 열심히 하기만 하면 아무리 굵은 쇠몽둥이도 수놓는 바늘로 만들 수 있다는 것이지요. 25세 때부터 고향을 떠나 장강 유역을 유람하면서 많은 시인과 교유하며 세상에 대한 견문을 넓혔고, 36세 무렵엔 산동성에서 몇 년간 살았습니다. 당시의 은사인 공소보孔巢父 등과 함께 조래산徂徠山에 은거하여 죽계육일로 불렸습니다. 도가적 삶을 지향하며 신선처럼 자유분방한 삶을 추구하기도 하였습니다. 그는 여러 지역을 여행하면서 당시의 명사들과 교류하며 자신의 존재를 적극 알렸고, 결국 42세에 도사 오균의 천거를 통해 당 현종으로부터 한림공봉이라는 명예직을 받았습니다. 당시의 저명한 시인 하지장은 그의 작품 「촉도난」을 읽고 나서 호탕하고 자유분방한 그의 시에 압도되어 천상에서 귀양 온 신선 같다고 하여 적선謫仙이라는 별명을 지어주었습니다. 당 현종의 총비 양귀비와 환관 고력사의 모함으로 궁궐에서 추방당합니다. 그 후의 삶은 표류의 연속이었습니다. 늘그막에 영왕 이린이 주도하는 정치 쿠데타에 참여하였다가 야랑으로 유배되는 쓰라림을 겪기도 하였습니다. 곽자의의 적극 구명 운동으로 사면되었는데 그 희열을 읊은 「조발백제성早發白帝城」은 인구에 회자되는 절창입니다. 불행한 삶을 특유의 낭만적인 기법으로 노래하여 낭만주의 시인의 대표가 되었습니다. 눈에는 눈물이 그렁그렁하지만 입은 호탕하게 웃고 있기에 더 애잔한 슬픔을 주는 시인입니다. 채석강에 비친 달이 너무 아름다워 달 따러 들어갔다가 지금까지도 못 나오고 있다는 전설의 주인공.

→38~40, 47~52, 78~80, 95~98, 147, 188, 338~339쪽

이상은李商隱(813?~858?)

자는 의산義山, 호는 옥계생玉谿生 혹은 번남생樊南生. 만당晚唐시대 유미

주의 시풍을 대표하는 시인입니다. 시에 어려운 전고를 많이 사용해 난삽하기로 유명하여 주석 없이는 읽을 수 없다고 평가할 정도입니다. 송나라 초기 서곤파 시인들은 이상은의 시풍을 학습할 것을 주장하였는데, 이런 일화가 전해집니다. 당시 한 배우가 무대에서 이상은의 역할을 연기했는데 다 떨어진 옷을 입고 나타나서 하는 말이 서곤파 시인의 대표 양억楊億이 내 옷을 통째로 벗겨서 삼켜버렸다고 했습니다. 이는 서곤파 시인들이 이상은의 시를 기계적으로 모방한 것을 풍자한 것입니다. 이상은은 또 백거이의 총애를 받았는데 하루는 백거이가 이상은에게 말하기를 내가 죽으면 네 아들로 환생할 것이라고 하였답니다. 훗날 이상은은 결혼하여 첫 아들을 얻었는데 둔재였답니다. 이어서 둘째 아들을 얻었는데 매우 총명하였습니다. 사람들은 아마 백거이가 둘째 아들로 환생한 게 아니냐며 웃었다고 합니다. 이상은은 열 살 때쯤 아버지를 여의고 생활이 어려워지자 남에게 대신 글씨를 써주고 돈을 벌어 생계에 보태었다고 합니다. 21세에 낙양으로 이사 와서 당시의 명사 백거이와 영호초令狐楚에게 재능을 인정받았고, 특히 영호초는 물질적 도움과 함께 학문적 도움까지 줘서 훗날 진사 합격에 큰 도움이 되었다는군요. 진사시험 합격 후 이부에서 시행하는 시험에 합격해야 관리에 임용되는데, 이상은은 시종 합격하지 못했습니다. 영호초가 죽은 후, 이상은은 경원절도사涇原節度使 왕무원王茂元의 초빙을 받아 그의 막료가 됩니다. 이상은의 재주를 아낀 왕무원은 그의 능력을 인정하여 사위로 삼았습니다. 당나라는 그 당시 당쟁이 매우 치열하였습니다. 젊었을 적 경제적 도움을 준 영호초와 장인 왕무원은 서로 당파가 달랐습니다. 이로 인해 이상은은 변절자로 낙인이 찍혀 번듯한 벼슬 한번 해보지 못한 채 일생을 마쳤습니다.

→153, 279~280쪽

이색李穡(1328~1396)

자는 영숙穎叔, 호는 목은牧隱입니다. 포은圃隱 정몽주鄭夢周, 야은冶隱 길재吉再와 함께 '삼은三隱'으로 불립니다. 이들은 모두 고려 말기의 신진사대부로, 신하는 두 명의 임금을 섬길 수 없다면서 조선의 건국을 반대하였습니다. 이색은 이들을 이끌었고, 두 사람은 이색의 제자였습니다. 이색은 어려서부터 총명해서 글을 읽으면 곧 암송하였고, 나이 열넷에 성균시에 합격했다고 합니다. 공민왕 2년(1353) 과거에 장원급제했고, 그 후 고려와 원나라에서 번갈아 벼슬하였습니다. 유학에 의거한 삼년상 제도를 건의하여 시행하도록 하였고, 대사성이 되어서는 성균관의 학칙을 새로 제정하고 신유학의 보급과 발전에 공헌하였습니다. 원명 교체기 때는 천명이 명나라로 돌아갔다고 생각하여 친명정책을 지지하였습니다. 이성계의 위화도 회군이 일어나자 명나라에 사신으로 가서 이성계 일파의 세력을 억제하려 하였습니다. 이성계가 세력을 잡은 후 유배되었다가 후에 석방되었습니다. 그 후 이성계로부터 관직에 나오라고 종용을 받았으나 끝내 사양하였습니다. 그의 존재에 위협을 느낀 이방원에 의해 죽음을 당했다는 전설이 있습니다.

→16쪽

이황李滉(1501~1570)

자는 경호景浩, 호는 퇴계退溪입니다. 일찍 아버지를 여의고 숙부에게서 글을 배웠습니다. 그 뒤 거의 독학으로 학문을 익혔습니다. 관직에 나온 후 별 탈 없이 관리생활을 했습니다. 풍기군수로 있을 때 백운동서원을 최초의 국가공인 교육기관으로 만들어 학자들이 공부하게 했습니다. 이것이 바로 조선 사액서원의 시초가 된 소수서원입니다. 성균관 대사성의 자리에 있으면서 학문하는 분위기를 길렀습니다. 주자학을 깊이 연구하였으며, 역사적으로 영남을 배경으로 한 주리적主理的인 퇴계학파를 형성해왔습니다. 마지막 벼슬인 대제학을 끝으로 벼슬을 그만두었습니다. 선조가 재차 출사를 권하였으나 『성학십도』를 바치고 낙향하였습니다. 고향에 돌아와서 도산서원을 짓고 아호를 '도옹陶翁'이라 정했습니다. 이로부터 7년간 서당에 기거하면서 독서·수양·저술에 전념하는 한편, 많은 제자들을 훈도하였습니다. 매화의 고매한 품격에 경도되어 매화 관련 시를 대량 창작하였습니다. 죽을 때 유언 가운데 하나가 바로 매화 분재를 잘 보살펴 달라는 것이었다고 합니다. 며느리가 젊은 나이에 청상과부가 되자 새로운 인생을 도모하라고 친정으로 돌려보냈다고 합니다. 감성적이며 인자한 인간적인 면모를 볼 수 있습니다.

→64~65, 185쪽

임포林逋(967~1028)

송나라 시인. 자는 군복君複, 화정선생和靖先生이라 널리 알려져 있지요. 평생 벼슬하지 않고 항주 서호에 있는 고산에 은거하였습니다. 배를 타고 서호 주변의 사찰을 유람하거나 고승, 시벗들과 왕래하면서 시를 주고받았지요. 그는 시를 쓰는 즉시 그 자리에서 찢어버렸는데 그 이유를 묻자, 일시의 명성도 꺼려서 서호에 은거해 사는데 하물며 죽고 난 후의 명성은 말해서 무엇하느냐고 했다고 합니다. 이를 아까워한 사람이 몰래 그의 시를 기록해 300여 편의 시를 후세에 전했다고 하지요. 평생 독신으로 살면서 매화를 심고 학을 길렀는데, 스스로 매화를 아내라 하고 학을 자식이라 하였습니다. 이것이 바로 '매처학자梅妻鶴子'입니다. 손님이 찾아오면 시동이 학을 날려 신호를 보내고, 그는 뱃놀이를 갔다가 이를 보고 집으로 돌아왔다고 해요. 그가 죽고 난 후 훗날 도굴꾼이 그의 무덤을 파보니 벼루 하나와 옥비녀 하나가 들어 있을 뿐이었다고 합니다. 옥비녀를 두고 사람들은 임포가 사랑했던 여자와 헤어진 후 간직해온 비녀였을 거라면서 그가 평생 독신으로 산 이유도 이 옥비녀 주인과 무관하지 않다고 추측하였습니다. 당시 명성이 자자했던 범중엄, 매요신 등과 시를 주고받았습니다.

→61~64쪽

장적張籍(768?~830?)

자는 문창文昌. 한유, 맹교 등과 절친한 사이였으나 그들의 난삽한 시풍은 따르지 않았습니다. 두보를 몹시 흠모하였는데요. 전하는 바에 따르면 두보의 시집을 불에 살라 그 재에 꿀과 기름을 섞어 마시면 자신의 간장도 바뀌어 시를 잘 쓸 거라고 생각했답니다. 두보의 사회시의 전통을 이어받아 백거이에게 이어주었습니다. 시대의 병폐를 비판하고 폭로하는 내용을 주로 읊었습니다. 신악부 운동을 제창했던 백거이로부터 많은 찬사를 받은 시인입니다. 국자사업, 수부원외랑을 역임한 바 있으므로 세상에서는 장사업張司業 혹은 장수부張水部로 불렸습니다.

→127, 160~162, 181~182쪽

정약용丁若鏞(1762~1836)

자는 미용美庸. 호는 다산茶山·사암俟菴·여유당與猶堂·채산菜山입니다. 어려서부터 이익의 유저遺著를 공부하면서 근기학파의 학문을 접했습니다. 과거급제 후 정조의 총애를 받아 여러 관직을 겸했으며, 한강에 배다리를 놓고 거중기 등을 고안해내어 수원 화성 건축에 도움이 되는 등 기술적 업적을 남기기도 했습니다. 또한 '민본民本'의 정치관을 지닌 개혁가로서 민을 존중하는 사회를 만들기 위해 노력하였습니다. 또한 유학 사상을 현실 정치에 맞게 실현하고자 하였습니다. 한편, 이 시기에 천주교를 접하고, 결국 천주교 교난 때 유배를 당하게 됩니다. 장기로 유배되었다가 강진으로 옮겨가며 18년 동안의 긴 유배생활을 하게 됩니다. 그러나 그곳에서 많은 문도를 거느리고 강학, 연구, 저술에 전념할 수 있었습니다. 그의 저서 대부분이 유배기에 쓰였는데, 그 시기에 실학적 학문을 완성시켰다고 평가받고 있습니다. 육경과 사서에 관한 저술을 근본으로 하였고, 『경세유표』와 『목민심서』, 『흠흠신서』를 써서 경세를 위한 구체적 실천 방안을 제시하기도 하였습니다.

→165~170쪽

정해鄭獬(1022~1072)

자는 의부毅夫, 호는 운곡雲谷입니다. 정직한 관리로 이름을 떨쳤습니다. 왕안석의 신법 중 청묘전青苗錢이 백성들에게 끼치는 폐해가 심각하다며 폐지할 것을 주장하였고, 관리의 숫자가 지나치게 많으니 감소시킬 것을 주장하기도 하였습니다. 승장민勝章敏, 양회楊繪와 함께 과거시험에 응시하였는데 시험을 보기 전에 승장민이 정해에게 말하기를, 이번 시험에서 자신이 반드시 장원급제할 것이며 만약 그렇지 않으면 벌을 줘도 좋다고 호언장담하였습니다. 그러나 시험 결과는 정해가 1등, 양회가 2등, 승장민이 3등이었습니다. 그러자 승장민은 두 사람의 이름에 '해解'자와 '회會'자가 들어 있으니 자기가 3등을 하는 건 당연하다며 너스레를 떨었다고 합니다. 그러니까 정해의 이름 '해獬'자에는 '~잘 이해한다'는 '해解'자가 들어 있고 양회의 이름 '회繪'자에는 '할 줄 안다'는 '회會'자가 들어 있으니, 두 사람이 일등과 이등을 차지하는 게 당연하다고 둘러댄 것입니다. 송나라 황제가 과거시험을 실시하기 전에 이번 시험에서는 충효가 뛰어난 인물이 급제하게 해달라고 기원했는데, 일등 합격자를 보니 정해였다고 합니다. 정해가 세상에 이름을 드날리기 전, 조그만 연못에서 목욕을 하는 꿈을 꾸었는데 목욕하다가 물속에 비친 그림자를 보니 몸에 비늘이 돋아나고 머리에는 뿔이 생긴 모습이 영락없이 용의 모습이었습니다. 이는 그가 훗날 과거에 급제할 것을 미리 예언한 것이라고 합니다. 평생 정직한 청백리로 살아, 죽은 후 장사지낼 돈이 없어 절에다 시신을 안치해두었다가 10년 후에 장사를 지냈습니다.

→151~152쪽

주경여朱慶餘(?~?)

이름은 가구可久, 자는 경여慶餘. 이름보다 자로 세상에 알려지고 행세했습니다. 장적에게 시를 배웠습니다. 과거시험에 응시하기 전에 장적에게 「규의헌장수부閨意獻張水部」, 즉 '규방 여인의 마음을 읊어 장수부(장적이 수부 벼슬을 지냈으므로 수부라 칭함)에게 바치다'는 시를 지어 합격 수준이 되는가의 여부를 물었는데, 이를 받아본 장적이 시를 지어 합격을 예견하였다고 합니다. 과거에 합격하여 비서성 교서랑을 지낸 적이 있습니다.

→180~182쪽

초의선사草衣禪師(1786~1866)

성은 장張씨이고 이름은 의순意洵입니다. 법호는 초의艸衣, 당호는 일지암一枝庵이며, 조선 후기의 대선사로서 우리나라 다도를 정립한 분입니다. 그래서 초의를 다성茶聖이라 부릅니다. 5세 때 강변에서 놀다가 급류에 휘말려 죽을 뻔했는데 부근을 지나는 승려가 목숨을 구해주었고, 그 승려의 권유로 중이 되었다고 합니다. 다산 정약용(1762~1836), 소치 허련(1809~1892), 그리고 추사 김정희(1786~1856) 등과 폭넓은 교유를 가졌습니다. 특히 다산초당을 찾아 정약용을 스승처럼 섬기면서 유학의 경서를 읽고 실학정신을 계승하였으며 시부詩賦를 익히기도 하였습니다. 초의선사는 차 안에 부처의 진리와 명상의 기쁨이 다 녹아 있다는 다선일미茶禪一味 사상을 가지고 있었습니다. 한국의 다경茶經이라 불리는 『동다송東茶頌』을 지어 토산차를 예찬하고 다도를 전했습니다. 81세 때 대흥사에서 서쪽을 향해 가부좌하고 입적하였다고 합니다.

→53, 56~57쪽

포증包拯(999~1062)

자字는 희인希仁, 북송의 명신입니다. 포공 혹은 염라포로라고도 합니다. 염라대왕처럼 못된 짓하는 놈 벌주고 잡아간다는 뜻이지요. 성품이 강직하여 권력자에게 아부할 줄 모르는 사람이었습니다. 개봉부 수장으로 있을 때 4대 명포졸 왕조王朝·마한馬漢·장룡張龍·조호趙虎의 도움을 받아 강력사건을 잘 해결하여 이름을 날렸습니다. 청렴한 관리의 대표적 인물입니다. 당시 민간에서는 염라포로한테는 뇌물도 인맥도 안 통한다는 말이 유행하였다고 합니다. 그만큼 모든 판결을 공명정대하게 하였다는 뜻이지요. 인정에 휘둘리지 않고 엄정하고 공정하게 판결하여 힘없고 배경 없는 백성들의 억울함을 풀어주었습니다. 이래서 생긴 별명이 포청천包青天입니다. 효성이 지극하여 연로하신 부모님과 떨어질 수 없어 고향에서 먼 곳으로 발령을 내면 사직하고 부임하지 않았으며, 부모님 돌아가시고 나서는 묘소 옆에 움막을 짓고 삼 년간 복상을 마친 후 다시 관직에 나갔다고 합니다. 후세 사람들은 그를 신으로 받들어 모셨는데, 이유는 그를 규성奎星과 문곡성文曲星의 화신으로 여겼기 때문이랍니다. 민간에서는 그의 얼굴빛이 검푸른 색을 띠고 있다 하여 흑자黑子라고도 불렀습니다.

→208~211, 213쪽

한산寒山(?~?)

한산자寒山子라고도 칭하며, 자도 호도 모두 전해지지 않습니다. 당나라 시인이자 승려. 친구인 습득과 병칭되며, 강소성 소주에 있는 한산사는 그의 이름에서 취한 것입니다. 두 사람은 전생에 각각 문수보살과 보현보살이었다고 합니다. 만면에 웃음을 띠고 박장대소하는 모습을 짓고 있으며, 특히 습득의 넉넉한 뱃살 노출은 푸근함을 느끼게 해줍니다. 한산은 부잣집 도련님으로 유복한 생활을 하였다고 합니다. 그 역시 과거시험에 응시하였으나 왜소한 키에 단정치 못한 용모 때문에 발탁되지 못했다는 일화가 전해집니다. 여러 차례 과거시험에 낙방한 후 고향에 돌아갈 면목이 없어 장안에 머물면서 유랑생활을 시작하였고 불교에 귀의하여 중이 되었습니다. 30세 이후 천태산 한암에 은거하였으며 100여 세를 살았다고 합니다. 산중 생활 중 한때는 도교에, 한때는 불교에 심취하면서 결국 유·불·도 사상을 모두 섭렵하였고, 끝내 특정 사상에 속박됨이 없는 자유로운 영혼이었습니다. 한암 부근의 나무나 바위 담벼락 등 곳곳에 자신의 사상이 담긴 시를 많이 남겼습니다. 따라서 한산의 시에는 불교시뿐 아니라, 도가와 유가의 시도 적지 않습니다. 당시 일반인들은 그가 괴이한 옷을 입고, 긴 머리를 풀고 다녀 미치광이로 불렸으나, 당시 천태산 국청사의 주지였던 습득은 그의 비범함을 알아보고 깊은 우정을 나누어, 이후 한산·습득으로 함께 불리게 되었습니다.

그는 구어체로 시를 쓴 작가로 유명합니다. 세태에 대한 조롱과 풍자를 담고 있으며 은일을 노래한 시와 불교·도교·유교의 내용을 담은 시를 많이 썼습니다.

→53~54쪽

한유韓愈(768~824)

자는 퇴지退之, 세상에서는 그를 한창려韓昌黎·창려선생昌黎先生이라 부릅니다. 시호가 문文이기 때문에 한문공이라고도 합니다. 당나라 때 걸출한 문학가·사상가·철학가·정치가입니다. 한유는 당대唐代 고문운동의 창도자입니다. 훗날 그를 당송팔대가의 첫째로 꼽으며 유종원과 함께 '한류韓柳'로 일컬었습니다. 관료 집안에서 태어났지만 3세 때 아버지를 여의고 형 아래서 자랐으며, 형도 일찍 죽는 바람에 형수 밑에서 가난하고 어려운 생활을 하였습니다. 19세 때 경사京師 장안에 가서 견문을 넓히며 사람들과 교류하였고, 과거시험에 응시하기 전에 문장을 지어 당시 공경들에게 투고하여 전직 재상 정여경의 인정을 받아 명성을 떨쳤다고 합니다. 과거에 네 번째 응시해서 진사시험에 합격하였고, 이후 전시에 세 번 응시했으나 모두 불합격하여 관리에 임용되지 못하다가 선무절도사宣武節度使인 동진董晉의 추천으로 비서성 교서랑에 임용된 후 승진과 좌천을 번갈아 겪으면서 국자박사, 조주자사, 지제고, 경조윤, 병부시랑, 이부시랑을 역임했습니다.

한유는 황제를 위시하여 온 나라가 생업을 폐지하고 불교에 미혹되어 그 폐해가 심각함을 느끼던 중 헌종 황제가 부처님 사리를 맞이하는 행사를 벌이는 것을 극구 만류하면서 「간불골표諫佛骨表」를 지었다가 황제의 미움을 사서 조주자사로 좌천되었습니다. 조주의 강에는 때마침 악어가 수시로 나타나 백성들을 잡아먹어 백성들이 고통을 당하고 있었습니다. 한유는 제단을 설치하고 악어를 쫓아내는 문장을 지어 일주일 안에 바다로 옮겨가지 않으면 가만두지 않겠다고 호통을 쳤다고 합니다. 제사를 지낸 후 신기하게도 수시로 출몰하던 악어는 더 이상 나타나지 않았고 백성들도 더 이상 고통을 당하지 않게 되었습니다. 조주에 온 후 한번은 길에서 승려 한 사람을 만났는데, 앞니 두 개가 길게 돌출되어 인상이 매우 흉악해 보였습니다. 한유는 마음속으로 저 사람의 앞니 두 개를 빼버렸으면 좋겠다는 생각을 했습니다. 관사로 돌아온 한유에게 부하가 빨간 봉투를 건네주기에 뜯어보니 문제의 그 앞니 두 개가 들어 있었습니다. 한유의 마음을 읽은 그 승려가 그렇게 했던 것입니다. 한유는 그 승려를 찾아가 고승을 알아보지 못했다며 사과한 후 생김새로 사람을 평가해서는 안 된다는 교훈을 얻었습니다. 이러한 생각은 한유의 「사설師說」에 잘 반영되어 있습니다.

→118, 127~128, 141, 162, 182, 260쪽

서리 맞은 단풍잎, 봄꽃보다 붉어라
-유병례 교수와 함께하는 시니어 한시 산책

2017년 2월 22일 초판 1쇄 펴냄
2022년 3월 10일 초판 2쇄 펴냄

지은이 유병례

펴낸이 정종주
편집주간 박윤선
편집 박소진 김신일
마케팅 김창덕

펴낸곳 도서출판 뿌리와이파리
등록번호 제10-2201호(2001년 8월 21일)
주소 서울시 마포구 월드컵로 128-4 2층
전화 02)324-2142~3
전송 02)324-2150
전자우편 puripari@hanmail.net

디자인 씨디자인 조혁준+함지은+조정은+김하얀+이수빈
종이 화인페이퍼
인쇄 및 제본 영신사
라미네이팅 금성산업

ⓒ 유병례, 2017

값 18,000원
ISBN 978-89-6462-081-6 03820

이 도서의 국립중앙도서관 출판예정도서목록(CIP)은 서지정보유통지원시스템 홈페이지(http://seoji.nl.go.kr)와 국가자료공동목록시스템(http://www.nl.go.kr/kolisnet)에서 이용하실 수 있습니다.(CIP제어번호: CIP2017003076)